Tillväxtraketen
En kriminalgåta

AF192137

Per-Martin Hedström

Tillväxtraketen
En kriminalgåta

FSC
www.fsc.org
MIX
Papper från
ansvarsfulla källor
Paper from
responsible sources
FSC® C105338

Tidigare utgivna böcker:

En norrlänning i Hong Kong 2015
Vykortstavlan 2017
Algoritmen 2019

© *2020 Per-Martin Hedström*
Omslag: Björn och Olle Hedström
Förlag: BoD – Books on Demand, Stockholm, Sverige
Tryck: BoD – Books on Demand, Norderstedt, Tyskland
ISBN: 978-91-7969-871-3

Författarens kommentarer och tack

När jag nu håller på och avslutar min fjärde roman sitter jag hemma isolerad tillsammans med min Mia. I världen utanför rasar Corona-pandemin. Jag blev inbjuden att ställa ut på Göteborgbokens dag i april 2020 då mina böcker utspelar sig i Göteborg. På grund av epidemin blev mässan inställd, återkommer kanske ett annat år.

Givetvis kan man fundera på om det är vettigt att sitta och skiva böcker i tider som dessa. För mig är detta en hobby, en hobby som jag hoppas ska ge er en stunds underhållning i dessa oroliga tider.

Även i min tredje bok om Bror och Eva blandar jag verkliga platser och adresser med påhittade orter, byggnader och miljöer. Alla personer är mina egna skapelser och bara delvis baserade på människor i min nära vänkrets.

Polisens arbete är baserat på vad jag läst mig till i andra kriminalromaner och på intet sätt verifierat med verkligt polisarbete.

Beskrivningen av arbetet inom de företag som finns med i boken är till stor del hämtade från egna och för mig återberättade erfarenheter. Givetvis något förbättrade för att skapa den underhållning som jag hoppas ni ska uppleva boken som.

Jag vill tacka min älskade Mia för hennes arbete som lektör vilket gjort denna bok så mycket bättre. Mina goda vänner Anders Eklöf och Lennart Löwdin har läst, korrigerat stavfel och andra skrivfel samt gett förslag på förbättringar.

Björn och Olles arbete med omslaget har gjort boken till en riktig familjeangelägenhet.

Stort tack till alla ni som kommit med återkoppling på mina första två deckare. Era kommentarer tillsammans med stödet från min familj, har varit en inspirationskälla till denna roman.

Jag önskar dig en trevlig läsestund.

Per-Martin Hedström, hösten 2020

1

Nordstan Göteborg
Tisdag morgon

Kinora hade återigen stigit upp tidigt och tagit bussen in till sitt arbete i Nordstan. Ett arbete som hon snart hoppades kunna lämna när hon var klar med sin utbildning till sjuksköterska. Hon hade anlänt som ensamkommande flykting till Sverige för tre år sedan. Mycket hade varit nytt, skrämmande men också spännande. Hon minns att hon tänkt, är det här jag ska bo resten av mitt liv, eller ska jag bara stanna några år och sedan åka tillbaka hem. Det blev många intervjuer, vissa kändes nästan som polisförhör, med personal från Migrationsverket. Följt av en oviss väntan på uppehållstillstånd. Hon insåg snart att allt funderande på om hon skulle få stanna eller inte gjorde henne deprimerad så hon hade lagt allt sitt fokus på att lära sig det nya språket, som inte varit speciellt lätt att ta till sig. En del ord var svåra att uttala men hopskrivning av ord hade varit det knepigaste, ibland var man tvungen att gissa sig till hur ordet var sammansatt. Nu tyckte hon att det gick riktigt bra. När hon fick sitt uppehållstillstånd hade hon hyrt en liten andrahandslägenhet ute i Kortedala där hon bott sedan dess. Den passade henne bra men hyran var väldigt hög. Utan städjobbet hade hon inte klarat sig på bara studiebidragen.

Städjobbet som hon hade var bra men inte något hon ville fortsätta med på sikt. Hon hade tidiga städpass, måndag till fredag, vilket möjliggjorde att hon kunde jobba och studera samtidigt. Sedan var det faktiskt städjobbet som fått henne att söka in till utbildningen.

På företaget TaxOpt hade hon städat sedan två år tillbaka och där hade hon träffat Naser, som var en hög chef på företaget. Riktigt vad han gjorde visste hon inte. Han kom också från Syrien så de hade tagit sig tid att sitta ner och prata en liten stund nästan varje dag, i alla fall de dagar som han var på plats. Han hade nästan blivit den far som hon inte längre hade kvar i livet. Det var Naser som hade uppmanat henne att söka en utbildning. Han hade frågat vad hon var intresserad av och efter att ha diskuterat hennes intressen fram och tillbaka hade han rekommenderat henne att söka till sjuksköterskeutbildningen. Ett område där det fanns ett stort behov av arbetskraft och hon skulle vara garanterad ett arbete när hon blev examinerad.

Från början hade hon varit tveksam, hon ansåg inte att hon behärskade språket tillräckligt bra och det var dessutom dyrt att studera. Naser hade viftat bort problemet med språket, han tyckte hon hanterade språket bra, och det blev ju hela tiden bättre. Sedan hade han hjälpt henne med en budget och förklarat hur hon kunde söka studiebidrag. Efter att ha kompletterat sin utbildning från Syrien så var hon sedan några månader inskriven på Göteborgs universitet och läste till sjuksköterska. Hon kände sig stolt men samtidigt en stor saknad över att hon inte kunde dela det med någon i sin familj. Hon visste inte ens om någon fortfarande var kvar i livet.

TaxOpt hade sina lokaler i en av byggnaderna som kringgärdade Nordstans shoppingcenter. Företaget var inte alltför gammalt så hon var faktiskt en av de äldsta anställda. Hon hade börjat på en mindre städfirma och blivit placerad på TaxOpt direkt. När städfirman sedan gick i konkurs hade hon blivit erbjuden en direktanställning på företaget. Hon hade först varit tveksam, hon kunde inte bara ha ett städuppdrag på några timmer på företaget men hon hade blivit erbjuden att även utföra städning hemma hos ett antal av de anställda varpå hon fått ihop nästan en heltid. Sedan hon började sin utbildning hade hon bara morgonstädningen på företaget kvar.

Hon hade sett hur TaxOpt växt kraftigt under de år hon varit där. När hon först började hade de varit ett litet gäng, färre än tio personer, idag var man ca femtio personer på huvudkontoret och satt på tre våningsplan i byggnaden. Skulle bolaget fortsätta att växa skulle det inte vara möjligt för henne att ensam sköta städuppdraget.

Hon började längst ner och arbetade sig uppåt i byggnaden. En av anledningarna var att hon ville säkerställa att Naser skulle hinna in till kontoret. Den lilla pausen och pratstunden med honom var något hon såg fram emot och skulle komma att sakna den dag hon var klar som sjuksköterska.

På nedersta våningsplanet satt företagets utvecklare som utvecklade dataprogram och företagets web-sida. Vad visste hon inte riktigt. Här var det som stökigast. I det stora kontorslandskapet stod massor av tomma läskburkar och pizzakartonger lite överallt. Några morgnar hade hon dessutom träffat på anställda som suttit framför sina datorskärmar och lite yrvaket tittat upp när hon kom och först då insett att de suttit kvar hela natten. Oftast var dock denna del av kontoret tomt när hon städade. Hon hade förstått att många här hade ett arbetsschema som började sent på förmiddagen och slutade sent på kvällen.

Denna morgon hade det om möjligt varit ännu stökigare än vanligt. Hon undrade om de haft någon form att kvällsaktivitet då det även stod ett antal ölflaskor runt om i lokalen. Det innebar att hon var lite efter sitt schema när hon kom upp till nästa plan.

På detta våningsplan satt ekonomifunktionen hade hon förstått. Här hittade man inte samma röra som nere hos utvecklarna, men vissa skrivbord var överbelamrade med dokument och rapporter som i vissa fall kanat ut på golvet. Här fanns också ett antal konferensrum som i vissa fall lämnats med kaffekoppar och kaffebröd som torkat ihop. Hon hade alltid lika svårt för slöseriet med mat även om det bara gällde fikabröd. Bröd skulle inte lämnas framme och bli förstört. Hon kunde inte låta bli att tänka på sitt hemland och den misär som många där levde i och tyckte att det visade på bristande respekt.

Men idag var konferensrummen i ordning så hon lyckade ta igen den tid hon förlorat nere hos programmerarna. Så hade hon bara sista våningen kvar. Här satt de flesta cheferna och företagets marknadsavdelning. Precis som de övriga våningarna så hade den här sin egen karaktär. I det öppna kontorslandskapet andades det stor kreativitet. Förslag på reklamslogans, broschyrer och annonser låg lite överallt i ena änden av lokalen. Hon kunde inte låta blir att titta på en del av uppslagen, många var riktigt roliga och intressanta att titta på. Vissa hade hon också lite senare sett i tidningar och på annonspelare. Medan vissa andra bara var hur tokiga som helst, och bara stannat på idéstadiet, trots det roliga att titta på. Ibland undrade hon om hon valt rätt att utbilda sig till sjuksköterska, att jobba med reklam skulle nog ha varit roligare. Naser hade avrått henne, det var en tuff bransch där det inte alls var lika lätt att få ett bra och intressant jobb. Hade hon valt fel, den enkla säkra och trygga vägen, eller skulle hon att varit lite mer våghalsig och provat något mer kreativt. Men som Naser sagt, du kan alltid byta yrkesbana senare i livet. Om du då har en utbildning som du kan falla tillbaka på, om det våghalsiga inte går bra, är det en trygghet i sig. Så hon hade lyssnat till hans klokskap och satsat på vårdlinjen. Men hon kunde inte låta bli att drömma, kanske någon gång i framtiden, tänkte hon.

I chefshörnan skiftade kontoret återigen karaktär. Enskilda kontorsrum med strikta skrivbord med besöksstolar. Sedan kom en liten kaffehörna och två mindre konferensrum och bortom dessa låg två lite större kontorsrum, varav Nasers var ett.

Hon såg att det lyste från hans kontorsrum så han var nog på plats vilket gladde henne. Först skulle hon göra rent i konferensrummen och i den lilla kaffehörnan. Hon kom ihåg att hennes mamma alltid sagt, gör det tråkiga första, när det är klart kan du ta det trevliga. Så gjorde hon alltid här, det lilla samtalet med Naser blev sista anhalten för dagen. Då kunde hon också se till att hon inte missade att komma in till sina föreläsningar. Hon hade bra koll på hur lång tid det tog att gå upp till Universitet.

Ofta brukade Naser ha sin kontorsdörr öppen men idag var

den stängd. Hon såg att någon satt vid skrivbordet genom det frostade glaset och lyset var tänt. Hon gick fram och knackade på dörren, men hon fick inget svar.

"Naser är du där, har du tid för en liten pratstund?" Hon kikade på nytt in genom det frostade glaset och såg att han låg ner på skrivbordet. Har han somnat på sitt kontor undrade hon?

Hon knackade återigen på dörren och tog sedan fram sin nyckelbricka.

"Naser jag kommer in" skrek hon genom dörren.

"Naser, du kan inte ligga och sova på kontoret" sa hon och gick fram emot honom men stannade tvärt när hon såg pistolen och blodpölen under hans huvud.

2

Fredbergsgatan
Tisdag morgon

Bror Stensson stod i badrummet när Evas mobil ringde. Han förstod direkt att något hade hänt. Sedan Eva utsågs till kriminalkommissarie hade arbetet krävt allt mer och övertidstimmarna sakta blivit allt fler. Men det kunde han givetvis inte klaga på nu, om en timme skulle de bägge varit på sina kontor i alla fall.

Lägenheten hade fått ett lyft när de köpte loss vindsvåningen och byggde om lägenheten till en etagelägenhet. Föräldrarna hade samarbetat med att finslipa efter ombyggnationen då Bror blivit bandagerad, med brännskador och en bruten fot efter en otäck händelse ute vid flygplatsen.

Föräldrarna hade träffats för första gången just i lägenheten under dessa lite udda omständigheter. De var alla fyra iklädda overaller och verktygsbälten för att slutföra ombyggnationen av lägenheten. Det hade blivit mycket lyckat. Lägenheten hade blivit mycket fin och deras föräldrar hade blivit riktigt goda vänner.

Bror hade efter att han tillfrisknat återgått till sitt arbete som konsult och hade betat av ett antal lite kortare uppdrag på olika företag. Sedan några veckor var han involverad i ett uppdrag som såg ut att bli lite mer långlivat.

"Vi har ett misstänkt dödsfall, Jörgen hämtar mig om tio minuter" sa Eva när hon kom tillbaka och gav honom en lätt puss på kinden.

"Blir det sent ikväll tror du?"

"Nej, om så skulle vara fallet hör jag av mig."

Eva och Bror lämnade lägenheten tillsammans och Eva blev upphämtad av Jörgen och åkte iväg.

Bror bestämde sig för att gå in till centrum då vädret var klart och friskt även om man kände av att hösten hade tagit ett första grepp.

Väl framme vid kontoret på Östra Hamngatan tyckte han sig känna igen Jörgens bil. Kanske var det misstänkta dödsfallet här i närheten med andra ord.

Uppe på kontoret möttes han av en poliskonstapel som meddelande att våning tre i kontoret var avstängt för en undersökning.

Han såg Eva och Jörgen komma ner till receptionen men Eva bara vinkade lätt och fortsatte in i ett konferensrum.

"Vad har hänt?" undrade Bror och vände sig mot en kollega.

"Naser Hamad har påträffats död och polisen är här för en undersökning, det är allt jag vet" svarade han kortfattat.

Återigen hade så Eva och Brors vägar korsats i arbetet. Vid två tidigare tillfällen hade de nästan slutat med att Bror dödats. Första gången höll han på att bli dränkt och andra gången innebränd. Eva skakade lätt på huvudet åt Jörgen när hon såg sin pojkvän nere i receptionen. Hon hade svårt att komma ihåg vad alla företagen hette som han utförde sina uppdrag hos och att de skulle träffas här var överraskande. Nu gällde det att fortsätta undersökningen.

De hade fått låna ett konferensrum som sambandscentral under undersökningen. Allt pekade i nuläget mot att det var ett självmord. Naser hade påträffats skjuten i huvudet vid sitt skrivbord med en revolver i sin högerhand. Preliminärt hade de konstaterat krutrester på högerhanden så det var uppenbart att han själv hållit i vapnet. För tillfället var Göran Sivert, brottsplatsutredare, och hans gäng uppe vid skrivbordet för en undersökning. Eva och Jörgen skulle intervjua städerskan som fann honom.

Städerskan var en söt tjej, drygt 20 år, någonstans från mellanöstern trodde Eva. Stora bruna rådjursögon och en bronsfärgad hud inramat av korpsvart hår gjorde hennes utseende slående vackert. Ett utseende som de flesta svenska tjejer avundades. Hon var uppenbart tagen av det som hänt. "Jag heter Eva Lind och skulle vilja ställa några frågor. Jag är kriminalkommissarie och min kollega Jörgen här är kriminalinspektör. Är det okej eller vill du ta det vid ett senare tillfälle?"

Hon berättade att hon hette Kinora och var från Syrien och hade arbetat som städare på kontoret ett antal år. Naser Hamad var också från Syrien och de brukade pratas vid en kort stund i slutet av hennes städpass. De hade genom åren blivit goda vänner men aldrig träffats utanför kontoret. Hon berättade att han nästan var som en far för henne och brast ut i gråt.

"Vad vet du i övrigt om Naser?" undrade Jörgen.

Kinora berättade att de väldigt sällan pratat om hans privatliv. Vad hon förstod levde han ensam efter att han skilt sig från sin hustru för ett antal år sedan. Han hade en son som bodde i Uppsala, som han sällan pratade om. De verkade inte ha någon bra kontakt. Han hade kommit till Sverige långt före den stora flyktingvågen från Syrien, utbildat sig till civilingenjör och arbetat på diverse olika företag inom IT-branschen.

"Vad pratade ni om, ni träffades nästan dagligen förstår jag."

Hon berättade att han engagerat sig mycket i hennes framtid och spenderat mycket tid på att övertyga henne om att skaffa sig en utbildning. Ibland kände hon nästan att hon för honom blev det barn som han själv hade så dålig kontakt med.

"Hur upplevde du honom de senaste dagarna ni pratades vid. Var han orolig för något, verkade han bekymrad?"

"Jo det var något som tyngde honom men jag vet inte vad" sa hon efter lite betänketid. Hon berättade att han normalt sett varit väldigt glad och positiv, men sedan en tid tillbaka hade han hade varit mer tillbakadragen.

14

"Du frågade inte vad det var som tyngde honom."

"En gång men han bara viftade bort det."

De avslutade samtalet och bad henne höra av sig om hon kom på något mer. Hon avböjde hjälp från läkare och sa att hon skulle klara sig själv. Eva bad henne vara kvar om de behövde prata med henne igen. Hon bekräftade att det skulle gå bra, hon hade inga lektioner förrän under eftermiddagen

En poliskonstapel kom förbi och sa att Göran ville att de skulle komma upp till kontoret, det var något han ville visa.

När de kom in på kontoret fick de ta på sig tossor och skyddskläder för att inte förstöra något på brottsplatsen.

"Vad har ni kommit fram till i nuläget?" undrade Eva när de kom in.

"Det finns inget som tyder på något annat än att det är ett självmord i nuläget. Det finns krutstänk på hans högerhand så det är definitivt han som hållit i vapnet. Efter obduktionen vet vi om det finns någon form av droger i kroppen som skulle kunna förklara att någon annan fått honom att skjuta sig själv. Jag bedömer det som mycket osannolikt."

"När dog han, vet ni det?"

"Någon gång efter midnatt fram till tre, skulle jag tro."

"Ett skott måste väl höras bra, borde inte någon rapporterat att de hört något" undrade Jörgen.

"Om det fanns någon på våningsplanet hade de inte kunnat undvika att höra ett skott. Men här uppe finns bara kontorslokaler, och det är väl inte orimligt att de är tomma efter midnatt, eller hur?"

"Men jag ser ju på dig att du hittat något, kläm fram med det nu" sa Eva lätt irriterat.

"Kom hit till skrivbordet och titta, så får vi se om ni ser samma sak som jag noterat" sa Göran.

Eva och Jörgen gick fram till skrivbordet och ställde sig bakom skrivbordsstolen med Naser. Att stå så nära en död människa var inte längre lika obehagligt som hon upplevt det när hon var ny på jobbet. Trots det, fortfarande inte trevligt, och tur var väl det, tänkte hon. Hans hand låg strax intill vapnet på höger sida om skrivbordet, greppet hade nästan lossnat från kolven. Huvudet hade fallit framåt lite åt vänster och låg på skrivbordet. Blodstänk efter skottet fanns över hel skrivbordet och under huvudet hade det bildats en blodpöl. Eva kunde inte se något anmärkningsvärt och Jörgen skakade också på huvudet.

"Lite besviken blir jag allt. Ser ni inte den här ytan här som saknar blodstänk, nästan i form av ett A4 dokument" sa han och pekade ner mot skrivbordet.

Mycket riktigt en yta som stämde överens med ett A4 dokument var helt utan blodstänk.

"Någon har tagit bort ett dokument från skrivbordet efter att han skjutits" sa Eva och Göran nickade i samförstånd.

3

TaxOpt AB
Tisdag förmiddag

Jörgen kom ner till receptionen i företaget och samlade personalen till en liten information. Han berättade att de hittat Naser Hamad död, vilket i och för sig de flesta redan visste ryktesvägen. Våningsplan tre skulle vara stängt för en teknisk undersökning helt och hållet fram till efter lunch. Man skulle informera på nytt när det blev tillgängligt. Petter Björk, en av grundarna till företaget, fyllde i att de skulle kalla till ett gemensamt informationsmöte under eftermiddagen. Alla stod helt tysta och uppenbart chockade. Även om man hört vad som hänt var det först nu det blev verkligt på riktigt. Vissa snyftade till, vissa bara skakade på huvudet, andra stod bara helt tysta. Man såg att budskapet sakta sjönk in och efter hand löstes gruppen upp i olika riktningar. Små viskande samtal hördes genom lokalen.

Bror hade endast varit på företaget i två veckor och hade arbetat närmast Frida Lindström som tillsammans med Petter Björk startat företaget. Hon var inte på kontoret och skulle återkomma först senare under dagen. Bror hade inga andra nära vänner på företaget ännu så han beslutade sig för att lämna kontoret, för att samla tankarna.

Nere på gatuplan gick han in i Nordstan och beställde en stor kaffe vid första bästa kaffeshop. Lokalen var luftig utan alltför

17

många gäster så han hittade ett bord för sig själv längst inne i lokalen.

Det var svårt att inte tänka på det som hänt och de personer han arbetat nära under de här veckorna. Naser hade han bara träffat en gång, samtidigt som han kom till företaget första gången. Brors chef Birger hade varit med och från TaxOpt hade Naser Hamid samt Frida Lindström och Petter Björk varit med.

Naser hade varit lågmäld och nästintill tillbakadragen, men utstrålat en naturlig auktoritet. Att han var chef var det ingen tvekan om. Åldern hade varit svårbedömd, troligen drygt 40 år, kanske upp emot 50. Smärt och vältränad med ett öppet men lite reserverat anletsdrag inramat av ett kort välvårdat helskägg. Frida och Petter var båda yngre, ca 35 år gamla trodde Bror. Frida var en smärt brunett, alltid leende med skrattet nära till hands och med glittrande ögon. Håret var stramt uppsatt i en hästsvans. Välklädd, kjol och blus, men inte lika strikt som Naser. Hon hade utstrålat prestigelöshet och Bror hade känt att hon skulle vara lätt att arbeta med. Petter var storvuxen, både på längden och bredden, med ett lite bistert drag och rödblont vågigt hår. Bror kom ihåg att han tyckt att hans bistra uppsyn och hans vågiga hår inte gick så bra ihop. Även han var som Naser mycket välklädd i snygg kostym. Hans hår var lite för långt tyckte Bror och förtog lite av hans prydliga klädsel. Han höll distans och visade upp en ganska auktoritär attityd. Han hade uppenbara ambitioner som han med all säkerhet skulle kunna driva igenom utan att tänka så mycket på de som var i vägen.

Efter att Naser hälsat lite kort hade han lämnat rummet och överlåtit till Frida och Petter att presentera företaget och det uppdrag de ville ha Brors hjälp med.

Petter och Frida hade studerat juridik tillsammans och specialiserat sig på skatterätt. De hade konstaterat att för de som hade råd att betala fanns det många knep, att helt lagligt minska sina skatteutgifter. Man hade fått en idé om att erbjuda detta till den stora massan och startat företaget TaxOpt AB. Företaget hade tagit fram en applikation som erbjöd tips och trix för att minimera skatteutgifter. Appen hade blivit en stor succé och företaget hade haft en mycket stark tillväxt. Man hade snart insett att man behövde ta in hjälp för att kunna växa ännu snabbare. Man hade etablerat stöd från externa intressenter. Frida och Petter hade ansvar för ett antal investerare var. Dessutom behövde man hjälp med marknadsföring och hade anställt Naser som hade en bred erfarenhet från ledande positioner inom liknande verksamheter. Frida hade arbetat med Naser på ett företag för några år sedan och hade rekommenderat honom till vd-posten.

Under Nasers ledning hade företaget fortsatt växa och blivit en av raketerna inom företagsmarknaden. Snart hade man etablerat sig i flera länder och succén fortsatte i rask takt. TaxOpt hade blivit en av affärstidningarnas favorit som ofta skrev om företaget som en förebild för det nya Sverige.

För varje nytt land man etablerade sig i var man tvungen att sätta sig in i landets skatteregler för att skräddarsy en lösning för landet. Det här innebar stora investeringar då varje ny marknad krävde att man anlitade ett antal skattejurister som skulle hjälpa till med de anpassningarna som var nödvändiga. Bror förstod att det här området var Petters specialitet. Merparten av Petters jurister satt faktiskt ute i Europa, i de länder där de etablerat sig, förutom en kärntrupp hemma i Sverige.

Frida var ansvarig för utveckling, kundsupport och ekonomi samt hade till viss del hjälpt Naser med marknadsföring. Det var inom hennes område som det behövdes förstärkning.

Bror skulle avlasta henne kring utveckling och kundsupport och Frida skulle lägga mer tid på ekonomi samt marknadsföring.

Vad Bror förstod visade företaget förlustsiffror. Tillväxten kostade pengar, både investeringar i nya marknader och marknadsföring. Så bolaget var precis som Spotify och andra företag inom sociala medier, ett företag som värderades för sin snabba oavbrutna tillväxt och inte sitt goda resultat. De hade berättat att man skulle fortsätta att satsa på tillväxt. Så länge som tillväxten var stor var tydligen investerarna villiga att skjuta till mer kapital.

Men Frida och Petter hade berättat att de insåg att så skulle det inte se ut i all evighet. Man skulle sakta börja anpassa verksamheten så att man om några år när man nått upp till en kritisk abonnemangsvolym skulle vara ett lönsamt företag. Det här var området som Frida skulle satsa det mesta av sin tid på och delvis skälet till att Bror skulle avlasta henne med utveckling och kundsupport.

Att sätta sig in i kundsupport och utveckling hade inte varit lätt. Organisationen styrdes informellt av en programmerare, Martin Petersson. Martin hade varit med tillsammans med Frida och Petter från första början. Han var barndomsvän med Petter och hade i princip helt själv utvecklat den app som var företagets kärnprodukt.

Som person var han svårtillgänglig och hade markerat tydligt mot Bror att han inte skulle lägga sig i. I övrigt hade det varit en stor omsättning på personal inom organisationen. Vad Bror snappat upp ryktesvägen berodde mycket av detta på Martin som man inte kom överens med. Han hade en förtrogen, en konsult som hette Lennart Rahmid. Även han hade varit med länge men hade aldrig varit anställd. Om det skulle vara möjligt att fortsätta expansionen in på nya marknader så måste produkten öppnas upp och göras tillgänglig för fler utvecklare. Diskussion fanns om att etablera lokala utvecklingsgrupper på varje marknad men man hade ännu inte tagit något beslut.

Bror insåg att Martin var ett problem och hade diskuterat detta med Frida ett antal gånger. Hon höll med honom och tyckte att anpassade han sig inte borde han lämna företaget. Men det var inte enkelt. Produkten var i princip hans och nästan helt odokumenterad, så de var svårt att låta någon annan ta över utvecklingen. Hamnade man där skulle man troligen få ta fram en helt ny produkt. Dessutom stöttades Martin helhjärtat av Petter vilket komplicerade det hela. Så enda lösningen var att Bror lyckades hitta ett sätt att jobba vidare med honom och hans konsultkompis. Han visste inte riktigt hur han skulle hantera det hela.

Givetvis undrade han också vad som skulle hända nu när Naser inte längre fanns kvar. Skulle man ta in en ny extern vd eller skulle Frida eller Petter ta över. Oavsett vilket beslut som fattades så skulle det med all sannolikhet påverka hans uppdrag. Han borde inte oroa sig i förväg, även om han hade en tendens att göra det alltför ofta.

Han hade nästan fastnat i sina funderingar och upptäckte att kaffet höll på att kallna. Han beslöt sig för att ta en enkel lunch och sedan gå tillbaka till kontoret. Efter en liten kinesisk wok nere på Saigon Cash gick han så tillbaka upp till kontoret.

4

TaxOpt AB
Tisdag

Den tekniska undersökningen var avslutad och ambulanspersonal kom för att ta med den döde. Förutom det borttagna dokumentet fanns det inget som pekade på något annat än självmord. De fick invänta obduktionen för att se om den visade något annat.

När den döde flyttades hade man under hans armbåge upptäckt en bit av ett avrivet hörn, förmodligen från det dokument som var borttaget från skrivbordet. Det fanns mycket lite kvar av texten och det var tveksamt om det skulle kunna användas.

Det avrivna hörnet lades i en bevispåse för vidare analys.

Jörgen skulle gå ner och informera om att våningsplan tre åter var öppet. Sedan hade man lånat ett konferensrum och skulle hålla inledande förhör med de anställda.

Samtidigt som båren med Naser kom ner i hissen mötte Jörgen Bror som kom tillbaka in till kontoret. Han hälsade kort vilket skapade en del förvånande blickar från övriga anställda.

Han ställde sig vid receptionsdisken och sa att kontoret längst upp åter var öppet, förutom Nasers kontor som fortsatt skulle vara stängt. Dessutom ville man gärna prata med så många som möjligt under eftermiddagen. Han berättade att de skulle hålla till i lilla konferensrummet på våningsplan tre.

Först skulle de prata med en fastighetsskötare som skulle komma in med uppgifter om vilka som passerat ut och in i kontoret. Det var inte säkert att det skulle ge så mycket då man bara använde kortläsare för att gå in. Ut kom man utan att identifiera sig. Dessutom kunde många gå in på samma dörröppning. Men kanske kunde det ge lite mer information om vad som hänt.

Fastighetskillen stod redan och väntade med en bärbar dator under armen när de kom ner till receptionen. Han behövde bara ansluta sig till kontorets trådlösa nätverk så skulle han ha tillgång till passagesystemet, berättade han.

Primärt tittade de på Naser Hamads dörrpassager. Han hade kommit till kontoret vid åttatiden på morgonen igår. Ytterligare en passage från entrén fanns vid strax efter ett, förmodligen då han kom tillbaka från lunch. Några fler passager fanns inte registrerade.

"Hur kom han in på sitt kontor?" undrade Jörgen.

"Jag skulle tro att den dörren oftast är öppen, vi kan titta på den specifikt" svarade teknikern.

Hans fingrar dansade över tangentbordet och presenterade så en lista över kontorsdörren in till Naser Hamad. Mycket riktigt fanns det nästan inga passager noterade alls. Dörren hade stängts strax efter halv åtta nu på morgonen och sedan öppnats strax efter åtta. Dörren hade öppnats av städerskan Kinora.

"Stämmer bra med hennes berättelse. Eftersom Naser dog strax efter midnatt betyder det att någon gått in i rummet efter hans död och sedan stängde dörren på vägen ut. Kan det ha gått till på något annat sätt?" undrade Eva samtidigt som hon insåg att hon yppade känsliga uppgifter för teknikern. Efter en uppmaning om att hålla tyst svarade han.

"Jag håller med. Någon måste ha gått in i rummet och sedan stängt dörren nu på morgonen. Någon annan möjlighet finns inte."

Man tittade generellt på alla passager vid entrén och noterade att många kom till kontoret tidigt. De flesta kom strax efter sju fram till strax före halv nio då antalet passager minskade i frekvens. Undantaget var programmerarna där vissa kom in mellan nio och elva på förmiddagen. Den stora gruppen ekonomer, jurister och marknadsförare kom tidigt på dagen.

Precis som Eva och Jörgen misstänkt kunde de inte få reda på hur många personer som fanns i byggnaden på morgonen. Om en person öppnade dörren kunde han hålla den öppen för ytterligare flera anställda som aldrig registrerades i systemet när de kom. Det var ändå intressant att konstatera att det fanns många på plats under den tid då Nasers dörr hade stängts.

"Finns det inget inbrottslarm som slås av och på?" undrade Jörgen.

"Nej, dörrarna är larmade och larmet styrs av passagesystemet, i övrigt finns inget larm. Företaget sitter på våningsplan tre till fem så risken för inbrott via någon annan väg än dörrarna är ju närmast obefintlig. Att bara larma dörrarna och hantera dessa via kortläsaren förenklar ju. Man behöver inte slå av och på något larm" förklarade fastighetskillen.

Nästa person för förhör blev på nytt städerskan Kinora, som de lyckades få tag på strax innan hon var på väg till universitet. Hon bekräftade det man redan fått reda på att Nasers dörr ofta stod öppen och mycket sällan var stängd. Hon hade inte noterat någon i närheten av hans kontor och hon bekräftade att de flesta fanns på plats strax efter åtta alla dagar på de översta våningsplanen, även denna dag. Kontoret närmast Naser var Frida Lindströms som inte varit närvarande på kontoret denna morgon.

Man pratade kort med alla på kontoret men fick inte fram något nytt. Man fick en komplett personallista där sex personer som var ute och rest samt några programmerare som kommit in sent kunde avföras från vidare utredningar. De kunde därför inte vara inblandade i Nasers död eller borttagandet av det saknade dokumentet.

Nu pekade allt mot självmord så om inte obduktionsrapporten pekade på något annat fanns det ingen anledning att undersöka detta vidare. Ett saknat dokument och att någon konstaterat att Naser var död utan att rapportera det var konstigt men inte nödvändigtvis ett brott som krävde deras engagemang.

Man pratade som hastigaste med Petter Björk och fick tag på Frida Lindström över telefon. De var bägge djupt chockade över det som hänt. Bägge konstaterade att de upplevt Naser som besvärad och lite frånvarande de senaste veckorna. Men att han skulle begå självmord var helt uteslutet trodde man.

Eva och Jörgen berättade att de eventuellt skulle återkomma efter obduktionen, däremot berättade de inget om det saknade dokumentet.

"Vad händer med företaget nu?" undrade så Eva när man avslutade samtalet.

"Vi har kallat in till ett krismöte i styrelsen redan ikväll så vi räknar med att vi har en plan för Nasers efterträdare redan till imorgon" förklarade Petter.

"Är ni delägare i bolaget?" undrade Jörgen.

"Ja Frida och jag är bägge huvudägare, vad har det med det här att göra" svarade Petter lite buttert.

"Nej ingenting, vi är bara nyfikna" sa Jörgen och höll ursäktande upp sina handflator.

När Eva och Jörgen kom tillbaka till polishuset satte man sig ner för en sammanfattning. De var överens om att det troligen var ett självmord, att utreda det vidare skulle inte bli aktuellt om inte obduktionen pekade åt något annat håll.

Man upplevde bägge att alla på företaget varit djupt tagna av det som hänt. Naser hade varit omtyckt både som ledare och för sina kunskaper inom marknadsföring. Både Frida och Petter hade varit djupt tagna av det som hänt. Om de på något sätt var inblandade hade de hållit en mycket bra fasad.

Däremot var man överens om att det borttagna dokumentet definitivt var skumt. Om det var ett självmord var det inte orimligt att misstänka att det var ett självmordsbrev. Varför skulle någon ta bort ett sådant. Ja, om brevet i sig var skadligt för företaget eller för ytterligare någon person på företaget.

Om det inte var ett självmordsbrev så var det kanske samma förklaring till att det togs bort ändå. Dokumentet innehöll något som var känsligt för företaget eller någon person på företaget.

Man tittade på nytt på det avrivna pappershörnet

"Vad tror du, vad kan det stå?" undrade Eva.

"Ingen aning, låt oss vänta och se om teknikerna hittar originalet på Nasers bärbara dator."

5

Fredbergsgatan
Tisdag kväll

Att Eva och Bror hade kommit hem ungefär samtidigt, överraskade båda två. Bägge hade misstänkt att den andre skulle bli sen av samma skäl. Bror trodde att dödsfallets utredning skulle leda till merarbete och Eva hade tagit för givet att Bror skulle behöva jobba sent på grund av samma dödsfall.

Så det såg ut att bli en lugn hemmakväll. Så blev nu inte fallet.

Strax efter sju ringde Brors syster Myran på dörren och släpptes rödgråten in i lägenheten.

"Vad har hänt?" sa Bror och kramade om sin syster.

"Jag och Erik har bråkat, han är borta nästan varenda kväll och vill inte berätta var han är. Jag tror han är otrogen även om han bestämt säger att det inte är så. Nu orkar jag inte länge, kan jag få sova här i natt?"

"Givetvis får du sova över men du måste ringa Erik och berätta var du är, lova det" sa Bror och kramade på nytt om sin lillasyster.

"Kom och hjälp mig med middagen, så får du sysselsätta dig med något och skingra tankarna" sa Bror och tog med sin syster ut i köket.

Bror hade köpt hem råvaror till en fiskgryta som deras pappa brukade laga till. Det var massor av grönsaker som skulle finhackas och sedan kokas upp till en krämig sås kryddad med saffran. De många grönsakerna som skulle tillredas gjorde att bägge hade fullt upp under tiden man förberedde maträtten.

Myran berättade att Erik blivit allt mer frånvarande, både fysiskt och mentalt. Han lämnade lägenheten och var borta hela kvällar och kom hem sent. Hemma verkade han vara inne i sin egen bubbla och var inte riktigt nåbar. Ibland låste han in sig i arbetsrummet med sin dator och kunde bli sittande i timmar. Myran hade tagit upp det flera gånger men han ville inte förklara var han varit, vad det var som tyngde honom eller vad han höll på med sin dator. Hon hade frågat honom rakt ut om han hade någon annan, vilket han hade förnekat. Ju mer tiden gick desto mer blev hon övertygad om att det var så trots hans förnekande.

"Vill du att jag ska prata med honom?" undrade Bror.

"Nej vi ska reda ut det här själva. Det känns redan bättre nu när jag fått prata av mig. Han får nog en tankeställare när jag ringer och berättar att jag sover här i natt. Kanske blir det lättare för oss imorgon att prata ut, tror du inte det?"

"Vi får hoppas det" sa Bror även om han själv inte var övertygad om att hennes natt här skulle lösa upp situationen.

Bror ropade till Eva att middagen var klar. Hon kom in i köket och var uppenbart mycket bekymrad.

"Vad har hänt?" frågade Bror.

"Jag hade massor med samtal från mamma under dagen som jag inte kunde besvara och nu när jag ringer tillbaka svarar vare sig mamma eller pappa. Tror du det kan ha hänt något?"

"Hon lämnade inget besked i telefonsvararen?"

"Bara att jag skulle ringa så snart som möjligt" sa hon och såg nästan ut som om hon skulle ta till gråten.

"Nu sätter vi oss och äter och så fortsätter vi ringa. Det löser sig ska du se" sa Bror samtidigt som han kände hur lite tröst som fanns i orden. Precis som med Myran var han inte helt övertygad om att det skulle vara ett bra besked när de så småningom fick kontakt. Evas mamma brukade aldrig vara så angelägen om att få kontakt så massor av samtal under dagen lovade inte gott, det insåg han. Nu satt han plötsligt med två av sina mest älskade tjejer som bägge var både oroliga och förkrossade, av oro och osäkerhet. Innerst inne kände han att han inte riktigt räckte till. Middagen blev inte någon munter tillställning. Både Myran och Eva satt mest och petade i maten, bägge uppfyllda av oro och den ovisshet som båda kände. Bror gjorde sitt bästa att hålla igång en diskussion och fick pliktskyldiga försäkringar om att det var jättegott och att allt var bra. Om det var jättegott eller inte kunde förmodligen ingen av tjejerna bedöma och att allt var bra var uppenbarligen inte med sanningen överensstämmande. När maten var uppäten hjälptes de åt att plocka undan. Eva gick iväg för att försöka få tag på mor eller far och Myran gick till övervåningen för att i lugn och ro ringa Erik och berätta att hon sov över hos Bror och Eva.

Bror satte sig ner i vardagsrummet, satte på lite stilla musik och lät tankarna vandra runt helt fritt. Hur livet från ett ögonblick till ett annat kan förändras. På ett blomstrande företag hittar man ledaren död, troligen självmord. Syrrans stabila förhållande är helt plötsligt inte alls stabilt. Föräldrarna som man vet alltid finns kanske helt plötsligt inte kommer att finnas för evigt. Alla dessa tre händelser, i sig så olika, skapar ändå samma typ av oro, osäkerhet och en form av minikaos. Vad kommer att hända på företaget? Hur kommer kompisgänget att förändras om Erik och Myran inte finns kvar som en enhet? Om Eva får något tråkigt besked hur kommer det att förändra deras liv? Fram till idag har avståndet till Evas föräldrar inte varit ett stort problem, även om det hade varit trevligt om de funnits tillgängliga närmare. Om något allvarligt hänt, hur kommer det att påverka Eva och Brors relation, Evas jobb och avståndet till Borlänge. Som sagt, nu är nu, men helt plötsligt ser allt helt annorlunda ut. Samtidigt så är förändring helt naturligt. Trots det så skapade alla dessa tre händelser en känsla av osäkerhet och oro. En känsla som satte sig som en liten knut i magen.

"Det är väldigt jobbigt, Erik vill komma hit och förklara. Han vill inte acceptera att jag behöver lite egen tid och att vi träffas imorgon. Kan du ringa honom brorsan?" sa Myran med vädjan i rösten när hon kom ner från övervåningen.

Bror lovade att hjälpa till, tittade först in till Eva som

fortfarande inte fått svar från vare sig mor eller far. Hon skakade uppgivet på huvudet och blev uppenbarligen allt mer orolig.

"Jag ska bara hjälpa Myran och ringa Erik så kommer jag in sedan" sa Bror och tog emot mobilen från systern.

I samma veva som Erik svarade hörda han hur Eva fick svar inifrån köket där hon stod men han hörde inget mer då hon stängde dörren ut till vardagsrummet där Bror fick ta tag i sitt samtal.

"Varför ringer du och låter bli att prata när jag svarar?" undrade en irriterad Erik.

"Ursäkta, det här är Bror, jag lånade Myrans telefon. Ursäkta att det blev lite rörigt, Eva fick precis ett samtal som jag överhörde. Nu är jag tillbaka."

"Jaha och varför ringer du. Myran kan väl prata själv, jag har inget att prata med dig om" snäste Erik av.

"Nu får du lyssna på mig. Syrran kommer att sova över hos oss ikväll och det får du finna dig i. Jag tycker att du fram tills imorgon ska tänka igenom den situation som uppstått mellan er och berätta för Myran vad du håller på med."

"Vaddå håller på med, jag håller inte på med något alls."

"Kanske inte men hon upplever att du gör det, så i hennes verklighet håller du på med något och hon tycker inte om att hon inte vet. Du vet, det här har vi pratat om tidigare. Sanningen är i betraktarens ögon."

"Men det är privat, och det har inget med vårt förhållande att göra. Förklara det för henne."

"Där tror jag du har fel. Visst kan man ha privata sfärer i ett förhållande. Enligt syrran är du borta flera kvällar i veckan och kommer hem sent utan att förklara vad du gjort. Hon upplever dessutom att du är frånvarande rent mentalt när ni träffas. Det här privata området som du inte vill prata om är lite väl omfattande för att vara så hemligt att du inte vill dela med dig. Det tror jag du förstår om du tänker efter. Tänk igenom det hela och prata sedan ut med Myran imorgon. Nu måste jag bryta, jag behöver prata med Eva. Lova mig att du tar tag i det här, både för Myran, dig själv och oss andra i gänget" avslutade Bror och la på luren i samma veva som Eva kom ut från köket.

"Pappa är jättedålig och ligger på sjukhus" sa Eva och föll snyftande in i Brors famn.

Eva hade ringt Jörgen och berättat att hon skulle åka hem till Borlänge nästa dag, hon skulle komma förbi polishuset på morgonen innan hon åkte. Myran hade efter lite diskussioner fram och tillbaka med Eva och Bror kommit fram till att ställa Erik mot väggen nästa kväll. Om han inte kunde berätta vad han höll på med tänkte hon göra slut. Samtidigt insåg hon själv, likväl som Bror och Eva, att det var lättare att säga men svårare att genomföra.

Bror hade svårt att somna. Dagen hade varit minst sagt händelserik. Nasers död, Myrans problem med Erik och nu Evas pappa sjuk. Han hade haft dåligt samvete då han kände att han borde varit ett bättre stöd både till systern och Eva. Han hade inte riktigt vetat hur han skulle ha agerat. Besluten som tjejerna tagit hade dock löst upp den ansträngda situationen. De hade haft en lugnande effekt. De hade bestämt vad man skulle göra och alla kände att nu fanns det inte mer att diskutera i de två frågorna. Samtidigt oroade han sig framförallt för Evas pappa. Vad hade hänt, hur skulle det påverka deras vardag. Borlänge låg lång bort och var besvärligt att resa till. Men det fanns ingen anledning att oroa sig i förväg, det skulle nog bli bra tänkte han och lyckades till slut somna.

6

Fredbergsgatan
Onsdag morgon

Bror gick upp tidigt och lagade till frukost för alla tre. Bägge tjejerna var lite stressade, Eva ville åka in till polishuset innan resan till Borlänge och Myran skulle iväg till sin skola. Eva hade packat sin resväska och skulle bli upphämtad av Jörgen och Myran skulle ta spårvagnen nere vid Järntorget. Bror kramade om bägge till avsked men hade själv inte lika bråttom utan satte sig ner i lugn och ro för att läsa tidningen på läsplattan och ta en kopp kaffe innan han gick ner till Nordstan och sin arbetsplats.

När han öppnade Business Inside möttes han av en braskande artikel

TAXOPT DRABBAT AV DÖDSFALL

Företagsraketen TaxOpt drabbades igår av en tragisk förlust. Företagets vd Naser Hamad hittades död på sitt kontor.

Under kvällen hölls ett extrainkallat styrelsemöte och Frida Lindström, en av grundarna, utsågs till ny vd. Dock från en styrelse som enligt säkra källor inte varit enig i sitt beslut.

TaxOpt har de senaste åren visat en mycket stark och

*snabb utveckling och varit en av tillväxtraketerna på
företagsmarknaden. Företaget har under sina år mer än
dubblat sin omsättning varje år.*

*För några år sedan startade de även en spännande
expansion utomlands och har genom den ytterligare
ökat sin tillväxttakt.*

*Naser Hamad har utan tvekan varit en viktig resurs för
den starka tillväxt och marknadsexpansion som
företaget uppvisat.*

*Det kommer att bli spännande att följa bolaget när man
nu får en inte lika erfaren och driven ledare.*

Jamad Konte – Business Inside

Det var intressant tänkte Bror. Han visste att Jamad varit en
reporter som skrivit ett antal artiklar om TaxOpt genom åren och
att han alltid varit mycket positiv till företaget. Att han
kommenterat att styrelsen varit oenig i beslutet om att välja Frida
till vd, samt hans ifrågasättande av henne, var minst sagt
överraskande. Han hade genom åren fått utstå en del kritik för
att han aldrig lyfte fram något negativt om bolaget.

En kollega på TaxOpt hade berättat att en viss Christer
Hempe på Kvällspressen skrivit ett antal mindre positiva artiklar
samt också kritiserat Jamad för hans glorifierade av bolaget.
Skulle bli intressant att se om det kom något svar på den här
artikeln därifrån.

Bror var också förvånad över att de inte fanns någon
information om att Naser var skjuten och att det troligtvis var ett
självmord, det skulle med all säkerhet Kvällspressen rätta till.

Han undrade också varför styrelsen inte varit överens. Vad
han förstod så var både Frida och Petter huvudägare och hade
sina egna förtrogna inom styrelsen. Om han bedömt Petter rätt
så var han också sugen på vd-posten och det kanske hade varit
en strid mellan Frida och Petter som var orsaken till oenigheten.
För egen del kändes beslutet bra. Han kom bra överens med

33

Frida och hade inte haft lika lätt för Petter. Det här kunde eventuellt också påverka hans uppdrag. Kanske skulle han få ett utökat ansvar, men det kunde lika gärna innebära att uppdraget avslutades. Det var dags att åka in till kontoret och klarlägga hur händelserna påverkade hans arbete.

När Bror kom in till kontoret blev han av receptionisten ombedd att omedelbart söka upp Frida Lindström. Bra tänkte han, då slapp han själv söka upp henne. Nu fick han hålla tummarna för att han skulle få vara kvar hos bolaget.

"Hej vad bra att du kunde komma, jag kan tänka mig att du har funderat på hur de här händelserna påverkar ditt uppdrag" sa hon och bjöd honom att sätta sig ner med en handrörelse mot besöksstolen.

Han kände det alltid lite konstigt att sitta i besöksstolen framför ett skrivbord. Kändes som om han var där på nåder, eller som ett förhör. Det hade utan tvekan känts bättre om de satt sig ner vid hennes lilla konferensbord.

"Vi var överens om att du skulle komma in och hjälpa mig med utveckling och kundsupport. Nu innebär mitt nya uppdrag att jag behöver lägga mer tid som vd och fokusera ännu mer på marknadssidan. Så jag och Petter är överens om att han tar över utveckling och kundsupport vilket innebär att du ska rapportera till Petter istället för till mig. Ser du några problem med det?"

"Nej det tror jag inte. Så uppdraget blir kvar som förut men jag ska rapportera till Petter istället för till dig. Har jag förstått det rätt?"

"Ja så blir det. Petter kommer boka in ett möte med dig. Jag skulle dock vilja att vi även fortsatt har en viss dialog. Jag är inte helt nöjd med att Petter och Martin tar över utveckling och support, så om vi kunde ha regelbundna avstämningar lite på sidan om skulle jag uppskatta det. Men det måste kännas bekvämt för dig."

"Det ska nog gå bra hoppas jag."

"Utmärkt då säger vi så. Petter hör nog av sig ganska snart."

Alla dessa intriger som alltid dök upp. Egentligen var han

inte så intresserad av att bli en bricka i något maktspel, men han trivdes bra med Frida så han ville inte tacka nej till hennes förslag. Dessutom var det bra att ha en egen relation till henne för han kände sig inte helt bekväm med att få Petter som närmaste chef.

Bror gick ut till fikarummet och hämta en kaffe. På bordet låg senaste kvällspressen och mycket riktigt fanns en annan vinkling i den tidningen.

TROLIGT SJÄLVMORD PÅ APPFÖRETAG

Naser Hamid, vd på TaxOpt, påträffades igår skjuten på sitt kontor. Allt pekar mot ett troligt självmord.

TaxOpt, företaget som alla hyllar för sin snabba tillväxt, har drabbats av en allvarlig störning. Naser Hamid har utan tvekan varit tongivande i företagets minst sagt tveksamma strategi om att fokusera på tillväxt utan att skapa lönsamhet.

Dessutom verkar man inte vara överens inom styrelsen. Enligt säkra källor uppstod en maktstrid mellan de två grundarna Frida Lindström och Petter Björk på det extrainsatta styrelsemötet. En strid som Frida gick segrande ur, då hon blir företagets nya vd.

Utan Naser Hamid och med en oenig styrelse ska det bli intressant att följa företaget. Kommer TaxOpt fortsatt att vara företagsvärldens favorit eller kommer verkligheten hinna ikapp. Vi får se.

Christer Hempe – Kvällspressen

Precis som han redan konstaterat var kvällspressen både mer kritisk i sin analys och samtidigt mer sensationslysten då man lyfte fram att Naser var skjuten och att det var ett troligt självmord.

"Petter var inte glad när han kom in i morse. Han var väldigt

35

sugen på den där vd-posten" sa en yngre tjej som kommit fram till Bror där han stod och läste artikeln. Hon stod helt oblygt och läste artikeln över Brors axel. Asiatiskt påbrå, kanske kines men definitivt uppväxt i Sverige. Ingen brytning som indikerade något annat.

"Hej, Emilia Chang heter jag. Ursäkta att jag inte presenterade mig. Jag arbetar på ekonomiavdelningen. Är du den nya konsulten som ska hjälpa till med utveckling och kundsupport?" sa hon när hon insåg att hon bara pratat utan att presentera sig.

"Det stämmer bra, Bror Stensson heter jag. Hur kommer det sig att Petter reagerar så kraftigt, vet du det?"

"Oss emellan, han var inte glad över att Naser kom in och definitivt inte över att Frida blir vd. Jag upplever honom som både smygrasist och smått kvinnofientlig" sa hon viskande i förtroende.

"Men det var ju han och Frida som startade bolaget. Han var med och rekryterade Naser" sa Bror uppriktigt förvånad.

"Visserligen. Men i hans värld är hon en assistent, eftersom hon är kvinna, och han är kungen över alla här. Naser blev utsedd till vd trots Petters intensiva protester. Frida och hennes lierade investerare körde över honom i styrelsen vilket de även gjorde igår. Det hade inte varit roligt om Petter blivit vd. Som du hör har jag ingen bra uppfattning om honom. Men det här är min privata åsikt, du får bilda dig din egen" sa hon och lämnade fikarummet.

7

Polishuset
Onsdag förmiddag

Eva hade bokat in ett tåg som gick halv elva upp mot Borlänge. Hon hade velat åka tidigare men hennes mamma hade sagt att pappa skulle på en mängd undersökningar hela dagen och komma tillbaka till salen först efter fyra. Dessutom skulle hennes mamma gå till tandläkaren så det fanns ingen anledning att komma upp tidigare. Pappa var betydligt bättre och det fanns ingen omedelbar oro för tillfället. Så motvilligt hade hon accepterat att inte kasta sig på första tåget upp utan fick nu några timmar på kontoret innan hon åkte.

"Vad tråkigt med din pappa. Hur är det med honom?" frågade Jörgen när hon kom in till kontoret.

"Han är betydligt bättre men nu ska han undersökas på längden och tvären hela dagen så får vi se när jag kommer upp senare idag. De tror att han fått en liten stroke."

"Hoppas det går bra. Har du tid med en kortare avstämning? Jag har nyheter både från obduktionen, teknikerna och en liten lek med en korsordsapp. Vill du lyssna?"

"Spännande, sätt igång."

Obduktionen hade visat att Naser varit fullt frisk och i god kondition. Det var ingen tvekan om att han själv hållit i vapnet. Han hade höga doser av lugnande medel i kroppen. Teknikerna hade konstaterat att det borttagna dokumentet inte fanns på hans dator och att papperet det var utskrivet på inte stämde med de papper som fanns i skrivarna på kontoret. Jörgen nästan forcerade fram alla fakta i en strid ström.

"Nu får du lugna ner dig, så bråttom har vi inte. Nu tar vi det här steg för steg."

Obduktionen öppnade upp för ett antal frågor. Kunde de lugnande tabletterna innebära att Naser tvingats att skjuta sig själv. Jörgen berättade att han redan ställt den frågan och fått till svar att det var mycket osannolikt men inte helt omöjligt. Som vanligt fick de aldrig några helt entydiga svar från rättsmedicin. Jörgen skulle undersöka om Naser fått tabletterna utskrivna och vem som i så fall skrivit ut dessa. Sedan kom man överens om att han skulle dubbelkontrollera om det var möjligt att tvinga en person att skjuta sig själv om han hade den dos med lugnande medel som var konstaterat.

Dokumentet som var borttaget var intressant. Om det inte fanns i hans dator och inte var utskrivet på kontoret låg det nära till hands att han antingen skrivit ut det hemma eller att det var en rapport som han fått av någon annan. Jörgen skulle ta med sig tekniker hem till Naser och undersöka hans lägenhet och både leta efter tabletter, recept och dator samt skrivare hemmavid.

"Dessutom har jag analyserat hörnet som fanns kvar med hjälp av en korsordsapp. Vill du höra?" sa Jörgen mäkta stolt och Eva nickade till honom att fortsätta.

"Min mamma löser korsord och använder en korsordsapp för att lösa vissa ord i korsordet. Man skriver in kända bokstäver och fyller sedan på med mellanslag för de bokstäver som man inte känner till. Den första raden går inte dra någon slutsats av men *oeg, anst* och *Lever,* kan man gissa kring. Det mest troliga är att *oeg* står för oegentlighet, *anst* skulle kunna stå för anställda men inte alls lika säkert. *Lever* står troligen för leverantör. Om dessa antaganden är riktiga skulle det kunna vara en rapport som påvisar oegentligheter hos leverantörer och anställda. Skulle det kunna förklara hans självmord, kanske även varför dokumentet tagits bort? Vad tror du?"

"Tja kanske, men det är ju som du säger bara gissningar. Men bra jobbat, hälsa din mamma och tacka." sa Eva förundrat.

Man var överens om att den kvalificerade gissningen kanske var riktig men insåg också att det var svårt att avgöra vad det kunde betyda. Det kanske var en rapport om oegentligheter i TaxOpt eller i någon annan verksamhet som Naser var eller varit inblandad i. Var det rapporten som fått Naser att ta sitt liv? Eller som fått någon att ta hans liv? Att rapporten var borttagen efter hans död indikerade att rapporten innehöll känsliga uppgifter för TaxOpt eller någon annan på företaget, på något sätt. Jörgen fick en ganska omfattande lista att gå igenom. Förutom det som redan konstaterats skulle han förhöra Nasers exfru och son. Eva lovade att hon skulle finnas tillgänglig på telefon trots att Jörgen stod på sig och uppmanade henne att strunta i jobbet och fokusera på sin familj.

Eva lämnade polishuset för den ganska korta promenaden bort mot centralstation. Hon gick över kanalen in i Stampen-området och fortsatte bort mot Odinsplatsen på Folkungagatan. Eva gillade Odinsgatan med dess lite gemytligare karaktär mycket bättre än Ullevigatan förbi Gamla Ullevi som egentligen var snabbaste vägen till tåget. På Odinsgatan fanns ändå lite affärer att titta in i och även om hon inte själv spelade något instrument var det alltid lika roligt att titta på gitarrer i skyltfönstren på de två musikbutikerna.

Men i och med att hon lämnat polishuset gick det inte att trycka bort tankarna på mor och far. Vad hade hennes pappa råkat ut för, skulle det visa sig allvarligt eller var det bara något temporärt som inträffat. Hon tyckte det var svårt att inte måla upp värsta möjliga scenario, hon hade lite för lätt att göra så.

Borlänge var inte enkelt att resa till. Resan med tåget skulle ta nästan sex timmar med byte både i Katrineholm och Sala. Ibland saknade hon att de inte hade en egen bil men med bil skulle resan upp till Borlänge ta minst fem timmar, sannolikt upp emot sex med några pauser på vägen upp. Så det var egentligen inget alternativ. Om hon kört skulle körningen hålla henne sysselsatt, nu skulle resan bli en plåga insåg hon redan från början. Hon hade tagit med sig en bok som Bror rekommenderat men hon var inte säker på om hon skulle kunna fokusera på att läsa. Utan tvekan skulle det bli mycket funderande de närmaste timmarna. Hon köpte en dricka och en smörgås på centralen och satte sig tillrätta på tåget. När hon satt på plats bestämde hon sig för att koppla bort oron för pappa. För tillfället fanns det inget hon kunde göra. Hon lät istället tankarna vandra tillbaka till utredningen som Jörgen nu skulle hantera. Allt pekade på att det var ett självmord. Varför han tagit livet av sig hade man ingen aning om. Vad var det som hade drivit honom till denna desperata åtgärd? Vad stod det på dokumentet som var borttaget? Fanns det något som var så allvarligt att det kunde driva honom till självmord? Men varifrån kom vapnet, det var inte undersökt. Det kändes osannolikt att han förvarade vapnet på kontoret om han nu hade en licens för ett vapen. Om det inte förvarades där så måste han redan i förväg planerat att ta livet av sig. Det fanns många frågetecken och hon skickade ett sms till Jörgen på de nya frågor som hon identifierat.

Tåget rörde sig sakta framåt och hon slumrade till och väckes försiktigt av en medresenär som undrade om hon skulle stiga av i Katrineholm. Vilken tur att hon berättat var hon skulle stiga av och vilken tur att resenären satt kvar och väckte henne.

Ute på perrongen messade hon till Bror och undrade om han hört något nytt om Myran och Erik. Det fanns inget nytt på den fronten, de skulle träffas först till kvällen. Bror skickade en stor hjärt-emoj och uppmanade henne att höra av sig så fort som hon kom fram till Borlänge. Eftersom tåget mot Sala skulle gå först om tjugo minuter gick hon in på pressbyrån och köpte en stor kaffe. Hon kände att hon behövde piggna till, hon ville inte riskera att somna på nytt och missa bytet i Sala.

När hon satte sig på nästa tåg funderade hon på Erik och Myran. De hade varit ett så tajt och harmoniskt par. Var det verkligen så att Erik träffat en annan. Eva trodde inte på det men vad gjorde han i så fall på sina kvällar borta och när han låste in sig med datorn. Vad motiverade hans beteende och varför vägrade han att berätta vad han gjorde. Eva kunde inte komma på något utan konstaterade att den enda rimliga förklaringen var

40

det Myran misstänkte. Han hade träffat någon annan, ändå kändes det inte som Erik. Om Myran och Erik separerade skulle det utan tvekan bli en rejäl störning i kompisgänget.

Strax efter fyra kom så tåget in till Borlänge, utan försening. Evas mamma kom springande mot henne på perrongen och de blev stående omfamnande varandra länge.

8

Fredbergsgatan
Onsdag kväll

Bror kom hem tidigt efter en händelselös eftermiddag på TaxOpt. Petter hade hört av sig men hade inte tid för ett möte förrän tidigt nästa dag. Kontoret hade varit mer eller mindre handlingsförlamat. Frida och Petter hade haft ett antal interna möten och vid ett tillfälle hade Bror uppfattat ett hårt tonläge från Fridas kontor när han gått förbi. Helt överens var de tydligen inte. Kvällspressens kommentar om en maktstrid mellan grundarna var kanske inte helt fel. Emilia Chang hade också antytt något åt det hållet. Fridas önskemål om avstämningar på sidan om med Bror var ytterligare en indikering på att de två inte var helt kontanta med varandra. Han skulle veta mera imorgon när han pratat med sin nya chef, Petter.

Men nu var han mer nyfiken på en rapport från Borlänge och även från lillasyster. Nästan så att han inte kunde låta bli att ringa och fråga men hejdade sig och insåg att de skulle höra av sig så snart som de hade något att berätta. Eva hade messat och berättat att hon kommit fram till Borlänge.

Eva ringde strax efter sex. Hennes pappa låg på intensivavdelningen. Han hade drabbats av en stroke när han tog en promenad i ett litet skogsområde inte långt från hemmet. Ett förbipasserande par hade upptäckt honom och ringt efter ambulans. Däremot visste man inte hur länge han legat innan han fick hjälp. På sjukhuset hade man varit väldigt oroliga och det hade varit osäkert hur det skulle gå.

Eva var nästan otröstlig när hon berättade att hennes mamma suttit där på sjukhuset och inte visste om han skulle överleva. Alla hennes samtal hade Eva tryckt bort för hon tyckte att jobbet var prioriterat. Hur hade hon kunnat agera på det sättet? Bror var tvungen avbryta hennes självkritiska utbrott och tvinga tillbaka henne till att berätta om hur hennes pappa mådde nu. Det hade hon helt glömt bort att berätta då hon fördjupat sig i sitt eget agerande.

På tisdag kväll hade hans tillstånd stabiliserats men han låg fortsatt nedsövd. Först på onsdag morgon han hade vaknat till och läkarna bedömde att han inte längre var i akut fara. Tydligen så var inte stroken så allvarlig utan man hade mest varit oroliga för att han blivit nedkyld. Hennes mamma hade fått träffa honom, men bara helt kort. Läkarna hade krävt att besöket skulle hållas kort. Först imorgon skulle de bägge få komma upp och träffa honom en längre stund samt få ett samtal med en läkare.

"Det känns helt overkligt. Han är ju inte ens sjuttio år. Jag inser att tanken på att han inte alltid kommer att finnas aldrig ens kommit för mig. Hur kan jag ha varit så okänslig, eller, jag vet inte vad" sa Eva och suckade.

"Det ska du inte ha dåligt samvete för. Jag har heller aldrig reflekterat över att mamma och pappa inte alltid kommer att finnas. Jag tror inte att du ska tänka de tankarna innan det finns anledning att oroa sig. Så ha inte dåligt samvete för det. Nu har vi en ny situation. Vill du att jag kommer upp?"

"Nej det behövs inte. Även om jag gärna skulle vilja att du var här så känns det bra att det bara är jag och mamma just nu. Jag stannar resten av veckan, vi hörs av igen imorgon efter att vi pratat med läkarna så bestämmer vi vidare. Puss puss."

Bror insåg helt plötsligt att de hade en helt ny situation att förhålla sig till. Eftersom hans föräldrar bodde i Göteborg så hade han en nära kontakt och de träffades ofta hemma i föräldrahemmet. Däremot så hade de inte träffat Evas föräldrar lika ofta, helt naturligt då de bodde uppe i Borlänge. Det var heller inget som de oroat sig för. Hennes föräldrar var bägge pigga och aktiva, i alla fram till idag, och båda var intresserade av fritid och natur. De hade inga överdrivna önskemål om att få besök ofta men hade alltid varit glada när dottern och fästmannen åkte upp och hälsade på och de hade besökt Eva och Bror några gånger i Göteborg. Även om de besökte Brors föräldrar flera gånger per månad så kändes det ändå som att de hade minst lika bra kontakt med hennes föräldrar uppe i Borlänge. Eva ringde hem minst en par tre gånger i veckan och de chattade med varandra via Messenger flera gånger per dag. Vad skulle hända nu om han blev dålig och sängliggande. Det gick inte riktigt att föreställa sig.

Trots att Eva berättat att han stabiliserats och var utom akut fara så insåg Bror att det lika gärna kunde vara en beskrivning om att han överlever men förblir liggande på sjukhus som att han kanske på sikt tillfrisknar helt. Det fanns ingen anledning att spekulera i det utan nu fick de invänta samtalet med läkarna imorgon. Han kände ett litet stygn av svartsjuka, eller vad det nu var, att hon inte ville att han skulle komma upp. Det hade känts naturligt att vara där och stötta Eva samtidigt som han förstod att hon gärna ville vara ensam med sin mamma.

Han kokade en kopp te och satte sig ner och slötittade på tv utan att egentligen kunna fokusera på det han såg. Det blev mest ett meningslöst zappande mellan kanalerna.

Han hade precis somnat till när det ringde på porttelefonen.

När han öppnade dörren brast det för hans lillasyster och hon kastade sig storgråtande i hans famn. När hon lugnat ner sig berättade hon att nu var det slut. Erik hade bedyrat att han älskade henne men ville inte berätta vad han gjorde på kvällarna när han var ute och när han låste in sig med sin dator.

De hade haft ett allvarligt gräl, i alla fall så lät det så när hon berättade. Han hade anklagat henne för att inte lite på honom och hon hade anklagat honom för att ha hemligheter som han inte berättade om. Beskrivningen var riktig från bägge håll. Det var uppenbart att Myran inte litade på honom och lika uppenbart att han hade hemligheter som han inte berättade om.

"Tycker du jag är dum som inte litar på honom?" sa Myran snyftande.

"Nej, det tycker jag inte. Skulle Eva bete sig så mot mig, vara ute om kvällarna och sitta inlåst på sitt rum med en dator och vägra berätta vad hon gjorde hade jag också gjort slut. Jag fattar inte hur han resonerar."

"Inte jag heller, det känns bara jobbigt. Kan jag få bo här hos er några dagar. Jag orkar inte med att berätta för mamma och pappa i nuläget?"

"Självklart, Eva är uppe i Borlänge veckan ut så det är inga problem. Du får kampera på soffan i vardagsrummet."

"Oj, nu fick jag dåligt samvete, hur är det med hennes pappa?"

Bror återberättade vad som hänt uppe i Borlänge. Därefter lagade han till en liten middag som de åt under tystnad, bägge fokuserande på sina egna problem. Efter middagen kom de överens om att ta en gemensam promenad för att rensa tankarna och samla ihop sig innan det blev dags för att sova.

De gick ner mot Masthuggskajen och vandrade österut längs Göta Älv. De tittade ut över älven och pekade mot Ericssons nya kontor på norra älvstranden där deras föräldrar arbetade. Lindholmensområdet som vuxit upp i raketfart och blivit ett centrum för olika teknikföretag. Bror berättade att Ericsson varit på väg att bygga nytt kontor ute i Mölnlycke men i sista stund hade Göteborgs kommun tagit beslut om att exploatera Lindholmen och fått Ericsson att besluta sig för det nya området. Tidigare hade området varit rejält nedgånget som sedan blivit ett nytt nav i Göteborg. Nu skulle också Sveriges högsta byggnad Karlatornet byggas strax intill och satsningen på området verkade inte mattas av. Nu byggde man överallt i Göteborgs centrum. Det fanns snart inte ett område som inte var uppgrävt och nya skyskrapor planerades och nya byggplaner presenterades i en aldrig sinande takt. Många förfasades över alla ändringar men Bror tyckte det var bra. Kändes skönt att se att man satsade på framtiden. Skulle satsningarna avta skulle staden stagnera och det var det väl ändå ingen som ville.

Hoppades han i alla fall.

När de passerade Stenpiren och gick över Stora Bommens Bro förbi Casino Cosmopol harklade sig Myran lite generat.

"Jag har gjort en sak som jag inte borde" sa hon skamset.

"Vaddå inte borde?"

"Jag gick in på Eriks Google timeline, för jag ville se var han varit när han lämnade mig på kvällarna. Han vet inte om att jag gjort det och jag har dåligt samvete. Det verkar som att han har någon älskarinna i det här området, för han verkar ha åkt hit ganska många av kvällarna" sa hon och snyftade till på nytt.

När de kom hem stämde Bror som hastigast av med Eva innan han gick till sängs. Myran hade nästan omedelbart somnat i soffan. Bror kunde inte somna, det var något som Bror sett under dagen som gnagde, men han kom inte på vad det var.

9

Borlänge
Torsdag

Bror tog ledigt torsdag och fredag och åkte upp till Eva och hennes föräldrar i Borlänge, trots att Eva från börjat protesterat. Samtidigt hörde han hur glad hon blev när han stod på sig, så att åka upp var definitivt rätt beslut. Dessutom var det länge sedan han varit uppe så det skulle bli ett välbehövligt avbrott. Ja han insåg att det skulle bli trevligt trots att anledningen var hennes pappas sjukdom. Det skulle bli roligt att träffa föräldrarna och Eva men också skönt att komma ifrån otrevligheterna på jobbet och Myrans privata strul.

Myran skulle bo kvar i lägenheten medan hon funderade på hur hon skulle göra med sitt boende på sikt nu när hon lämnat Erik. Kanske skulle hon bli tvungen flytta hem till mamma och pappa men hon hade någon kompis som kanske skulle utomlands någon månad och eventuellt kunde hon låna den lägenheten.

Precis som vanligt var han förundrad över hur besvärligt det var att resa dit. Han hade suttit länge och funderat på om han skulle flyga upp till Arlanda och sedan ta tåget till Borlänge eller om han skulle ta tåget hela vägen. Efter att ha vägt restid mot klimatångest hade så beslutat sig för att ta tåget hela vägen.

Tåget rullade in i Borlänge vid halv elva på kvällen efter en mindre försening. Eva mötte på perrongen och var på ett strålande humör. Hennes pappa måste vara betydligt bättre, så

47

här uppåt hade han inte förväntat sig att hon skulle vara.

"Hej vad roligt att se dig på så gott humör" sa han och kramade om henne.

Hon berättade att resultaten från undersökningarna under dagen varit positiva och att han skulle få komma hem på fredag. Han hade fått medicin utskriven och läkarna var optimistiska. Han skulle ta det lite lugnt men samtidigt se till att röra sig. Lagom med motion skulle påskynda tillfrisknandet. Han hade lite problem i vänster sida som gjorde det svårt att gå och armen fungerade inte riktigt bra. Men ingen talrubbning och ingen förlamning i ansiktet som annars var ganska vanligt. Läkarna var överraskade av hur snabbt han kryat på sig med tanke på hans tillstånd när han kom in i ambulansen. Men tydligen trodde man att det berodde mer på nedkylning än stroken.

Bilen åkte den bekanta vägen genom centrum och sedan vidare sydöst ut förbi travbanan och den lilla flygplatsen och vidare ner mot Skärsjö där Evas föräldrahem låg. Borlänge var inte en stor stad, nu hade de lämnat stadsbebyggelsen och kommit ut på landet.

Evas mamma väntade ute på verandan och välkomnade Bror med en stor och hjärtlig kram. Te och några kvällsmackor fanns uppdukade och det var tillräckligt varmt att sitta utomhus om man satte på infravärmen.

"Vad roligt att du kunde komma upp" sa Evas mamma när hon hällde upp teet.

Eva kramade hans hand kärvänligt och han insåg att hon var glad att han kommit upp trots att hon insisterat på att det inte behövdes. Ibland måste man strunta i det som sägs och följa vad man känner konstaterade Bror och lyfte handen till en vänlig smekning av Evas kind.

"Imorgon ska vi hämta hem sjuklingen och på lördag fyller Evas kusin Robert år och vi är bjudna på kalas. Det ska bli väldigt trevligt, vi hoppas bara att gubben är kry nog att följa med."

"Jag glömde berätta det. Robert har jag inte träffat på många år. Vi var tajta som barn och han har arbetat utomlands ett antal år och precis flyttat hem. Det ska bli så roligt att träffa honom och få presentera dig också" sa hon med ett strålande leende.

Bror hade gruvat sig för att han skulle komma upp till en besvärad stämning präglad av sjukdomsbeskedet. Både Eva och hennes mamma var riktigt uppåt så till hans överraskning såg det här ut att kunna bli en riktigt trevlig liten minisemester De skulle få hela tre dagar tillsammans.

När de sagt god natt och gått över till gäststugan på tomten som de brukade bo i när de var på besök, stannade Eva upp och tittade allvarligt på Bror.

"Jag tänker ta tjänstledigt och stanna här hemma ett tag. Jobbet har accepterat och jag hoppas du tycker detsamma. Du kan komma upp och hälsa på under helgerna. Det blir bara några veckor. Säg att du tycker det är okej" nästan forcerade hon fram.

"Givetvis är det okej, men det kommer att bli tråkigt utan dig hemmavid" svarade Bror samtidigt som han inte riktigt såg fram emot att vara ensam i lägenheten. Han hade blivit så van vid hennes sällskap och de gjorde nästan allting tillsammans. Så ett antal veckor utan Eva skulle utan tvekan bli tråkigt men de skulle ses på helgerna och att det var viktigt för Eva det såg han i hennes vädjade blick.

"Du vet inte hur glad jag är som har dig som är så förstående" sa hon och gav honom en varm kyss.

Nästan morgon åkte de alla tre upp till sjukhuset. Evas pappa såg betydligt piggare ut än vad Bror förväntat sig. Lite blek och lite sliten men långt ifrån så illa som Bror fruktat.

"Vad roligt att se dig. Än finns det liv i gubben må du tro" sa han lite hurtfriskt. En blick från Evas mamma visade att hon inte riktigt uppskattade hans ironiska kommentar.

De åkte förbi stadens apotek och hämtade ut en försvarlig mängd med mediciner som var ordinerade. På hjälpmedelscentralen hämtade man en krycka. Eva föreslog en pillerburksdoserare där han kunna lägga in alla sina tabletter i fack för morgon och kväll dag för dag. Evas pappa grymtade och sa att han visserligen fått en stroke men att han inte blivit senil.

Doseringsasken följde med hem trots hans livliga protester. När man kom hem tog man det lugnt. Bror och Eva åkte iväg och handlade och gick en liten sväng på shoppingcentret Kupolen. Samma affärer som hemma i Göteborg men Eva hittade två nya blusar och Bror köpte några skjortor på rean. De satte sig ner och fikade på ett av caféerna inne i shoppingcentret. Bror berättade om Myrans bekymmer och hennes beslut om att flytta ifrån Erik. Han skvallrade lite om de små konflikterna mellan Frida och Petter på TaxOpt men de satt mest tysta och trivdes i varandras sällskap.

På kvällen åt de en enklare middag och Evas pappa blev allt piggare, nästan timme för timme. Bror hoppades i sitt inre att Eva kanske skulle följa med ner till Göteborg men var klok nog att inte ta upp frågan. Ändrade hon sig skulle det vara hennes eget beslut.

Det var brittsommar i luften. När Bror vaknade på lördagen var det femton grader varmt och skinande sol. Prognosen lovade temperaturer upp emot dryga tjugo. En fantastisk inramning för det kalas de skulle på senare på kvällen.

Eva och Bror tog en lång promenad, de gick söderut mot Knutshyttan och vidare ner till sjön Grängen. De hade med sig en matsäck som Evas mamma hade packat och stannade till vid sjön och vilade upp sig varefter de gick tillbaka hem. Evas pappa var ännu piggare idag och skulle följa med på kalaset på kvällen. Han hade efter viss träning fått styr på kryckan och kunde nu förflytta sig hyfsat bra.

Festen var hemma hos kusinens föräldrar i Stora Tuna inte långt från stadens bandyarena. Trädgården var vackert pyntad med löv och lyktor och många av gästerna hade redan kommit trots att de inte var speciellt sena. De fick var sitt glas mousserande vin med frukt i och Bror noterade att Eva noga kontrollerade att pappa höll sig borta från alkoholen. Det hade hon inte behövt men det var inte konstigt att hon tog på sig en övervakande funktion.

"Oro dig inte för pappa, han vet att han måste låta bli. Du

behöver inte bli hans morsa även om jag vet att du är orolig" sa hennes mamma med ett leende på läpparna när hon noterat hennes oroliga blick.

En del av gästerna hade Bror träffat under tidigare besök uppe i Borlänge men många var helt nya ansikten. Evas pappa var ett naturligt samtalsämne. Många berättade historier om bekanta som drabbats betydligt tuffare och blivit rullstolsbundna i många månader samt haft stora svårigheter med talet. Så jämfört med alla dessa skräckhistorier så insåg både Eva och Bror att hennes pappa kommit lindrigt undan. Men hade han blivit liggande för länge i skogsområdet hade det kunnat sluta riktigt illa. Sedan flyttades allt fokus mot Bror för de som inte träffat honom tidigare. Alla var nyfikna på Evas pojkvän och efter en stund bara snurrande alla namn runt i huvudet på honom. Han kände sig mycket välkommen, nästan som om han själv var festens huvudperson.

Så kom Eva med en kraftig blond man med en stor kalufs i släptåg. Han var kraftig men inte fet. Hade ett öppet och vänligt ansikte med tydliga drag av både Eva och hennes mamma. Att de var släkt var ingen tvekan.

"Hej här är Robert och det här är Bror" sa Eva och lämnade de två till varandra då hon blev inropad till ett annat gäng.

Robert visade sig ha arbetat i Lettland för ett företag som erbjöd Call-center tjänster till olika svenska företag. Hans företag hade blivit uppköpt och då han inte kom riktigt överens med de nya ägarna och hade beslutat sig för att flytta hem till Sverige.

"Vad var det för företag som gick in som ägare, något jag känner till?" undrade Bror.

"De nya ägarna är ett riskkapitalbolag med säte i Malmö, heter BertInvest och drivs av en kille som heter Folke Bertils, känner du till det?"

"Jag känner honom inte men jag känner till företaget. De är en av de större ägarna till företaget jag arbetar för idag."

"Akta dig för honom! skumt företag med kopplingar till halvkriminella, har jag hört ryktesvägen. Som sagt killarna han skickade över efter uppköpet kom i alla fall jag inte överens med. Men jag hade ett trevligt år i Riga, en stad som jag verkligen rekommenderar er att besöka. Nu ska vi inte grotta ner oss i otrevligheter. Nu går vi till bords och har trevligt" sa han och bjöd in mot långborden där gästerna börjat sätta sig.

10

Fredbergsgatan
Två veckor senare - Måndag

Bror vaknade tidigt och kunde inte riktigt somna om. Det var skönt att äntligen ha Eva vid sin sida på nytt. Nu var hennes pappa så mycket bättre. Han hade fått tid hos en sjukgymnast och den delvisa förlamningen hade släppt dag för dag, mycket sjukgymnastens förtjänst enligt Eva. Till helgen skulle de äntligen få umgås med kamratgänget på nytt. Det såg han fram emot, ett så här långt avbrott hade man aldrig haft tidigare. På fredag skulle alla träffas hemma hos Malin och Katrin, det skulle bli supertrevligt.

Dessutom var det länge sedan de varit hemma hos Brors föräldrar på middag och den var inbokad till på lördag. Det skulle bli skönt att komma tillbaka till de rutinerna också.

På jobbet hade det varit två händelserika veckor. Förstämningen efter Nasers död hade till stor del släppt. Frida hade kommit igång med sitt nya arbete och jobbade på bra. Bror hade etablerat en fungerande relation till Petter men helt nöjd med samarbetet var han inte. Det hade ställts på sin spets när helt plötsligt alla utvecklare sagt upp sig förutom Martin och hans vapendragare Lennart. Bror visste att en stor del av missnöjet hos programmerarna var relaterat till Martin och hade försökt få till en diskussion kring detta med Petter. Resultat blev helt plötsligt att man i styrelsen tagit beslut om att inrätta ett utvecklingscenter i Riga under Martins ledning. Bror hade känt sig rejält överkörd men Frida hade övertalat honom att stanna kvar. Hon sa att den frågan inte var fullt utredd än och bad honom vänta ett tag innan han fattade något beslut. I övrigt så var det uppenbart att Frida och Petter inte gick bra ihop. Det var som regel flera öppna dispyter mellan de två i veckan. Den frostiga relationen påverkade hela arbetsklimatet på kontoret. Bror hade hört att det fanns många som funderade på om de skulle vara kvar eller inte. Skönt att det inte är mitt problem tänkte han. Det var ju inte helt säkert att Bror skulle få var kvar. Hans initiala uppdrag var att ta hand om utveckling och support men nu hade den flyttats till Riga under Martins ledning, så enda anledningen att han fortsatte var Fridas önskan om att han skulle vänta innan han tog något beslut. Men om beslutet om utvecklingsuppdraget i Riga under Martins ledning blev av måste han få nya arbetsuppgifter om han skulle bli kvar på TaxOpt.

Myran och Erik hade inte blivit sams utan det verkade som ett permanent uppbrott. Trist tyckte Bror då han trivts bra med Erik. Kanske skulle de kunna hålla kontakten men han insåg att det skulle bli knepigt. Myran hade fått låna en lägenhet av en kompis som var ute på flygluff i två månader så hennes boende var temporärt löst. Bror hade på känn att det var en ny relation på gång, få se om det dök upp någon ny kille på fredag eller lördag. I övrigt var det helt tyst kring kompisgänget.

Evas pappa var mycket bättre och man trodde att han skulle vara nästan helt återställd inom tre till fyra veckor. Han skulle troligen få gå på medicinering resten av livet och han hade på Evas uppmaning börjat träna regelbundet. Så vem vet? Kanske skulle han bli till och med piggare än före stroken om några månader. För Evas del kändes det bra att ha varit hemma både i relation till föräldrarna men även för egen del. Det hade varit ganska stressigt månaderna innan och hon kände sig uppvilad och piggare än förut. Bror kände sig sliten, alltid jobbigt att arbeta med personer som man inte riktigt kom överens med. Hade han inte haft Fridas stöd så hade han bett att få lämna uppdraget, det var han säker på.

Eva vaknade till, trots att det var en dryg halvtimme kvar innan väckaren skulle ringa.

"Kan du inte sova? Om du inte tänker gå upp kan du komma och hålla om mig" sa hon och lyfte på sitt täcke inbjudande åt honom.

Det var en strålande höstdag ute, solen sken och inte ett moln så långt ögat kunde nå. Att få äta frukost tillsammans bara han och Eva var ytterligare en rutin som han saknat. Dagen till ära hade han stekt ägg och bacon, en lyx som de annars inte unnade sig annat än om de sov över på hotell.

"Ska vi gå in till stan idag, vi är tidiga och det var inte mer än en dryg halvtimme, eller hur?" undrade Eva.

"Tja det tar nog upp emot fyrtiofem minuter, men vi har tid med det också utan att komma sent in till jobbet, jag hänger med."

De skulle gå längs Fjällgatan fram till Oscar Fredriks kyrka och sedan vidare ner mot Järntorget. Därefter ner till älven för att följa älvkanten bort mot Nordstan.

"Mamma och pappa funderar på att sälja huset. Mamma har börjat få problem med sina knän och nu efter pappas incident så vill de hitta ett boende utan trappor. Trodde aldrig att de skulle lämna huset" sa Eva.

"Det var förvånande, har de börjat leta efter något?"

"Inte direkt, jag föreslog lite på skoj att de borde flytta till Göteborg och till min förvåning var de inte alls främmande för det. Vad tror du om det?"

"Det var överraskande, inte mig emot. Det vore trevligt, men har de inte en massa vänner och bekanta som de måste lämna?"

"Jag frågade samma sak. De sa att många av deras bekanta bara umgås med sina barn och barnbarn numera och inte har så mycket tid över till sina gamla vänner. Som du vet så var de lite till åren när jag föddes och de flesta av deras vänner har betydligt äldre barn och numera också barnbarn. Så det blir inte så mycket umgänge längre. Dessutom har deras bästa vänner Ingegärd och Ture flyttat till Borås för att komma nära sin dotter och hennes familj."

"Vad tycker du om idén, vill du ha dina föräldrar så nära inpå?"

"Det går bra med dina föräldrar så varför inte. Dessutom om vi skaffar barn så småningom så är tillgång till barnvakter nära inpå inte alls fel."

Bror hostade till, barn hade de aldrig pratat om tidigare. De hade inte varit ett par speciellt länge. Samtidigt så kändes deras förhållande mycket stabilt och barn skulle vara ett naturligt steg utan tvekan.

"Så du vill att vi ska skaffa barn?"

"Det sa jag inte, inte nu direkt, men visst skulle det vara bekvämt med tillgång till både dina och mina föräldrar nära inpå när vi tar det steget, eller hur?"

"Men kan de sälja huset i Borlänge och få loss tillräckligt med pengar för att köpa något härnere i Göteborg? Priserna är väl betydligt högre här än däruppe?"

"Vi tittade lite på det, de skulle kunna få drygt två miljoner för huset i Borlänge, De har inga lån och de har dessutom lagt undan arvet efter mormor och morfar så det skulle fungera. Dessutom så trivs de mycket bra med dina föräldrar och till Borås är det inte långt om de vill träffa Ture och Ingegärd. Samt de har alltid varit sociala och duktiga att bygga nätverk."

"Så de funderar alltså på allvar att överge Dalarna och bli göteborgare, det var otippat, i alla fall för mig. Det skulle bli jättetrevligt. När skulle det ske i så fall?"

"Om jag känner dem rätt så är det aldrig långt från tanke till handling. De ville veta att du inte opponerade dig, vilket de i och för sig inte trodde. Nu när även du är positiv så kommer de att börja planera för detta omgående" sa Eva och gav honom en kärvänlig kram kring armen.

De hade precis kommit fram till Järntorget och gick ner mot skeppsbron och följde älven upp mot stenpiren. De kunde inte låta bli att fascineras över alla nya siluetter som dök upp ute på Lindholmen där byggandet aldrig verkade ta slut. Nu byggdes det lite överallt i stan så bilisterna klagade på dålig framkomlighet och miljöaktivisterna klagade också för att det byggdes för mycket vägar och för att alltför många träd fälldes. Alla var missnöjda och retliga kring alla byggprojekt.

De passerade över Residensbron och Bror berättade om Myran som dubbelkollat vart Erik åkte på kvällarna han varit hemifrån. Hon hade gått in på hans Google timeline och noterat att han ofta åkt till det här området. Så här någonstans fanns hans älskarinna trodde hon.

"Det tror jag inte alls. Jag tror han åkt till Casinot" sa hon och pekade mot Casino Cosmopol nere vid älven. "Du vet hur han alltid spelat på V65 och tipset, tror du inte han kan ha fastnat för casinospel? Det skulle förklara vad han gjorde instängd på sitt rum med datorn som Myran berättat om."

"Givetvis! så kan det vara, varför insåg vi inte detta. Skulle han ha fått spelproblem så skulle han dessutom vara alltför stolt för att berätta om det både för oss och Myran."

De kom överens om att Bror skulle kontakta Erik och se om han lite finkänsligt kunde ta upp detta. Även om han och Myran gjort slut så var han en god vän, och goda vänner lämnar man inte i sticket.

11

Polishuset
Måndag

Jörgen sprang Eva till mötes och gav henne en stor kram. Alla kollegor kom fram och undrade hur det var med hennes pappa och önskade henne välkommen tillbaka. Vilken skillnad det var mot när Eva börjat på avdelningen. Då hade alla varit väldigt reserverade och stämningen hade varit delvis ansträngd. Väldigt formellt och ingen gemytlig atmosfär. Eva visste att hon varit aktiv i att ändra stämningen, men också hennes kollega Jörgen hade varit starkt bidragande till att man idag hade en kamratlig och öppen stämning med mycket skratt trots att alla arbetade med både mord och misshandel.

Det blev en lite längre fika då Eva ville bli uppdaterad på både arbetsläget och en del privata ärenden som nya flickvänner, bostäder och spännande semesterplaneringar.

Utredningen om Naser Hamids död var nedlagd men Jörgen ville ändå uppdatera Eva på de förhör och undersökningar han gjort sedan senast. De bokade in sig på ett litet konferensrum och Jörgen berättade.

Som de redan visste hade Naser stora mängder lugnande medel i kroppen men man hade inte hittat att han fått dessa föreskrivna och heller inte lokaliserat vem han kunde ha fått medicinen ifrån. Läkaren var nästan, men bara nästan övertygad om att man inte kunde få en person att skjuta sig själv mot sin vilja. Däremot kunde ju en främmande person varit delaktig och

58

hjälpt Naser till självmordet eller motiverat honom att ta steget fullt ut. Men allt pekade på att det var ett självmord.

Man hade letat igenom både hans jobbdator och hans hemmadator efter det borttagna dokumentet men inte hittat något mejl eller filer som kunde stämma. Jörgen berättade att de varit försiktiga med att inte berätta om det borttagna dokumentet på TaxOpt. Kanske skulle Bror hitta något kring det, om han undersökte det lite försiktigt, i så fall enbart för att stilla deras nyfikenhet. Däremot visade det sig att han hade en licens för vapnet man hittat. Han hade tydligen varit aktiv i en pistolskytteklubb fram till för några år sedan.

Jörgen hade träffat Nasers exfru och son vid ett förhör. De var bägge chockade men verkade inte haft så bra kontakt med Naser. Hon hade berättat om en charmant man som hon blivit störtförälskad i men med tiden hade han allt mer fokuserat på sitt arbete och deras relation hade blivit gradvis sämre. Kanske inte sämre men de träffades inte så ofta, han jobbade mycket och kom hem sent på kvällarna. Han hade haft ett problem på en tidigare arbetsplats där hans misstänkts för oegentligheter vilket resulterat att han förlorade jobbet. Efter den incidenten hade deras relation blivit ännu sämre och när sonen flyttade till Uppsala för att studera upptäckte de att allt gemensamt upphört. Det hade varit en okomplicerad skilsmässa, de hade delat upp sitt bohag och flyttat till var sin lägenhet utan ett ont ord emellan sig. Sonen berättade en samstämmig historia. En pappa som blivit allt mer frånvarande, antingen ute på resor eller kom hem från arbetet efter att han somnat. Han hade aldrig upplevt att hans mor och far bråkat men med åren hade de allt mindre gemensamt. Han brukade ringa till sin pappa någon gång i månaden och berätta om hur det gick i skolan och Naser berättade om sitt arbete. Relationen var inte dålig men heller inte hjärtlig, mer som mellan två kompisar som hör av sig då och då.

Bägge hade pratat med Naser några veckor innan han dog men de hade inget speciellt att berätta. Kanske var han lite mer bekymrad men det kunde lika gärna varit en efterkonstruktion med tanke på det som skett. Ingen kände till att han tog lugnande medel av något slag. Men enligt hans fru hade han fått medicin utskriven i samband med att han blev misstänkt för oegentligheter på det tidigare arbetet. Eventuellt kan han haft kvar tabletter från de recepten.

Så utredningen var nedlagd, det gick inte att misstänka något annat än självmord. Så endast ett frågetecken fanns kvar, det borttagna dokumentet.

"Jaha, lite tråkigt ändå, det känns inte bra att inte veta allt, eller hur?" undrade Eva.

"Jag håller med, även om det var ett självmord så finns det många små mysterier som man skulle vilja veta svaret på. Hur går det för Bror, är han kvar på företaget?"

"Javisst men kanske inte så länge till. De två ägarna bråkar hela tiden och stämning verkar vara dålig. Dessutom har TaxOpt precis beslutat flytta utveckling och support till Lettland. Det var det området som Bror skulle arbeta med så han vet inte riktigt hur det kommer att påverka honom."

"Tråkigt om han skulle sluta, så länge som han är kvar finns en förhoppning om att vi skulle kunna få några av våra frågor besvarande."

Jörgen städade undan sina anteckningar och tog fram en ny ärendemapp.

"Det här är en utredning som jag arbetat med några dagar och skulle vilja att du satte dig in i och hjälpte till med. Du kan läsa på, jag har ett privat ärende som jag måste ta tag i, jag är tillbaka om knappt en timme" sa Jörgen och lämnade rummet.

Eva satte sig ner och läste igenom undersökningen. Ärendet gällde en anmälan om misshandel på Casino Cosmopol. En kund och en ordningsvakt hade börjat bråka vilket resulterat i att vakten tvingat ner kunden på golvet, satt på honom handfängsel och sedan ledsagat honom ut ur kasinot. Kunden hade anmält vakten för misshandel men hade egentligen inte kunnat visa upp några skador som motiverade misshandel men agerandet hade varit kraftfullt och delvis våldsamt. En video inifrån Casinot hade dokumenterat händelsen.

Eva klickade upp filen med videofilmen och spelade upp den på datorn. Bilden var detaljerad och tydlig men man kunde inte uppfatta ordväxlingen mellan de två. Men att det var ett hetsigt meningsutbyte var uppenbart. Kunden verkade skrika mot vakten varpå denna snabbt brottade ner honom på golvet satte på handfängsel och sedan följde honom mot utgången. Händelsen hade utspelat sig för drygt en vecka sedan men anmälan om misshandel kom in först några dagar därefter. Jörgen hade hört kunden och dokumenterat samtalet men vakten hade varit på en kortare resa utomlands och hade inte hunnit höras ännu. Jörgen kom tillbaka precis när Eva skulle börja läsa igenom hans förhör med kunden.

"Jag har läst igenom och tittat på filmen men inte hunnit läsa igenom ditt förhör med kunden ännu" sa Eva och tittade upp mot Jörgen.

"Det var en ytterst obehaglig typ, jag kan förstå att vakten blev irriterad. Givetvis ska jag lämna sådant åt sidan, men som du vet går det inte alltid."

"Han var nog mest störd av att vakten inte var svensk som han uttryckte det. Han kunde inte riktigt påvisa att han skadats utan det var mer nesan av att ha blivit nedbrottad och avvisad som störde honom. Samt kanske framförallt att vakten inte var som han uttryckte det svensk. Jag har bokat in ett besök på Casinot strax efter lunch då kan vi träffa både ordningsvakten och hans chef, de hade tydligen fler filmer som de ville visa upp."

"Va bra, ska vi ta Sushihaket borta vid Odinsplatsen, jag har saknat det?" undrade Eva.

De gick över Ullevigatan och Fattighusån och vidare längs Folkungagatan ner till Odinsplatsen. Svängde vänster och sedan vänster igen in på Färgaregatan och var så framme vid sin japanska restaurang som blivit lite av deras favorit det senaste halvåret. Personalen hälsade välkommen och undrade var de varit den senaste tiden. Trevligt att bli igenkänd, det skapade en härlig familjär känsla. Eva kände att hon saknat arbetet och alla små lunchställen som de besökte regelbundet. Nu kändes det som om hon inte varit ifrån arbetet alls. Skönt att komma tillbaka i rutinerna så snabbt.

Vid Casinot blev de mottagna av en receptionist och visade till ett kontor i den bakre änden av lokalen. Ansvarig och ordningsvakten var bägge på plats och det var uppenbart att båda tyckte det här var en besvärlig situation. Jörgen presenterade Eva och Casinoansvarig presenterade ordningsvakten. Jörgen sammanfattade att polisen fått in en anmälan om misshandel vilket alla kände till. Videofilmen från händelsen var redan överlämnad.

"Ni sa att ni hade lite kompletterande information och ytterliga videofilmer som ni ville visa" frågade Jörgen.

Casinot berättade om en stamkund som också var en mycket besvärlig kund. Han hade ett överlägset sätt och ville gärna behandla alla andra som lägre stående. Det är i och för sig inget brott. Han hade också vid ett antal tillfällen uttalat sig nedvärderande om både vakter och kunder som inte såg ut som helyllesvenskar. Man hade vid flera tillfällen varit tvungna att gå emellan och avstyra bråk som varit under uppsegling.

Casinot hade plockat fram ett antal filmer som man ville visa för att styrka sin berättelse. Filmerna var i motsats till filmen från den så kallade misshandelsincidenten fullt fungerande och med tydlig ljudupptagning. Både Jörgen och Eva konstaterade att en del av dessa uttalanden skulle kunna ligga till grund för åtal, men en fällande dom hade tyvärr varit svår att få igenom.

"Den här kunden är ett problem, vi skulle helst av allt vilja porta honom från Casinot men det får vi tyvärr inte göra" sa Chefen och ryckte uppgivet på axlarna.

"Vad hände vid den här incidenten, vi fick filmen men det gick inte att uppfatta vad ni sa till varandra" undrade Eva.

"Han var som vanligt ful i mun och efter att ha förolämpat mig ett antal gånger bad jag honom lämna Casinot, varefter han blev ännu mer aggressiv och började knuffa mig i bröstet. Då brottade jag ner honom och kände att jag behövde sätta handfängsel på honom för att han inte skulle skada någon när vi ledsagade honom ut. Mer än så var det inte" sa vakten.

Efter att ha fått ordväxlingen detaljerat dokumenterad tackade de får sig och lämnade Casinot.

"Jag kan inte se att det här faller inom ramen för misshandel, gör du?" undrade Jörgen.

"Inte alls, med tanke på de filmer vi sett och den ordväxling som vakten berättat om är det väl snarare kunden som ligger närmare ett åtal, eller hur? Men när det gäller ordväxlingen så står ord emot ord, så det kommer inte att hända."

Tillbaka på polishuset lämnade de över ett utredningsutlåtande med rekommendation om att lägga ner misstanken om misshandel. Åklagaren höll med och ärendet förpassades tillbaka till arkiven.

"Däremot tycker jag synd om Casinot, killen kommer fortsatt gå dit och han lär inte ändra attityd. Det är jag övertygad om. Vad var det han hette nu igen, Martin någonting?" konstaterade Eva.

"Ja, Martin Petersson, var det. Finns inte registrerad hos oss tidigare."

Eva tyckte att namnet lät bekant men hon kunde inte placera det.

12

TaxOpt AB
Torsdag

Veckan hade varit tråkig. Bror hade legat på Petter och Frida om att få besked om vad som skulle hända med hans uppdrag nu när man beslutat att flytta utveckling och support till Riga i Lettland. Han hade bara blivit ombedd att vänta, det skulle reda ut sig mot slutet av veckan. Eftersom han nästan inte hade något att göra hade han passat på att besöka sitt konsultföretag och diskuterat igenom olika alternativ med sin chef. De hade dock varit överens om att vänta, uppenbarligen var något på gång inom företaget och de skulle behöva hjälp i någon form. Även om det uppdrag han hade idag kanske skulle förändras.

Nu på morgonen hade alla kallats in till ett personalmöte. Så nu kanske allt skulle reda upp sig, i alla fall hoppades han det. Den situation han levt i under veckan hade inte varit tillfredställande.

Frida och Petter ställde sig gemensamt upp framför personalen i kafeterian. Det såg överens och samstämmiga ut, vilket var första gången på mycket länge.

Bolaget hade tillsammans med ägarna kommit överens om att skjuta till ett betydande aktiekapital vilket skulle användas till att etablera sig i ytterligare åtta länder. Den här gången skulle expansionen ske åt österut mot det tidigare östblocket. Företaget skulle etablera sig i Polen, Tjeckien, Slovakien, Ungern, Slovenien, Kroatien, Bosnien och Serbien. Man skulle starta upp ett kontor i Prag men förstärkning krävdes också på huvudkontoret och i det nyöppnade utvecklings och supportcentret i Riga. En pressrelease hade skickats ut till de stora tidningarna så kommentarer från pressen skulle med all säkerhet dyka upp under dagen.

Bror gladde sig åt att Frida och Petter verkade stå gemensamt bakom denna satsning. Det hade under den senaste tiden varit många hetsiga ord dem emellan och stämningen inom företaget hade påverkats negativt. Det här kändes som en nytändning.

Mötet avslutades och personalen vandrade vidare ut till sina arbetsplatser under ett febrilt mummel. Petter kom fram till Bror och bad honom komma med till sitt kontor.

"I och med att vi nu har etablerat ett utvecklings- och supportcenter i Riga så har vi inte längre något behov av det uppdrag du tidigare arbetat på. Däremot så innebär den nya satsningen att vi behöver förstärka inom andra områden. Frida har uttryck en önskan om att kunna ta över dig som resurs så kontakta henne så får du veta mer" sa Petter och avslutade mötet uppenbarligen lättad av att inte längre behöva ha med Bror att göra. Bror upplevde det så i alla fall.

Bror var inte förvånad. Han hade haft stora problem att komma in i cirkeln kring Petter och Martin som var väldigt tajta och tydligt markerat att de inte ville att någon skulle lägga sig i. Hade det inte varit för Frida så skulle han ha kopplats bort för länge sedan. Han ringde upp till Frida och bokade in en tid senare under eftermiddagen. Att kastas mellan olika arbetsuppgifter var en del i arbetet som managementkonsult så ett nytt uppdrag kändes inte som en stor grej. Däremot så kändes det lite trist att han inte lyckats komma någon vart med den initiala utmaningen. Det var inte ofta som han var tvungen att erkänna sig besegrad, men det var precis så han kände sig nu. Han var övertygad om att verksamheten kring utveckling och support skulle kunna förbättras stort om han bara fått mandat att driva igenom de idéer han identifierat. I och med uppsägningarna och det hastiga beslutet om att etablera verksamheten i Riga hade allt han arbetat med blåst bort i en handvändning. Att Martin Petersson skulle kunna bygga upp en bra fungerade verksamhet i Riga var han inte alls övertygad om. Fast å andra sidan kanske han bara höll på att bygga upp en argumentation för sig själv för att slippa erkänna sitt misslyckande. Det skulle i alla fall bli spännande att höra vad Frida ville ha hjälp med. Frida var mycket lättare att arbeta med än Petter, vilket ju var positivt.

Direkt efter lunch hade man skrivit ut en artikel från Business Inside som låg tillgänglig i flera kopior i kafeterian.

TAXOPT RESET SIG PÅ NYTT

TaxOpt tar in nytt kapital och expanderar kraftigt in i forna Östeuropa. Vi var många som kände oss tveksamma till den nya ledningen efter den tragiska förlusten av Naser Hamad för ett tag sedan. Den nya ledningen under Frida Lindström och Petter Björk har tagit ett krafttag och fortsätter nu på den tidigare linjen baserad på kraftig expansion.

Styrelsen har via sina huvudägare tagit in ytterligare kapital för att skapa förutsättningar för en expansion österut. Ett nytt kontor kommer att etableras i Prag men nya arbetstillfällen kommer också att skapas i Göteborg.

Vår näringslivsminister Eva Lundin säger "skönt at se att ett framgångsrikt företag kan hämta sig efter den förlust företaget drabbades av. Vi är stolta över den innovationskraft och entreprenadanda som TaxOpt redovisar. Ett föredöme för svensk industri."

Jag måste erkänna att jag var tveksam till den nya ledningen men tar av hatten i respekt och ser fram emot en fortsatt trevlig resa.

Jamad Konte – Business Inside

Jamad var alltså tillbaka som en försvarare av TaxOpt. Den senaste artikeln från hans sida efter Naser Hamids död hade för första gången visat en viss kritik men av den fanns inte längre något kvar. Det var spännande att man fått med ett uttalade från Näringsministern, vilket gav tyngd åt den positiva artikeln.

Det skulle bli spännande att se hur Kvällspressen skulle möta detta. De hade alltid varit lite av en motpol mot Jamad på Business Inside. Nu skulle han upp och träffa Frida, få se vad hon ville ha hjälp med.

Frida var på gott humör. Företagsmötet och artikeln från Business Inside skapade utan tvekan positiva vibbar. Kanske var hon nöjd med att hon visat sig tillsamman med Petter och visat upp en enig front, vilket varit ovanligt den senaste tiden. Hon bad Bror sätta sig ner vid ett av de små konferensrummen uppe på ledningsvåningen.

"Vad tyckte du om vår personalträff?"

"Den var mycket bra, skickade ut en massa positiv energi bland personalen. Skoj att se att ni verkar eniga, du och Petter också."

"Tja helt eniga har vi inte varit senaste tiden, bra att vi uppfattades som det. Vi har haft en mycket intensiv period bakom oss. Det var inte lätt att komma överens med våra ägare om att skjuta till kapital. Som en del i de förhandlingarna kom vi överens om att flytta utveckling och support till Riga. Från min personliga sida gillar jag det inte utan jag ser det som en eftergift. Men hade jag stått på mig så hade vi inte fått loss kapitaltillskottet. Tråkigt för dig men jag vill gärna ha dig kvar i verksamheten."

"Tack för förtroendet, vad kan jag hjälpa till med?"

"Vi är på väg att få ett stort antal underleverantörer, förutom de vi redan har i Sverige och med olika juristföretag i Europa. Dessutom så blir det nya centret i Riga inte vårt eget bolag. I samband med expansion i Östeuropa så kommer vi att teckna minst åtta nya överenskommelser med olika juristföretag i de länder där vi etablerar oss. Vi har idag inte en bra struktur på dessa avtal vilket oroar mig. Jag vill att du tittar över alla våra samarbetsavtal och styr upp dessa. Inte bara avtalen utan även rutiner för hur vi ropar av olika uppdrag mot företagen. Idag kommer det fakturor som vi inte kan spåra tillbaka till en specifik beställning. Är det något du skulle kunna tänka dig?"

"Javisst det låter intressant."

13

Björkekärr
Fredag

Buss 17 rullade precis in mot Björkekärr. Bror hade åkt direkt från arbetet och Eva skulle bli avsläppt lite senare, ute hos Olle och Jovana, av en kollega. Äntligen skulle de träffas på nytt i kompisgänget. Det här hade verkligen Bror sett fram emot. Tyvärr skulle inte Myran och Erik vara med. Erik hade avböjt och Myran skulle på något annat kalas. Riktigt som förr skulle det inte bli utan de båda, men förändringar sker hela tiden som en del av livet.

Olle och Jovana hade bott härute i nästan ett år nu. Man hade träffats ett antal gånger ute i deras trevliga miniträdgård. Nästan så att Bror tyckte lite synd om kompisarna som allt oftare fick ta hand om arrangemangen kring deras gemensamma kompisträffar. Men det var väl straffet för att de hade den trevligaste lägenheten med en liten uteplats. Till vintern skulle det bli lite fler träffar hemma hos Bror och Eva samt hos Malin och Katrin i deras härliga våning ute i Eriksberg.

Bror var först på plats och möttes av Olle, som var strålande glad, med en pilsner i högsta hugg. Uteplatsen var pyntad med en vacker duk och härliga blommor. Inom det området var Jovana en mästare. Hon fick med mycket små medel till en väldigt vacker och välkommande stämning, vilket kanske också var en av anledningarna att gänget ofta samlades här ute i Björkekärr.

"Tråkigt att Erik och Myran inte kunde komma", sa Olle och fiskade uppenbart efter lite skvaller kring deras förhållande och status.

"Jag håller med men det ser tyvärr ut som om de gått skilda vägar permanent. Myran ställde Erik mot väggen ett antal gånger utan att få något vettigt svar om vad han höll på med så jag förstår att hon ledsnade. Jättetråkigt, jag tror trots allt att de fortfarande skulle fungera bra ihop om de bara hittade tillbaka till varandra. Nog om det, hur har ni det här, vi har inte träffats på länge."

Precis när Olle skulle svara så dök Malin och Katrin upp och samtalet kom av sig. Det var uppenbart att det var något Olle ville berätta men det fick komma senare. Undrar vad det kunde vara tänkte Bror. I samma veva kom så Eva runt knuten och så var alla samlade, alla förutom Myran och Erik.

Givetvis var Evas pappa huvudämnet och hon fick svara på många frågor kring hennes veckor uppe i Borlänge. Hon förklarade övertygande att han nu mådde betydligt bättre och att det inte fanns något akut problem med hans hälsa. Men han skulle givetvis ta det lugnt. Malin berättade att även hennes pappa verkat lite hängig på sistone och de var alla överens om att man var i en brytningsperiod. En period där föräldrarnas omsorger kring barnen nu byttes ut mot barnens omsorger om föräldrarna.

Jovana kom ut med lite småvarma piroger och en bricka med drinkglas och hälsade alla välkomna. Eva konstaterade lite roat att Jovanas glas inte var fyllt med samma drink som de andra. Det verkade som om hon var ensam om den funderingen. Att Bror skulle noterat något var närmast uteslutet men Malin och Katrin var ofta mycket uppmärksamma men Eva märkte inget när hon studerade vännerna.

Bror märkte hur Olle stod där och värkte på något som han ville säga men han fick aldrig tillfälle då alla pratade mer eller mindre i mun på varandra. När Malin, Katrin och Eva kom igång så fick man vara nästan aggressiv för att få ordet, en egenskap som Olle aldrig haft. Bror smålog för sig själv och undrade om han skulle bryta in och lämna ordet till Olle men så tog Katrin till orda.

"Jag ska temporärt flytta till Malmö. Ett företag som arbetar med avancerade finansiella analyser har kontaktat mig efter att ha läst min doktorsavhandling. Det kommer att bli ett kortare projektuppdrag och jag flyttar ner redan nästa vecka."

"Tråkigt att du flyttar, berätta mer om uppdraget" uppmanade Eva och Bror såg att återigen förlorade Olle sin möjlighet till inbrytning i konversationen. Nu måste han snart hjälpa till men först måste Katrin få berätta om sitt uppdrag.

"Företaget håller på med analysverktyg för riskkapitalbolag och har en idé att använda artificiell intelligens för att skapa bättre långtidsanalyser. Lite grann samma idé som det där bolaget du kom i kontakt med Bror som byggde analyser för börsutveckling. För mig är det spännande då jag får möjlighet att testa mitt doktorsarbete på ett antal verkliga affärer."

"Kommer du att vara anställd av något företag eller hur kommer det att fungera?"

"Jag blir projektanställd av fyra riskkapitalbolag som gått samman. De betalar bra och håller med bostad mitt i Malmö. Ni får boka in helgbesök, det är ett måste."

"Vad heter bolagen, är det några man känner till?" undrade Bror.

"Få se nu Venture, Hjort&Sander, Businesspulse och ett till, något förnamn följt av Invest, ett mindre bolag, jag återkommer när jag kommer på vad bolaget hette. Några du hör talas om?"

"Både Venture och Hjort&Sander känner jag till. De är kända investerare, vad spännande."

"Inte lika roligt för Malin kanske men vi ställer in oss på att veckopendla. De har sagt att det inte är några problem att sluta tidigare på fredagar och jag kommer att kunna arbeta vissa dagar på distans från Göteborg. Så några kompismiddagar kommer vi att kunna ha även fortsättningsvis."

"Men vad händer när uppdraget är slut?"

"Då får jag leta arbete på allvar, uppdraget kommer att ge mig bra referenser. Vem vet, det kanske till och med blir ett fast jobb." Av Malins ansiktsuttryck var det uppenbart att en fast anställning för Katrin nere i Malmö inte var önskvärt.

Jovana kom tillbaka ut och sa att maten var framdukad inne i köket. Det var bara att ta sin tallrik, hämta mat och dryck och sätta sig vid det uppdukade bordet utomhus.

Buffé-mat med ursprung från Balkan var temat. Burek, Moussaka, Ćevapčići samt nudlar med svamp fanns på faten och det var upp till var och en att komponera sin egen maträtt. Det fanns både rött vin och öl att välja på.

När alla satt sig till bords hälsade Olle och Jovana alla välkomna på nytt med en skål. Bror noterade att Olle återigen kom av sig i sin ambition att berätta något vad det nu kunde vara. Eva petade på honom och visade diskret på Jovanas glas som var fyllt av vatten, istället för vin som hon oftast drack när de träffades.

Bror insåg helt plötsligt vad Olle ville berätta. Skulle de ha barn? Kunde det vara så. Det skulle inte vara helt osannolikt och han såg på Eva att hon gjort samma konstaterande.

Precis när så Olle åter var på väg att ta till orda avbröts han på nytt av Malin som undrade vilka nyheter som fanns kring Myran och Erik. Men nu kunde Bror inte låta bli att lägga sig i.

"Nej vi får vänta med det, jag har sett att Olle velat berätta något hela kvällen och vi har inte gett honom möjligheten. Som ni vet är det inte lätt att ta ordet i den här församlingen. Ordet är ditt Olle så kan vi prata om Myran och Erik sedan."

Alla tystnade och vände så blickarna mot Olle.

"Tack Bror, jag behövde uppenbarligen din hjälp ikväll. Jag och Jovana ska bli föräldrar om sex månader" sa han och la ömt sin hand på Jovanas mage som nu alla noterade hade fått en liten liten rundning.

"Grattis" nästan skrek alla. "Vi som bara pratat om vårt", "Vad roligt, vet ni vad det blir?". Frågorna och gratulationerna kom ostrukturerat i mun på varandra och alla reste sig upp och kramade om Olle och Jovana.

"Jag noterade allt att du inte verkade ha samma dryck som oss andra i glaset" sa Eva. "Och jag noterade att Olle ville berätta något men aldrig kom till skott" replikerade Bror.

Bror hade konstaterat att separationen mellan Myran och Erik skulle innebära förändringar. Nu stod man inför ytterligare en förändring. Lite omvälvande men en mycket spännande utveckling.

Separationen mellan Myran och Erik glömdes bort helt och hållet. Nu blev det prat om föräldrar, förlossningskurser, berättelser om vänner som blivit föräldrar under hela resten av kvällen.

När de senare gjorde sig redo för uppbrott var alla överens om att försöka få till tätare träffar och givetvis att man skulle boka in något besök ner till Malmö.

Man slog på nyheterna för att titta på väderprognosen inför morgondagen då man beslutat sig för en gemensam utflykt.

Strax innan väderprognosen visades ett nyhetsklipp om ett nytt projekt för entreprenören Folke Bertils. Han skapade tydligen rubriker.

"Javisst så var det, nu kommer jag ihåg, BertInvest, hette det sista företaget" utbrast så Katrin.

14

Furuskog
Lördag

Bror och Eva satt lugnt tillbakalutade på bussen ut mot Furuskog och den kommande middagen ute hos Brors föräldrar. Under dagen hade man träffat kompisgänget och besökt Liseberg. Bror var inte speciellt förtjust i karuseller men nöjesparken var trevlig med mycket grönt, bra kaféer och det största nöjet för honom var att bara sitta still och titta på människor. Det fanns så mycket att titta på så han hade utan problem kunnat sitta still på en parkbänk i timmar. Resten av gänget skulle åka karuseller, alla inhandlade åkpass, förutom Jovana. Hon ville nog men tyckte att hon inte borde med tanke på barnet hon bar.

Så Bror och Jovana kom att spendera en hel del tid tillsammans väntande på alla de andra som uppjagade sprang förbi, berättade om hur häftigt det senaste åket var och vilken attraktion som stod näst i tur.

Jovana berättade om sin uppväxt i Bosnien och hur hennes familj och vänkrets hade splittrats när inbördeskriget bröt ut. Dessförinnan var det ingen som brydde sig om vilka man umgicks med, konflikten hade skapat en polarisering och bröt sönder många gamla vänskapsband. Hennes föräldrar hade kommit till Sverige när hon var fem år gammal och flytt från det pågående kriget. De hade funderat på att flytta tillbaka när konflikten var slut men så blev det inte. De hade anpassat sig bra i Sverige och insåg att de skulle ha ett bättre liv här och framförallt skapa ett bättre liv för Jovana.

"Har du åkt tillbaka och besökt Bosnien någon gång?" undrade Bror.

"Ja vi åker ner ungefär vart annat år och hälsar på framförallt pappas släkt. På mammas sida dog de flest i kriget så där har jag bara träffat en avlägsen släkting till hennes bror men hon gick bort för tre år sedan så nu blir det bara besök hos pappas släktingar."

"Hur är det därnere nu?"

"De flesta lever betydligt sämre än här i Sverige. Jag är glad att mor och far inte bestämde sig för att flytta tillbaka. Här har jag en mycket bättre förutsättning och mina föräldrar kan få en bra och trygg ålderdom."

"Har du några andra släktingar i Sverige?"

"Jo pappa hade en kusin som bodde nere i Malmö men han flyttade tillbaka bara för några månader sedan. Vi umgicks aldrig med honom, enligt pappa var han lite skum, eventuellt småkriminell. Jag tror faktiskt att han arbetade på det här företaget BertInvest, men jag är inte säker."

De blev avbrutna av gänget som kom tillbaka efter att ha åkt den nyaste attraktionen Valkyria och var alla eld och lågor över hur häftig den var.

"Du borde testa den" sa Olle till Bror och fick medhåll av alla de andra men Bror skakade bara på huvudet.

"Fegis, nu går vi och äter lunch" sa Malin och tog täten bort mot The Green Room. Idag skulle det bli vegetarisk buffé hade man bestämt.

När alla hämtat sin mat och satt sig ner blev det återigen lovord över den nya attraktionen och alla gjorde ett sista tappert försök att med Bror på en åktur, men han avböjde på nytt.

"Vi har inte träffat Myran och Erik på ett tag, har du några nyheter?" undrade Malin.

"Vi träffar Myran och en ny pojkvän ikväll på middag hemma hos mina föräldrar har jag förstått" sa Bror.

"Berätta mer, vem är det?"

"Har ingen aning alls, har bara fått ett sms från syrran att hon tar med en ny pojkvän till middag. Vi får berätta mer sedan."

"Några nyheter från Erik då?" undrade Karin.

"Nej inga alls, jag har sökt honom men han svarar inte och ringer inte tillbaka. Är faktiskt lite orolig efter allt som hänt. Enligt Myran var han stressad och frånvarande sista tiden. Ville inte berätta vad som tyngde honom, det var därför som hon till sist gjorde slut. Trots allt tror jag att de var bra ihop, glider de för långt isär hittar de inte tillbaka till varandra. Kommer det in en ny pojkvän som blir stabil så är det nog slut för gott. Jag ska försöka få tag i Erik, så där får jag återkomma när jag vet mer."

"När åker du ner till Malmö?" undrade Eva och vände sig till Karin.

"Jag åker ner efter helgen. Du får höra av dig med en rapport kring Myrans nye pojkvän och om du hört något från Erik."

Efter lunchen så skulle karusellåkarna ta en vända till på sina favoritattraktioner. Bror och Jovana gick bort och prövade lyckan på ett antal tombolahjul men utan att kamma hem någon vinst.

Det blev lite stressigt att hinna hem och byta om innan de var tvungna att på nytt sätt sig på bussen för att åka ut till kvällens middag. Så nu satt de tillsammans lite trötta efter dagens utflykt och närmade sig Furuskog. Det skulle bli spännande att träffa Myrans nya kille, utan tvekan.

De var först på plats och möttes upp av Brors mamma som var uppenbart stressad inför den kommande middagen.

"Lugna ner dig mamma, det är bara en middag" sa Bror och la armen om henne.

"Ja vet, det känns lite pirrigt efter allt som hänt med Erik. Jag gillade Erik och hade hoppats att de skulle hitta tillbaka till varandra. Men det är Myrans beslut. Hoppas bara hon har träffat en bra kille."

"Det hoppas vi med, gänget är minst lika intresserade som vi alla är."

Så hörs en hastig inbromsning och en gul sportbil, uppenbart mycket dyr, svänger lite vårdslöst upp på garageuppfarten. Ur kliver en stylad kille i Chinos, loafers, fin ulltröja med flashigt märke runt axlarna. Håret bakåtkammat med mycket gelé för att få det att ligga rätt. En kille som bättre hörde hemma på Avenyns innekrogar än här utanför Partille. Blickarna som mor, far och Bror utväxlade talade sitt tydliga språk. Tyvärr hann även Myran lägga märke till dessa och budskapet hon skickade tillbaka var också tydlig. Skärp ihop er och förstör inte för mig sa hennes tydliga och intensiva ögon.

"Hej ursäkta ett vi är sena, det här är Mikael som jag berättat om" sa Myran och föste sin pojkvän mot de andra.

"Det här var trevligt, så här ute i förortsidyllen" sa Mikael och hans lite överlägsna ton borgade inte gott för resten av kvällen.

Men mamma tog honom resolut i armen och visade honom runt i huset utan att för en sekund avslöja vad hon innerst inne hade tyckt om hans kommentar.

"Han är jättetrevlig när du lär känna honom, döm honom inte direkt" sa Myran och tittade Bror stint i ögonen.

Stämningen hade lättat upp en aning när de satte sig ner för lite småvarmt och välkomstdrinken. Mikael verkade ha lugnat ner sig när de satte sig ner vid bordet.

"Fräck bil, vad är det för modell?" undrade Brors pappa.

"Det är en Koenigsegg Agera. Det är pappas bil, jag har bara fått låna den för helgen" svarade Mikael lite urskuldande.

"Häftigt, vad arbetar din far med som har råd med ett sådant vrålåk" frågade Bror och insåg att han kanske klampat lite i klaveret med den frågan. Han hade inte kunnat låta bli.

"Han driver ett riskkapitalbolag. Han har varit mycket lyckosam med ett antal investeringar och tyckte han kunde unna sig en liten leksak i början av året."

"Där ser man, vi satsade på fel karriär" svarade Brors mamma med ett stort leende.

"Berätta, vad arbetar ni med? Myran har berättat att du arbetar som managementkonsult men jag vet inte vad ni andra gör" sa Mikael och vände sig mot Brors föräldrar och Eva.

"Vi arbetar bägge på Ericsson ute på Lindholmen och Eva är

kriminalkommissarie" svarade Brors mamma.

Mikael nickade till svar samtidigt som det var väldigt tydligt att han inte var bekväm med att sitta bredvid en polis.

"Vad gör du själv?" undrade Eva.

"Jag är utbildad på handelshögskolan så jag har en ekonomisk inriktning. Teknik är inget för mig. Har inget fast uppdrag ännu men hjälper min pappa med diverse frågor i hans bolag för tillfället."

Stämningen var fortsatt lite krystad och lossnade inte riktigt på samma sätt som med Erik och Myran. Det var uppenbart att Myran känt sig lite obekväm med att berätta vad Eva arbetade med, ja även vad mamma och pappa arbetade med men Brors uppdrag som managementkonsult hade hon nämnt. Det var väl tillräckligt fint, tänkte Bror i sina dystra tankar kring sin nye svåger.

Under middagen lättade stämningen en aning. Samtalet kantrade över till fotboll, ett oproblematiskt samtalsämne. Mikael visade sig vara Malmö FF supporter och Bror och hans pappa var IFK göteborgare. Kampen mellan dessa storlag i maratontabellen var en klassiker. Nu hade Malmö gått förbi och hade varit det mest framgångsrika laget i Sverige under många år. Men Göteborg hade rykt upp sig och var nu tillbaka bland de bästa lagen i ligan.

"Hur kan det komma sig att du håller på Malmö, du har ingen skånsk dialekt?" undrade Bror.

"Jag har växt upp i England men min pappa kommer från Malmö och för några år sedan flyttat vi tillbaka dit. Så att Malmö är mitt lag är ett arv från pappa. Den skånska dialekten fick jag aldrig och jag är lika glad för det."

Brors föräldrar hade bägge arbetat många år i England så samtalet gled över till England och London och flöt på riktigt bra. Bror kunde se att Myran slappnade av en aning när den spända stämningen försvann.

Myran och Mikael bröt upp först av alla. Mikael räckte fram sitt visitkort och Bror och Eva plockade fram sina. Lite ovanligt att byta visitkort på en privat middag, men det var ett enkelt sätt att informera om telefon och epost, så varför inte tänkte Bror. När de vinkat av den fräsiga sportbilen tittade Bror på visitkortet han fått. Mikael Bertils stod det mitt på kortet. Han visade kortet för Eva och de tittade i samförstånd på varandra och skrattade lätt.

15

TaxOpt AB
Måndag

Att BertInvest skulle dyka upp så otroligt många gånger i deras bekantskapskrets och även hos Brors uppdrag var nästan osannolikt. Bror kunde inte låta bli att känna sig nyfiken på företaget. Vid tillfälle skulle han se om han kunde hitta någon information om investeraren. Men under förmiddagen skulle det hållas ett informationsmöte, det tänkte han inte missa. Det spekulerades om omorganisation efter de senaste förvärven och det var ett lågmält sorl i fikarummet där alla tyst i förtrolighet utbytte sina funderingar och eventuella farhågor kring det kommande mötet. Frida kom in ensam den här gången, Petter syntes inte till. "Jag förmodar att många av er har läst artikeln från Business Inside som vi la ut i kafeterian i torsdags. Väldigt positivt och framförallt de fina orden från vår näringslivsminister värmer. Idag publicerar vi vårt kvartalsresultat och ekonomiskt ser det inte bra ut. Vi ökar vår omsättning men våra kostnader ökar också, framförallt på grund av de satsningar vi redovisade i torsdags vilket gör att förlusten ökar. Det här är helt enligt våra förväntningar och inget ni behöver oroa er för. Jag ville att ni skulle få informationen först av alla. Under dagen kan vi förvänta oss lite mindre positiva artiklar när de finansiella siffrorna når pressen. Jag vill bara återigen påpeka att detta ligger helt enligt våra förväntningar och att ni inte ska bli oroliga."

Därefter presenterade hon några Powerpointbilder som redovisade både den omsättningstillväxt men också den resultatförsämring som hon tidigare aviserat i ord.

Bror förvånades framförallt av resultatet som var betydligt sämre än vad han själv förväntat. Kostnaderna måste ha accelererat den senaste tiden. Emilia Chang som han mött för några veckor sedan tittade på honom och skakade lätt på huvudet. Vad kunde det betyda undrade han?

Därefter avslutades mötet och Bror undrade varför Frida hållit mötet. Själv upplevde han det lite olycksbådande. Det verkade som om ledningen var orolig. Mötet i sig hade haft som avsikt att förebygga osäkerhet men hade nog skapat mer oro än dämpat den. Bror uppfattade tysta kommentarer bland medarbetare som pekade på att han hade rätt i sina funderingar. Återigen tänkte han på Emilias diskreta huvudskakning och undrade om hon visste något mer.

Bror återgick till sitt uppdrag att granska underleverantörer och hade börjat få till en bra struktur. Han hade identifierat alla företag och påbörjat en specifikation för bedömningskriterier. Han hade bokat in ett möte med Frida där han skulle presentera hur arbetet skulle genomföras under nästkommande dag.

Strax före lunch hade han gått förbi Emilia Chang för att bjuda med henne på lunch men hon hade gått för dagen och skulle enligt kollegorna vara ledig måndag och tisdag. Både det ekonomiska resultatet och hennes diskreta huvudskakning malde runt i huvudet på honom. Han ringde istället upp Eva och lyckades boka in en gemensam lunch. De skulle träffas på Vigårda vid Avenyn för att äta hamburgare. Eva hade upptäckt restaurangen för någon månad sedan och försökt få med Bror dit en kväll. Nu blev det till lunch istället. Bror var inte så förtjust i hamburgare, han förknippade det med McDonalds och andra snabbmatskedjor och undvek maträtten så ofta han kunde. Det hade varit en av anledningarna till att han avböjt hennes förslag ett antal gånger. Nu ställdes han inför ultimatum, ville han ha lunchsällskap fick det bli Vigårda, för Eva och Jörgen hade beslutat sig gå dit sedan länge.

Bror gick bort till bort till Brunnsparken och tog sedan Östra Hamngatan vidare söderut fram till Kungsportsavenyn. Han kom fram samtidigt som Eva och Jörgen utanför restaurangen.

"Det här är kryss i taket, det är första gången jag får med mig Bror ut och äta hamburgare" sa Eva och knuffade till Jörgen.

"Vad har du emot hamburgare?"

"För mig är det snabbmat, och jag åt alldeles för många under min studietid. Så det stämmer det Eva säger, vi har aldrig ätit hamburgare tillsammans. För min del blir det första hamburgaren på många år. Så nu är det upp till bevis, hoppas det här är så bra som du utlovat."

Bror fick erkänna att miljön kändes både fräsch och lite nyskapande. Han valde en originalburgare, skulle han nu äta hamburgare fick det bli en standard sådan. De satte sig ner vid fönstret ut mot Avenyn med sina brickor. Efter första tuggan fick Bror erkänna att det var riktigt gott. För sig själv kände han till och med att han saknat maten, men det skulle han aldrig erkänna för Eva.

"Hur går det på TaxOpt, nu när verksamheten gått igång igen?" undrade Jörgen.

Bror berättade om Frida och Petter och deras till synes ständiga schismer. Satsningen på Östeuropa och dagens minst sagt tråkiga resultat kom också med.

"Vårt saknade dokument har inte dykt upp?" undrade Jörgen och insåg i samma andetag att Eva kanske inte berättat om dokumentet som de saknat när man hittade Hamad.

"Vilket dokument då?"

Eftersom Jörgen redan försagt sig blev de tvungna att berätta om det dokument som legat under Hamad.

"Varför har du inte berättat om det?" undrade Bror vänd till Eva.

"Det här har vi pratat om tidigare. Jag kan inte yppa konfidentiella uppgifter från en polisutredning bara för att vi bor ihop. Vi är övertygande om att Hamad begick självmord, och det här dokumentet är egentligen bara en lös ända som vi som

poliser inte fått något svar på. Du borde hålla det för dig själv."
"Fast skulle du få reda på något så berätta gärna. Jag har svårt att släppa frågan" sa Jörgen trots en ilsken blick från Eva.

När han var tillbaka på kontoret så var det samling i kafeterian med flera engagerade samtal på gång.
"Vad har hänt?" undrade Bror.
"Här läs själv" sa en kollega och lämnade över en utskrift av en artikel.

STÖRRE INTÄKTER GER STÖRRE FÖRLUSTER

TaxOpt hyllades stort i Business Inside i förra veckan efter sin lansering av expansion in mot Östeuropa. Vår näringslivsminister verkar vara en stor supporter.

När de idag publicerar sin kvartalsrapport väcker den ett antal frågetecken. Omsättningen ökar kraftigt men förlusten skenar om möjligt ännu mer. Bolagets tillväxt har skapat en stor abonnemangsportfölj. Det är den och den uttalade ambitionen att fortsätta växa som skapar hajpen kring företaget. Men borde inte rimligen en ökad tillväxt på sikt skapa ett läge där resultatet för varje ökningssteg blir något bättre. Som det ser ut nu verkar det som om företagets resultat försämras i takt med att omsättningen ökar.

Jag ställer mig tveksam till att det här i grunden är en sund verksamhet. Att en abonnemangsaffär kräver en viss volym för att bära centrala kostnader är inte orimligt. Det betyder också att i takt med att omsättningen ökar så förbättras resultatet. Nu verkar det vara precis tvärtom. Ju större portfölj desto sämre resultat.

Om jag var investerare skulle jag vara mycket fundersam. Är detta något som lönar sig i längden. Som näringslivsminister skulle jag undvika att hylla en sådan affärsstruktur. Jag tror inte vi vill ha fler bolag med samma osunda modell.

Vi kommer att följa TaxOpt nära den närmaste tiden.

Jag hoppas vi upptäcker att vi har fel och att det är en sund verksamhet men tyvärr så tror jag inte det.

Christer Hempe – Kvällspressen

"Det var ord och inga visor" sa Bror och lämnade tillbaka artikeln.

Man hade varit förvånade att Kvällspressen inte kommenterat planerna på expansionen i Östeuropa i förra veckan. Nu kom en minst sagt kritisk artikel som hängde ut både företaget och näringsministern. Dessutom lovade tidningen mer eller mindre en fortsatt kritisk granskning. Det ska bli spännande att följa det här tänkte Bror.

16

TaxOpt AB
Tisdag

Bror hade tagit ledigt några timmar på förmiddagen. Hanterat ett antal privata ärenden men även besökt sitt konsultföretag och rapporterat de senaste kring TaxOpt.

När han kom in till kontoret möttes han återigen av en personalsamling i kafeterian med flera intensiva diskussioner.

Utan att han frågat fick han på nytt en utskriven artikel i händerna.

TAXOPT – KVINNOFIENTLIGT OCH RASISTISKT?

Som vi lovade har vi startat en närmare granskning av TaxOpt. En person med nära koppling till företaget har berättat om en grabbig attityd med många kvinnofientliga och rasistiska påhopp. Vår uppdragslämnare som vill vara anonym berättar om en rå attityd där både kvinnor och andra med utländskt påbrå behandlas illa. Personen betonar att det inte gäller alla på företaget men att ett antal centrala personer har uppträtt illa under en ganska lång tid. Trots upprepade påstötningar mot ledningen har inga åtgärder vidtagits och många har lämnat företaget.

Vi har sökt Frida Lindström för kommentarer men hon har för tillfället avböjt att lämna sådana.

Återigen ställer vi oss frågande till vår
näringslivsministers okritiska hyllning av företaget.

Christer Hempe – Kvällspressen

Bror kunde inte låta bli att tänka på sitt samtal med Emilia Chang. Hon hade använt samma ord om han inte mindes fel. Kan det vara Emilia som låg bakom detta?

"Känner ni till några tjejer och utlandsfödda som lämnat företaget?" undrade Bror och vände sig mot en kille från personalavdelningen.

"Vi har precis som alla företag en viss personalomsättning. Både tjejer och personer med utländskt påbrå har slutat men jag känner ingen som åberopat det som artikeln skriver om" svarande han och ryckte på axlarna.

"Det känns som om den här Christer Hempe har startat ett korståg mot företaget. Undrar varför han valt att göra så?"

"Jag vet inte, han och Petter Björk kom ihop sig för några år sedan, har jag hört ryktesvägen. Har ingen aning om det kan ligga oss i fatet."

Strax efter lunch skulle Bror gå igenom sin plan för underleverantörgranskningen med Frida och tog med sina underlag och gick bort mot hennes kontor.

Trots att hennes dörr var stängd hörde han en hetsig ordväxling genom dörren. Han urskilde Fridas och Petters röster.

"Nu ska hon bort från det här företaget. Jag har fått nog" hörde han Petter skrika.

"Det ska hon inte alls. Du har ingen aning om vem Christer pratat med, det är bara misstankar. Skulle vi kasta ut någon från företaget så kan du räkna med att det dyker upp i Kvällspressen som ett bevis för dagens artikel. Lugna ner dig så ska jag hantera pressen. Om du vill göra något kanske du ska gräva ner stridsyxan med Christer Hempe, det skulle vi alla vinna på."

Bror tog tystnaden i akt och knackade försiktigt på dörren.

"Stig in" ropade Frida och Bror steg försiktigt in.

"Vi ska gå igenom Brors plan för granskning av underleverantörerna så den här diskussionen är avslutad" sa Frida med en skarp markering.

"Den vill jag vara med på" sa Petter och slog sig ner vid konferensbordet utan att invänta något svar.

Bror presenterade sin lista över leverantörer och gick igenom de kriterier han ville utvärdera. Petters kroppsspråk var övertydligt, det var uppenbart att han inte gillade det här alls medan Frida var mycket nöjd med det han presenterade. När han var klar frågade han om de hade några synpunkter.

"De här företagen kan du strunta i, de går jag i god för. Dessutom kan du ta bort genomgången av fakturor från alla företag. Det hanterar vår ekonomiavdelning" sa Petter och drog samtidigt ett streck över ett antal företag.

"Jag håller inte med, ska vi utvärdera våra leverantörer ska vi utvärdera alla. Den ekonomiska genomgången ska vara kvar" replikerade Frida.

"Så sådan här skit ska vi ägna oss åt medan vi håller på att halshuggas i pressen. Är det rätt prioritet tycker du?" sa Petter och reste sig nästan hotfullt upp över konferensbordet.

"Blanda inte ihop frågorna. Vi får prata vidare om artikeln och jag vidhåller, du borde göra fred med Christer. Det skulle jag rekommendera att du fokuserar på."

"Du borde inte vara vd för det här företaget" sa Petter och reste sig hetsigt upp och lämnade rummet.

Frida föreslog att de skulle hämta en kopp kaffe och sedan gå igenom Brors material på nytt, i lite lugn och ro, som hon uttryckte det.

När de kom tillbaka från fikarummet gick de på nytt igenom listan av företag. Frida pekade på ett av företagen som Petter strukit över och sa att det företaget ville hon ha en extra noggrann genomlysning av. Företaget i fråga var LettSupport, det företag som tagit över support och utveckling och hade sitt säte i Riga.

Bror insåg att det här var en känslig fråga för Petter. LettSupport var det företag som han drivit igenom skulle ta över support och utveckling och där han utsett Martin Petersson som ansvarig.

"Jag vill att du reser till Riga och besöker företaget så snart som möjligt."

"Men skulle inte Martin ta över ansvaret för det?"

"Ja och det är en av anledningarna till att jag vill ha det granskat så snart som möjligt."

Väl hemma igen berättade Bror om sin kommande resa. Varken Eva eller Bror hade tidigare varit i forna Sovjetunionen. De hade funderat på att besöka Sankt Petersburg men det hade aldrig blivit av.

De sökte upp lite information om Riga och konstaterade att med flyg skulle det ta ca 3-4 timmar, via Stockholm. Det fanns även direktflyg men osäkert om tiderna skulle passa. Det fanns en hel del att titta på så Bror skulle försöka stanna ytterligare en dag och köra en snabb turistvandring. Eva skull undersöka om hon kunde ta ledigt och följa med men det var osäkert. Resan skulle bli av redan nästa vecka.

Bror skulle stämma av med företaget om besöket redan imorgon och sedan boka in hotell och flyg.

Det fanns massor av sevärdheter som han borde hinna med. Gamla stan, Svenskporten, Svarthuvudenas hus, Saluhallarna var bara några av alla gamla byggnader som var värda att besöka. Han hoppades att besöket skulle medge en liten rundvandring vilket han verkligen såg fram emot. Det hade varit länge sedan de åkt någonstans och det skulle kunna bli en bra kombination. De hoppades att Eva skulle kunna ta ledigt och följa med men det var för tidigt att veta.

"Det som är spännande är att Petter absolut inte ville att jag skulle åka. Han har varit emot mitt uppdrag med att granska underleverantörer hela tiden men det kändes som om den här firman var extra känslig. Undrar varför?" frågande Bror när Eva slutat surfa runt på staden.

"Det kanske finns ett skäl till att Frida är så intresserad av att du undersöker det, vem vet det kanske döljer sig något skumt där borta."

"Allt är möjligt, Frida och Petter bråkar nästan om allt just nu. Enda gången de verkade sams den senaste tiden var när de berättade om östeuropasatsningen i torsdags. Men redan på fredag var de i luven på varandra."

"Hur har man kommenterat artikeln från Kvällspressen. Det var två artiklar som bägge var kritiska, dessutom verkar det som om den där Christer Hempe har startat något korståg mot företaget, eller hur?"

"Jo det som inte var så positivt var att Petter verkar ha identifierat en syndabock, det är en tjej som heter Emilia Chang, och som du hör är hon både tjej och har utländskt påbrå. Jag överhörde ett samtal där Petter ville slänga ut henne men Frida stoppade honom, slänger företaget ut en tjej med utländsk bakgrund just nu så bekräftar man Christers artiklar, det insåg Frida i alla fall."

"Den där Petter verkar inte helt igenom sympatisk. Finns det något fog för artikeln om kvinnofientlighet och rasistiska påhopp?"

"Jag har inte märkt något men just denna Emilia nämnde några synpunkter i den riktningen för ett tag sedan. Hon har varit ganska öppen med vad hon tycker så att hon fått Petters onda öga är inte så förvånande."

"Nog om ditt jobb nu. Ska vi bjuda hit kompisgänget på fredag, det var länge sedan vi samlades här hos oss, vad tycker du?" undrade Eva.

"Ja varför inte, det kan bli roligt. Jag ska trycka på att Myran kommer med sin nya kille så vi får en chans till att bekanta oss med honom."

"Det kan nog behövas efter träffen hemma hos dina föräldrar, lite knepig var han allt."

"Kanske men vi ska inte vara för hastiga med att döma ut honom. Att träffa sina svärföräldrar eller vad vi nu ska kalla det är alltid lite ansträngt. Det är inte fel att vi ger honom en ny chans med hela vårt kompisgäng. Tror du Katrin är hemma från Malmö eller är hon kvar där nere tror du?"

89

"Jag bjuder in Olle, Jovana, Malin och Katrin så får du övertyga din syster att komma och ta med sig Mikael."

"Så gör vi, ser redan fram emot fredag, jag kan ta ledigt på eftermiddagen och förbereda för tillställningen."

17

TaxOpt AB
Onsdag

Onsdagen började med att Bror gick in till Petter för att planera in besöket i Riga. Petter protesterade då Martin var borta på semester och ville flytta fram besöket i fjorton dagar. Han ansåg att det var absolut nödvändigt att Martin fanns med på plats under besöket.

Bror kände tydligt att Petter ville undvika besöket nästan till varje pris. Han visste inte riktigt hur han skulle hantera det. Frida hade varit väldigt angelägen om att just det företaget skulle granskas så snart som möjligt. Han kunde inte heller springa iväg och skvallra för Frida. Det var bara att avvakta, det skulle nog lösa sig.

I samband med fikapausen på förmiddagen stötte han ihop med Frida i kafeterian.

"Hej har du bokat in resan till Riga än?" sa hon angeläget.

"Jag tycker vi flyttar fram den så att Martin kan vara med, han är på semester i ytterligare två veckor" inflikade Petter som också anslutit.

"Nej det går inte, besöket ska ske i nästa vecka, du får ordna att någon i Riga tar emot. Jag vill se resan inbokad snarast" nästan skrek Frida. Det var uppenbart att man bråkat om den resan flera gånger den senaste tiden.

Petter muttrade något till svar och lämnade uppenbart surmulen. När Bror lämnade fikarummet så knackade någon på hans axel.

"Du tappade det här" sa Emilia och lämnade över ett dokument och gick direkt vidare ut från fikarummet.

Konstigt, jag tappade ingenting tänkte han men tog emot dokumentet och gick vidare till sitt rum. Framme vid sitt rum öppnade han dokumentet och läste.

Kan vi ses efter jobbet på Espresso House vid Järntorget. Viktigt att jag får prata med dig och jag vill inte att någon på jobbet får reda på vårt möte. Jag räknar med att du kommer.

Emilia

Spännande, undrar vad hon vill. Någon förtäckt dejt var det inte utan hon verkade angelägen att få prata om något, förmodligen något som hade med företaget att göra. Varför skulle det vara så hemligt? Han var nästan på väg att söka upp henne och se till att de pratades vid direkt men kom sedan till slutsatsen att han borde respektera hennes önskan om sekretess. Om han konfronterade henne här på arbetet fanns en risk att hon slöt sig och inte berättade något alls.

Bror fortsatte med sin kartläggning av underleverantörer men hade stora svårigheter att koncentrera sig. Tankarna gick hela tiden tillbaka till det kommande mötet med Emilia, undrade vad hon skulle komma att berätta.

Petter kom så in till Bror och berättar lite buttert att han bokat in ett besök på företaget i Riga på onsdag förmiddag i nästa vecka. Han borde kunna resa dit på tisdag och sedan hem på onsdag eftermiddag. En Dainis Kremer skulle ta emot honom och visa honom runt samt bevara de frågor som Bror ville ha svar på. Bror var på väg att tacka för hjälpen men Petter var redan på väg ut från rummet, markerande fortsatt sitt ogillande med resan.

Han hittade en resa från Göteborg på förmiddagen som skulle

landa strax för tolv i Riga. Den borde fungera, då skulle han hinna in till kontoret på eftermiddagen. Tyvärr inte ett direktflyg men alla direktflyg landade alldeles för sent för att han skulle kunna hinna med ett besök till kontoret samma dag, och att resa kvällen innan hade han ingen lust med.

Han hittade ett hotell som såg trevlig ut mitt i centrum med bra standard och en SPA-anläggning som man gjorde reklam för. Skulle han nu bo över en natt så ville han bo mitt i stan. Han hade på känn att han fick tillbringa kvällen för sig själv, han var inte helt säker på att han skulle bli utbjuden på middag av företaget han skulle besöka.

Han bokade både hotell och flyg men såg till att han hade ombokningsmöjligheter. Med tanke på allt bråk kring den här resan så var det inte uteslutet att den skulle ändras i sista sekund. I kväll skulle han stämma av med Eva om hon kunde komma med. Osäkert om det skulle fungera men det hade varit fantastiskt trevligt.

Vid femtiden packade Bror ihop för att möta upp Emilia vid Järntorget. Hon hade inte specificerat någon tid, men om han gick bort mot Järntorget så borde han hitta henne där även om han kanske fick vänta en liten stund.

Bror lämnade kontoret och vandrade Östra Hamngatan söderut fram till Kungsgatan där han svängde av. Han hade bestämt sig för att följa Kungsgatan hela vägen fram till Stora Badhusgatan och där svänga av ner mot Järntorget. Han hade alltid tyckt bra om det promenadstråket, framförallt den del av gatan som låg väster om domkyrkan och puckel med Otterhällan strax till höger. Här fanns många små lite udda och trevliga butiker som det var skoj att titta in i eller bara studera deras skyltfönster.

Han passerade Pusterviksbaren och genade sedan tvärs över Järntorget fram till Espresso House. När han kom in såg han Emilia som redan satt på plats längst inne i lokalen. Han beställde en svart kaffe som han tog med och satte sig vid hennes bord.

"Hej, vad bra att du kom. Jag kan gissa att du undrar över en del saker?" sa Emilia och såg ut att ha lite dåligt samvete.

"Jo lite märkligt är det nog men jag gissar att du har dina skäl till att du agerar som du gör. Men nu är jag här och jag är duktig på att lyssna. Så berätta i din takt, jag har inte bråttom."

"Som du kanske hört är Petter ute efter att avskeda mig. Varför vet jag inte riktigt men som det är just nu har jag inte råd med det. Jag är rädd att ett möte med dig skulle ge honom fler argument för sin vendetta."

"Hur kan du arbeta kvar under sådana här förhållanden. Sist du pratade med mig var du inte heller särskilt nöjd om jag minns rätt. Varför hittar du inte ett annat jobb?"

"Jag är i slutförhandling om ett annat jobb. Om jag skulle bli utslängd från TaxOpt kan det äventyra mina möjligheter att få det jobbet, det är därför jag är så försiktig, eller sjukligt omständlig kanske" sa hon och skrattade lite nervöst.

"Men du vill knappast träffa mig för att diskutera ett nytt jobb, eller hur?"

"Nej det är en helt annan sak. Jag har förstått att du fått i uppdrag att utvärdera våra underleverantörer och jag har hittat ett antal konstigheter som jag vill att du ska se" sa hon och öppnade en mapp med ekonomiska rapporter.

"Som du vet hör TaxOpt till bolagen med stark tillväxt men också med stora förlustsiffror. Eftersom alla har köpt in på konceptet *stark tillväxt kan få kosta* så är det heller ingen som granskar kostnaderna i detalj. När jag tittar på kostnadsläget, framförallt, från vissa företag, verkar kostnaderna inte rimliga. När jag har tagit upp detta med ledningen så får jag alltid veta att lilla vän du förstår dig inte på det här, så är det när man ska växa hastigt. Jag kan delvis acceptera att tillväxt kostar men jag kan inte acceptera att företaget betalar för orimliga fakturor. Det här är ett av skälen till att Petter vill bli av med mig, tror jag i alla fall. Jag har lyft den här frågan lite för många gånger. Nu sprider han ryktet att jag läckt information till pressen, men det är inte sant. Ska vi titta på lite siffror?"

Emilia gick igenom fakturor från ett antal olika samarbetsbolag och när hon förklarade vilket arbete som de avsåg fick Bror hålla med om att summorna var orimligt höga. Även om man räknade med höga timarvoden för jurister så gick det inte ihop. Bror förstod varför hon trodde att det pågick något skumt.

"Men kan det verkligen stämma att ingen lyssnat?" undrade Bror.

"Naser lyssnade och han tog in en oberoende konsult som skulle göra samma utredning som du fått nu. I samband med att han dog upphörde uppdraget."

"Vet du vad konsulten hette?"

"Det var en tjej som var här, ett antal gånger innan dödsfallet. Jag vet inte om hon han komma fram till något resultat. Jag frågade ledningen men de sa att uppdraget var avslutat. Jag försökte leta upp personen men det finns inga fakturor från någon sådan firma. Hon kanske gjorde uppdraget personligt direkt för Naser?"

"Vad hette konsulten?"

"Hon hette Larisa någonting, jag kommer inte ihåg efternamnet. Kom från Stockholm, jag pratade med henne några gånger. Hon verkade mycket kompetent, och var den första som lyssnade på mina funderingar om kostnadsläget. Som jag sa när Naser gick bort försvann hon från TaxOpt. Hon berättade att dagen efter att Naser hittats död hade Frida bett henne lämna företaget."

"Undrar hur många Larisa det finns i Sverige och om det går att hitta henne. Har du försökt?"

"Nej jag har fokuserat på att hitta ett annat jobb helt och hållet. Jag kanske håller på att bli nojig men jag känner mig inte säker på firman."

Bror tog upp sin telefon och slog upp websidan Svenskanamn och slog in Larisa.

"Vad gör du?"

"Vi har några kompisar som väntar barn och de visade oss den här sidan där man kan få fram statistik om olika förnamn i Sverige. Som du ser här finns det nästan femhundra personer i Sverige som heter Larisa" sa Bror och visade henne resultatet på sökningen.

"Du vet inget mer om henne, namn på företaget eller något annat. Skulle vara intressant att prata med henne."

"Namnet på företaget vet jag inte. Hon bodde någonstans i Stockholm och hon var troligen inte äldre än trettiofem. Skulle det kunna hjälpa till?"

"Kanske men risken är att det är alldeles för många för att kunna hitta vår Larisa. Vi kommer kanske inte längre just nu. Finns det något jag kan göra för dig?"

"Nej jag klarar mig, jag vill bara undvika problem innan jag har mitt nya jobb klart. Så berätta inte för någon om vårt möte är du bussig."

"Självklart inte, kommer du på något mer om den här konsulten kan du väl höra av dig."

De plockade ihop sina saker och lämnade tillsammans kaféet. Ute på gatan gick Emilia tillbaka över Järntorget och Bror vände vidare hemåt.

När Bror svängde in på Första Långgatan kom Emilia tillbaka och knackade honom på axeln.

"Jag kom på en sak till. Larisa berättade om sitt trettioårskalas och när jag tänker efter lät det som om det skulle varit inte alltför länge sedan. Så hon är kanske trettio, trettioett eller trettiotvå år gammal. Hjälper det dig att hitta henne tror du?"

"Kanske, vi får se."

18

Fredbergsgatan
Torsdag

Bror beslöt sig för att arbeta hemifrån. Primärt för att han i lugn och ro tänkte leta efter den här Larisa men också för att han hade några privata ärenden som han ville uträtta. Dessutom hade Erik ringt och ville träffas över lunch.

Han hade berättat för Eva om sitt samtal med Emilia. Eva höll med om att det förmodligen var enklare att bluffa med osunda kostnader i en verksamhet som alla accepterat skulle gå med förlust men samtidigt så måste ägarna vara intresserade av att det är en sund verksamhet. Så om all fokus låg på tillväxt så var man kanske nöjd med att se en ökad omsättning och helt enkelt lät bli att granska kostnader.

När Bror berättat om att han skulle leta reda på ekonomikonsulten skrattade bara Eva och avfärdade honom med "Ska du inte sluta leka privatdetektiv, det har inte gått så bra vid dina tidigare försök" sa hon och refererade till när han ena gången nästan blev dränkt och den andra gången innebränd.

"Jag lovar att vara försiktig, jag ska bara leta upp en person."

När Eva gått iväg till jobbet satte sig Bror ner för att identifiera ett antal Larisor som han skulle ringa upp för att om möjligt hitta den konsult som varit inne på TaxOpt och arbetat med underleverantörer.

Det fanns många publika register som skulle gå att använda. Register som avslöjade mer personuppgifter än vad många

97

kände till. Han favorit var Ratsit, en websida där man kunde söka på både personer och företag.

Han började med att söka efter bara Larisa och fick nästan sjuhundra träffar, betydligt fler än de dryga fyrahundra som websidan svenska namn uppvisade. Han trodde att websidan Svenskanamn bara visade tilltalsnamn och att på den här sidan visades även mellannamn.

Därefter begränsade han sökningen till ålder trettio till trettiotvå och var då nere i knappt trettio träffar. Han försökte även att bara lista de som hade företag men då var det bara ett fåtal träffar och alla utanför Stockholmsområdet. Sedan gick han tillbaka till listan med trettio träffar och skrev upp alla som bodde i Storstockholmsområdet. Han var nu nere i ett tiotal personer. Givetvis kunde personen i fråga bo i Stockholm och vara skriven någon annanstans men det var mindre sannolikt. Han skulle ringa upp dessa tio för att se om han kunde hitta deras Larisa.

Han satt länge och funderade på hur han skulle fråga men kom till slut fram till att han inte kunde linda in det utan skulle fråga rakt på om de arbetat med ett företag som hette TaxOpt.

Egentligen ogillade han att ringa samtal till okända personer. Han hade alltid upplevt det som besvärande och många gånger försökt hitta alla möjliga anledningar till att han inte skulle ringa. Den här gången fanns inget alternativ.

Det telefonnummer som fanns angivet på websidan var oftast personens privata och det är inte alla som svarar på det under arbetstid. Så eventuellt skulle han behöva ringa några samtal ikväll om han inte fick svar.

Efter en god kopp kaffe stålsatte han sig för att påbörja rundringningen. Det gick ganska bra, efter de första två samtalen kände han sig mindre besvärad och fick bättre flyt i samtalet. Han kom fram till sex personer under förmiddagen och de flesta svarade bestämt att något TaxOpt kände de inte till och hade inte arbetat med. Vid ett samtal hade dock den som svarat tvekat och verkat fundera och han hade nästan trott att han kommit rätt men även där blev svaret ett nej.

När han så var framme vid lunch hade han lämnat ett meddelande på två telefonsvarare och bett dessa ringa tillbaka och två personer hade han inte fått tag i. Nu skulle han ta en paus och träffa Erik för en lunch. Han hade saknat honom, kompisgänget hade inte varit detsamma utan Erik och Myrans nya kille hade han inte riktigt kommit överens med ännu. Han hade alltid uppskattat att prata med Erik och han hade en skvallernäsa som var exceptionell. Han lyckades höra alla möjliga rykten, framförallt inom företagsvärlden och det var med en saknad han gått miste om detta informationsflöde.

De skulle träffas på Da Vince, en restaurang på Nordenskiöldsgatan som Erik rekommenderade. Det skulle ta ungefär femton minuter för Bror att gå dit och han var ute i god tid. Väl framme fick han vänta på Erik, vilket var som det brukade vara. Erik hade aldrig varit bra på att hålla tider.

När Erik till slut dök upp var det en sliten variant av den Erik som Bror bara för några månader sedan varit så nära. Bror undrade vad det var, för något var det, idag var det ställt utom alla tvivel. Men tidigare hade Erik inte velat berätta, men kanske idag, det var trots allt Erik som tagit initiativet till lunchen.

Det blev en något stel inledning på lunchen. Bror ville inte återigen fråga vad det var som tryckte Erik och Erik verkade gå som katten kring het gröt. Samtalet blev ytlig, Erik frågade artigt om alla kompisar och Bror ställde frågor som inte skulle uppfattas som alltför närgångna. Efter en stund verkade de bägge inse hur konstigt allt blev. De blev sittande tysta en stund varefter Bror tog mod till sig.

"Erik hur är det, uppriktigt sagt blir jag orolig när jag ser dig. Du verkar inte må bra. Är det något jag kan göra för dig?"

"Det är så där, jag saknar Myran och jag saknar resten av gänget så mycket" sa Erik med tårar i ögonen

"Jag saknar dig med, och jag vet att alla andra också saknar dig. Skulle det inte vara lättare om du bara berättar vad det är som trycker dig. Jag kan lyssna och jag för inget vidare. På hedersord" sa Bror och sträckte fram händerna med handflatorna uppåt.

Det blev tyst en längre stund. Erik torkade bort några tårar och vände sig sedan mot Bror.

"Jag vill fortfarande inte berätta. Felet är mitt, och bara mitt. Jag behöver ta mig ur det här på egen hand. Ge mig bara några veckor till så lovar jag att berätta allt. Du ska veta att jag är dig mycket tacksam för det stöd du erbjuder även om jag för tillfället inte tar din utsträckta hand."

Efter ytterligare en längre tids tystnad så vänder sig Erik på nytt mot Bror.

"Kan jag vinna tillbaka Myran, eller är det kört?" sa Erik med en vädjan i rösten.

"Du vet att hon träffat en ny kille och hon är mycket sur på dig för att du inte velat dela med dig av dina bekymmer, vilka de nu är. Jag tror inte hon blir lycklig med Mikael så vem vet. Men då måste du våga vara ärlig och inte gömma något. Du vet att jag gärna skulle se er två tillsammans igen."

För att bryta den besvärliga situationen berättade Bror att han skulle resa till Lettland den kommande veckan för att besöka en av underleverantörerna till TaxOpt. Det var oundvikligt att inte nämna de infekterade diskussionerna på kontoret mellan de två huvudägarna. Däremot nämnde han inte sitt letande efter Larisa. Han ville inte att Erik skulle börja kommentera att han på nytt lekte privatdetektiv.

"Vad roligt, Lettland har jag aldrig besökt. Åker du till Riga, det är väl huvudstaden?" undrade Erik.

"Ja, företaget ligger i Riga. Jag och Eva surfade lite på staden igår och det verkar finnas en del att titta på. Jag hoppas jag får lite tid över. Ska bli väldigt spännande."

"Myrans nya kille var han inte son till ägaren till BertInvest? Det företaget har ägarintressen i Lettland har jag läst ganska nyligen. Känner du till det?"

De avslutade lunchen och Bror vandrade hemåt. Intressant att BertInvest hade kopplingar till Lettland. Men så kom han ihåg, det hade han ju fått berättat av Evas kusin också när han var uppe i Borlänge. Det hade han helt glömt bort.

Bror kom hem strax före Eva och de lagade mat tillsammans. En enkel pasta med ostsås. Eva såg ut som om hon bar på en liten hemlighet och när de precis ätit klart berättade Eva. "Mamma och pappa kommer ner i helgen. De ska titta på lägenheter, spännande eller hur?" "Vad säger du, det har jag inte hört något om tidigare. Tänker de göra slag av flyttplanerna nu?" "Det blev nog lite mer aktuellt i samband med pappas incident. Vem vet, det kan gå fort. Du har väl inte ändrat dig och tycker att det skulle vara konstigt?" "Nej det är inga problem alls. Skulle vara skoj att ha dina föräldrar lite närmare. Visserligen är Borlänge trevligt men det är ett projekt varje gång man ska resa dit. Vi ska ha kompisarna här på middag imorgon. Måste vi ställa in?"

"Nej det behövs inte" sa Eva och skrattade till "de ska bo hemma hos dina föräldrar och vi är bjudna till gemensam middag på lördag. Är det inte underbart att de blivit så goda vänner?"

"Vilken överraskning" sa Bror men kände sig lite utanför. Varför hade inte hans mamma ringt och berättat. Det hade inte han med att göra men lite märkligt var det allt.

"Blev du sur för att din mamma inte berättat? Det verkar så" "Inte sur men lite överraskad. Har du koll på vilka lägenheter de skulle titta på?"

"Nej men de ville att vi alla skulle vara med på visningarna på söndag."

Efter middagen fortsatte Bror sin telefonjakt efter en Larisa som arbetat för TaxOpt men när kvällen var till ända fanns de fortfarande två som han inte fått tag på. De han lämnat meddelande på telefonsvarare till hade ringt tillbaka och en hade varit nästan irriterad över att han ringt och sökt henne. Trots att han förklarat och ödmjukt bett om ursäkt hade hon avslutat med att han inte borde ringa och störa folk på det sättet.

Lite överdriven reaktion tyckte han allt och fick medhåll från Eva som suttit bredvid och lyssnar på hans samtal. Han fick fortsätta att försöka få tag i de sista två imorgon.

19

TaxOpt AB
Fredag

Bror kom sent in till kontoret och möttes återigen av en stor samling personer i fikarummet. Av sorlet att döma hade något allvarligt inträffat. Rösterna var upprörda och engagerade. När Bror kom fram till kaffemaskinen räckte Petter över en utskrift av en tidningsartikel till honom. Tidningsartikeln var på tyska och följdes av en svensk översättning.

TAXOPT – ETT SVENSKT BANDITBOLAG

TaxOpt är ett svenskt bolag som nyligen etablerat sig på den tyska marknaden. Bolaget marknadsför en app som uppmanar det tyska folket att skattesmita. Som folkvald representant tycker jag det är hårresande att den svenska regeringen tillåter företaget att marknadsföra en produkt som uppmanar till skatteplanering. Jag kommer att ta upp detta med den svenska regeringen och räknar med att produkten blir förbjuden inom kort.

Gerhard Klosche – Tyska liberala partiet

"Det räcker inte med det här. Även politiker i Tjeckien och

Italien har kommenterat och den svenska regeringen har lovat komma med ett uttalande strax före lunch" sa Petter med en surmulen min.

"Vad vet vi om denna Gerhard, är han inte lite av en opportunist som vill skapa rubriker och lyfta fram sig själv. Jag tycker mig ha sett ett antal utspel från honom i pressen de senaste veckorna. Jag tror vi kan låta det blåsa över" kommenterade Johan som var en av skattejuristerna.

"Om inte den svenska regeringen lovat att kommentera så hade vi kanske kunnat göra det. Nu beror allt på vad som släpps från Regeringskansliet strax före lunch" svarade Petter.

"Jag har kontaktat nyhetsredaktionen på SVT som har lovat att vi blir inbjudna till nyhetsstudio ikväll om det blir en debatt kring ämnet" sa Frida som kom springande men andan i halsen.

"Har vi kontaktat regeringen, har vi någon möjlighet att påverka vad de kommer att säga? Vår näringslivsminister har ju uttalat sig positivt" undrade Johan.

"Vi har sökt henne men inte fått något svar. Tydligen så finns det en intern konflikt mellan henne och finansministern. Risken finns att den konflikten kan orsaka problem" sa Petter.

"Blir det en tv-debatt i nyheterna ikväll så tror jag att vi kan gå stärkta ur den, i alla fall här hemma" sa Frida men övertygelse i rösten.

Diskussionen dog ut och alla gick tillbaka till sina kontor i spänd väntan på den kommentar som regeringen lovat att släppa.

Bror lånade ett ledigt rum och gjorde nya försök att nå de två han inte kommit i kontakt med. Till hans förvåning kom han fram till bägge två på kort tid, tyvärr så hade ingen av dessa någonsin varken hört talas om och heller inte arbetat för TaxOpt.

Så tyvärr verkade det inte som om han skulle komma i kontakt med den förra utredaren av underleverantörer.

Han passade på och bokade in resan till Riga. Det visade sig att han ändå skulle åka förbi Stockholm för några företagsbesök så han ringde upp en gammal studiekompis och bokade in en träff på måndag kväll. Han skulle sedan sova över för att ta ett tidigt flyg ner till Riga. Däremot kunde han åka direkt hem till Göteborg på onsdag kväll. Det skulle trots allt bli en trevlig avkoppling att få komma bort från kontoret i Göteborg, besöka både Stockholm och Riga. Det skulle bli roligt.

Vid elva kom så den efterlängtade kommentaren från Regeringskansliet. Personalen samlades vid tv:n i fikarummet för att gemensamt lyssna på uttalandet.

TAXOPT BEDRIVER INGEN OEGENTLIG VERKSAMHET

TaxOpt är ett bolag som nyligen etablerat sig på den tyska marknaden. Bolaget är ett svenskt aktiebolag som bedriver en fullt laglig om än omoralisk verksamhet. Den svenska regeringen kan inte lägga sig i företagets verksamhet så länge som de inte bryter mot några lagar. Det borde även Herr Klosche inse. Att en politiker på detta sätt lägger sig i internationell affärsverksamhet är djupt beklagligt.

Linda Asp – Finansminister

"Vaddå omoralisk verksamhet. Varför säger hon så? hade hon bara undvikit de orden så hade uttalandet varit perfekt" nästan skriker Petter.

Fridas telefon ringer och hon gick undan för att ta samtalet. Nästan alla tystnar och tittar bort mot henne. Alla känner på sig att det är viktigt även om det kanske kunde vara vilket samtal som helst.

"Det blir en debatt i SVT vid nionyheterna. Vi är inbjudna tillsammans med finansminister Linda Asp och näringslivsminister Eva Lundin. Vi får prata ihop oss vem som ska vara med och vi lägger resten av dagen på att förbereda oss så gott vi kan för den debatten. Johan och Bror kan göra mig och Petter sällskap under eftermiddagen så ska vi ladda upp inför debatten."

Bror var positivt överraskad att han blev inbjuden till arbetsgruppen. Att Johan som jurist och Petter skulle var med var självklart, att han blev inbjuden var lite oväntat. Frida tog kommandot i arbetsgruppen och det blev uppenbart att det var Frida som skulle vara med i SVT. Till Brors förtjusning verkade Petter vara med på tagen och den konflikt som annars så ofta tornade upp sig mellan Frida och Petter var som bortblåst.

Bror kunde ana att argumenten som Frida skulle lyfta fram varit diskuterade många gånger och han såg fram emot att titta på debatten senare under kvällen. Han var övertygad om att Frida skulle reda ut den med bravur, vilket skulle stärka TaxOpt i Sverige. Vilken skada dessa uttalanden skulle få för de nya marknaderna nere i Europa var dock svårt att sia om. De blev klara med genomgången redan vid tre på eftermiddagen vilket var tur för Bror som lovat att förbereda för kompisträffen hemmavid.

20

Fredbergsgatan
Fredag kväll

Bror hade redan bestämt vilken mat som han skulle bjuda på. Det skulle bli smördegsrullar med prästost och anjovis till förrätt och en Kyckling-gratäng till huvudrätt. Maträtter som kunde förberedas i förväg och sedan enkelt tillagas i ugnen. En smidig lösning som möjliggjorde att köket kunde vara snyggt när gästerna kom och att han själv eller Eva inte behövde spendera för mycket tid med matlagning när alla fanns på plats.

Bror hade varit förbi systemet på vägen hem och köpt vin, både vanligt och alkoholfritt för Jovana. Katrin skulle komma upp från Malmö och Myran skulle också komma förbi med sin nya kille. Så alla skulle vara samlade, förutom Erik då. Synd tyckte Bror men det var inte helt lätt att behålla kompisskap med syrrans ex, i alla fall inte i samma sällskap.

Maten skulle läggas upp i köket och sedan fick gästerna ta med sin tallrik och sin dricka och försöka hitta en sittplats ute i vardagsrummet. De hade ingen möjlighet att duka upp ett stort bord men det skulle gå bra ändå. Bror hade varit över hos grannen och lånat ett lite fällbord och några stolar så alla skulle få plats.

Eva kom hem strax före gästerna skulle komma och berömde Bror för allt han förberett. De hann springa upp och byta om strax innan den första ringsignalen hördes nerifrån porttelefonen. Som så ofta var det Olle och Jovana som kom

106

först. Nu när alla visste om barnet som var på väg så märkte man tydligt den lilla mage som bildats. Eva och Jovana började direkt prata om bebisen, hur mådde Jovana, illamående, någon speciell förkärlek till konstiga maträtter. Frågorna kom i en strid ström. Bror kände sig lite utanför och hade hoppats att Olle skulle gå ifrån men han stod troget fast vid Jovanas sida.

Med en lättnad hörde så Bror att det ringde på dörren igen. Han hade börjat känna sig lite obekväm, visste inte riktigt hur han skulle engagera sig i graviditeten så fler gäster kändes som ett bra avbrott för hans del.

Den här gången var det Katrin och Malin som dök upp och det återstod bara Myran och hennes kille. Bror tänkte på första gången han träffade honom vilket inte hade varit en odelat positiv upplevelse. Han hade upplevt honom lite väl intensiv och lite överlägsen, där han anlänt i sin pappas flashiga sportbil.

"Kommer Myran och hennes nya kille idag?" frågade Katrin.

"De ska dyka upp, du känner honom kanske efter din tid i Malmö. Hette inte ett av företagen du skulle arbeta med BertInvest, ägaren till det bolaget är Myrans killes pappa" berättade Bror.

"Spännande, tyvärr har jag inte hunnit besöka dem ännu. Jag har haft fullt upp med de andra bolagen."

Katrin berättade om lägenheten som hon fått låna och lite om arbetet hon startat upp. Det var fortfarande väldigt tidigt, hon hade bara varit nere i Malmö i en vecka, även om det kändes som om hon varit där mycket längre.

"Ni kommer ihåg att ni lovat hälsa på mig. Jag kommer att tjata på er så att ni planerar in en helg i Malmö inte alltför långt bort i tiden."

Det dröjde ett tag innan Myran och Mikael dök upp. Det blev lite stelt när de kom och Bror anade att de inte var riktigt samspelta när de gick runt och hälsade.

Det hade uppenbart haft någon dispyt eller till och med ett gräl om något. De kunde inte dölja. Till Brors lättnad var Mikael betydligt mer avspänd här ikväll än sist när de träffades hemma hos hans föräldrar. Inga överklasslater utan han smälte in bra i gänget.

"Det blir nog ordning på honom på sikt, eller vad tror du?" sa Eva ute i köket och kramade om Bror.

Samtalet kom så in på Katrins nya uppdrag i Malmö och när hon berättade att hon skulle arbeta med BertInvest så gick det inte att undvika att Katrin fick berätta mer om sitt uppdrag och Mikael tyckte det skulle vara trevligt att få träffa henne nere i Malmö i arbetet.

"Bror, jag kom ihåg att du berättade att du arbetade på TaxOpt. Jag frågade pappa om den investeringen och han berättade att han var gammal barndomsvän med Petter Björks pappa och det var genom honom som han blivit inblandad som investerare i bolaget. Har du mycket med Petter att göra?" undrade Mikael.

"En hel del faktiskt. Men nu kom jag ihåg en sak. Jag måste titta på nyheterna vid nio. TaxOpt ska vara med i en debatt tillsammans med finansministern och näringslivsministern och det vill jag inte missa. Vill ni så tittar vi på det tillsammans, annars går jag undan, om ni ursäktar."

Bror fick förklara bakgrunden till att bolaget skulle var med på nyheterna och alla tyckte det var så pass intressant att man skulle titta på programmet tillsammans.

Bror och Eva hann precis duka undan när det var dags att slå på tv:n. Gästerna hämtade dricka och tilltugg och satte sig ner för att invänta inslaget i nyheterna.

Reportern: Med oss i studion idag har vi Linda Asp Finansminister, Eva Lundin Näringslivsminister och Frida Lindström vd på TaxOpt AB. Tidigare i veckan väckte ett uttalande från en tysk politiker viss uppmärksamhet i pressen. Han beskyllde TaxOpt och den Svenska Regeringen för att uppmana befolkningen för skattesmitning. Hur ser ni på det inom regeringen?

Linda Asp: Som ni säkert vet så svarade vi via ett pressmeddelande att TaxOpt AB inte bedriver någon olaglig verksamhet.

Eva Lundin: Dessutom vill jag betona att TaxOpt är ett av många framgångsrika svenska företag som utvecklar svenskt näringsliv.

Reportern: Men i samma uttalande ansåg ni att TaxOpt bedrev en omoralisk verksamhet. Vad grundar ni det på?

Linda Asp: Inom regeringen är vi givetvis emot all form av skatteplanering, det fanns ingen annan baktanke med det vi nämnde.

Frida Lindström: Jag förstår inte att man kan kalla det omoraliskt att försöka minimera sin skatt, så länge som man inte bryter lagen. I många år har vi sett hur eliten i samhället lagt stora resurser på att minska sin skatt. Ett exempel var många som flyttade till Portugal där pensioner inte beskattades. Så fort som detta beteende kröp neråt till allmänheten så agerar regeringen och vill stoppa möjligheterna. Det kanske är det som vi drabbats av. Vi hjälper vanligt folk att minska sitt skattetryck och det verkar sticka politiker i ögonen.

Linda Asp: Nu håller jag inte med. Givetvis behandlar vi alla lika. Jag förstår inte detta påhopp.

Frida Lindström: Problemet är att de riktigt rika kan anlita advokater och jurister som både hjälper till med planering och eventuella rättstvister. Det är där vi kommer in, vi hjälper alla även de som saknar stora resurser.

Reportern: Mycket intressant men jag måste tyvärr avsluta diskussionen för andra nyheter.

"Spännande diskussion. Fridas gjorde bra ifrån sig. Det här innebär nog en kraftig kundtillströmning till företaget, eller vad tror ni andra" kommenterade Malin.

"Det blir det nog, risken finns också att regeringen intensifierar arbetet med att täppa till de så kallade kryphål man anser finns vilket inte kommer att gynna bolaget på sikt. Hur ser det ut i resten av Europa?" undrade Olle.

"Det har varit ett antal olika kommentarer. Tyvärr så får inte det här inslaget någon sändningstid ute i Europa så där finns risken att den här tyske politikerns uttalande kan skapa en negativ bild kring bolaget" svarade Bror.

Resten av kvällen blev en intensiv debatt om skatter och skattetryck. Det visade sig snabbt att man i gruppen hade två falanger. De som gärna betalade skatt bara skattepengarna användes till rätt saker. Den andra var emot skatter i stort.

Men alla var överens om att man i samhället borde satsa mer på sjukvård, äldrevård och skolorna. Skillnaden låg i hur det skulle finansieras. Via skatter eller via privata avgifter.

Det var första gången som gänget varit med om en intensiv politiskt laddad diskussion. Bror reflekterade över att han gissat sig till de politiska åsikterna ganska väl men några överraskade. Som väntat var Myrans nya kille kraftig motståndare till skatter och uttalade sig kraftigt negativt om den sittande socialdemokratiska regeringen. Även Malin var emot ökade skatter, en väntad åsikt från en vd i ett privat företag tänkte Bror för sig själv. Det som överraskade Bror mest var att alla andra i princip var för skattefinansierad sjukvård, äldrevård och skolväsenden. Att alla skulle ha samma rätt till bra service utan att behöva betala extra. Diskussionen blev intensiv och när Mikael upptäckte att han var nästan ensam om sitt motstånd mot skatter så surnade han ihop och strax efter att diskussionen avslutats bröt han och Myran upp och lämnade kalaset. Bror kunde ana ett visst missnöje från sin systers sida och undrade hur länge deras förhållande skulle vara.

"Blev han sur?" undrade Olle.

"Han blev nog det, lite i alla fall, men det var en sansad diskussion och jag tyckte inte att någon var oförskämd eller så. Han får lugna ner sig och finna sig i hur vi är som grupp. Vi har haft intensiva diskussioner tidigare även om det här var vår första riktigt politiska diskussion" slätade Eva över.

Resten av kvällen flyttades tillbaka till Jovanas graviditet och Katrins äventyr nere i Malmö. Men stämningen var lite förstörd efter Mikael och Myrans uppbrott så alla bröt upp tidigt.

"Tråkigt avslut på kvällen" sa Eva och kramade om Bror.

"Lite, jag tycket dock att Mikael var riktigt trevlig ikväll, inte alls samma överlägsna sätt som hemma hos mamma och pappa."

"Jag håller med, jag tror det var mer än bara skattediskussionen. Det såg ut som om Myran och han bråkat när de kom, såg inte du det också?"

"Jag tänkte på samma sak. Får se hur länge de håller ihop. Hur blir det i helgen, ska vi träffa våra föräldrar?"

"Javisst jag glömde berätta, vi ska med och titta på två lägenheter imorgon och vi är bjudna hem till dina föräldrar på kvällen men det visste du väl redan" sa hon och kramade honom på nytt.

Bror hummade tyst men var fortfarande lite besviken över att han inte varit med i planeringen. Verkade som om hans föräldrar pratade mer med Eva och hennes föräldrar än med honom. Han kunde inte riktigt skjuta undan ett styng av svartsjuka.

21

Fredbergsgatan
Lördag

Bror och Eva vaknade ovanligt utvilade för att vara dagen efter en kompisträff. Myran och Mikael hade brutit upp tidigt. Malin och Katrin valde också att gå inte långt senare, de hade varit ifrån varandra hela veckan. Jovana kände sig lite illamående så hon och Olle lämnade också innan kvällen blev för sen.

"Tror du Myran blev sur för att vi stod på oss i diskussionen kring skatter?" undrade Bror lite oroligt.

"Nej, det tror jag inte. Hon var nog mer irriterad på Mikael som surnade till. Men visst är det spännande att sonen till en riskkapitalist och Malin som är vd är de som tydligast faller in i skattehat och motstånd mot vår sosseregering. Det är så förutsägbart."

"Jag håller med, jag var kanske mer förvånad över att alla andra var så för skattefinansierade sjukvård, äldrevård och skolor. Vet inte om jag hade förväntat mig det från alla andra."

"Visst, jag vet inte ens om vi har diskuterat det i detalj tidigare men jag hade varit förvånad om du tyckt annorlunda."

Schemat för dagen var att Eva ville ut och titta på nya kläder. Därefter lunch på stan och sedan skulle de möte upp med Evas föräldrar vid halv två för att titta på två lägenheter. Senare på kvällen skulle det bli lördagsmiddag hemma i Furuskog, hos Brors föräldrar.

"Visst är det skoj att våra föräldrar trivs så bra tillsammans, jag förstod att du inte visste om besöket och att de skulle bo över ute i Partille."

"Nej det visste jag inte, jag blev lite störd på att mamma inte ringt och berättat. Visst är det skoj att de trivs bra ihop. Det var vår byggare-bob aktivitet, när vi byggde om och la till vinden, som blev starten på den vänskapen."

"Ja det stämmer, mamma har ofta nämnt hur trevligt hon tyckte att det var. Kanske en av anledningarna till att de funderar på att flytta ner till Göteborg. Vi får prata mer om det ikväll."

Det blev frukost på sängen och de låg länge och myste innan de till slut gick upp. Precis när de var på väg ut på stan ringde Brors telefon.

"Hej, det här är Larisa, vi pratades vid häromdagen."

"Hej, det var lite oväntat. Vad kan jag hjälpa dig med?"

"Jag var inte ärlig med dig när vi pratades vid. Jag har utfört ett uppdrag för TaxOpt där jag undersökte underleverantörer. Jag var lite tveksam till att avslöja det innan jag kollat upp vem du är. Nu har jag kollat runt och känner att jag kan lita på dig, så jag vill gärna berätta om vad jag kom fram till. Men helst inte över telefon, kan vi träffas tror du?"

"Jag reser faktiskt till Stockholm på måndag för några företagsbesök och ska sedan vidare till Riga på tisdag. Skulle vi kunna träffas under måndagen tror du?" Bror såg hur nyfiken Eva var som undrade vem han pratade med.

"Det går bra men jag vill gärna träffas någonstans där det är mycket folk i rörelse. Som du förstår är jag lite ängslig, jag kan förklara varför när vi ses. Skulle vi kunna träffas vid Björns trädgård utanför tunnelbanestation Medborgarplatsen vid fyra på eftermiddagen? Vet du var det ligger?"

"Jo det går bra, om du nu tycker det är så viktigt att vara så försiktig. Hur känner jag igen dig?"

"Tyvärr måste jag vara det, jag är faktiskt orolig för att jag ska råka illa ut, men det kan jag som sagt berätta mer om när vi träffs. Du behöver inte känna igen mig, jag känner igen dig. Jag har hittat ett antal bilder på Linkedin och vad jag förstår är du en lång och ståtlig man. Då träffs vi på måndag" sa hon och la på. Samtalet hade kommit från ett okänt nummer

Eva undrade givetvis vad det var för träff han ordnat och det var ingen tvekan om att det här var en oväntad vändning. Skulle de få reda på något nytt, kanske något som skulle kunna klargöra omständigheterna kring Nasers död. Dessutom var det både skrämmande och spännande. Vad var det hon kände till? Varför var hon så ängslig?

Efter en intensiv shoppingrunda hade de med sig två påsar med kläder. En påse för Eva, där hon hittat det mesta av det hon letade efter och ytterligare en påse för Bror som dock helt och hållet bestod av impulsköp av kläder han egentligen inte behövde. Men *what's need go to do with it?* som någon kändis uttryckt sig när denna fått en kommentar om ett överflöd av skor. Trots det, lite nytt att byta med var alltid trevligt.

De åt lunch på en japansk restaurang intill saluhallen. Det fick ett bord utomhus och kunde njuta av det vackra höstvädret. De hade gått förbi många gånger men aldrig ätit där. Trevlig miljö, bra betjäning och god mat. De skulle med all säkerhet återkomma.

De gick en snabb promenad ner till Gårda där de skulle möta upp både Brors och Evas föräldrar. Alla skulle med på lägenhetsvisning. Brors föräldrar kom med bägge sina bilar så att de skulle kunna åka alla sex till lägenhetsvisningarna. Den första lägenheten låg ute i Majorna och den andra lägenheten låg i Partille. Därefter skulle det vara nära hem till Furuskog och kvällens middag.

Lägenheten i Majorna låg nära kajen och hade en hyfsad utsikt ut mot Älvsborgsbron. Den var i ganska slitet skick och skulle behöva nytt kök och omtapetsering av alla rum för att bli inflyttningsbar. Dock var priset överkomligt, å andra sidan fick man lägga till kostnader för renovering.

Lägenheten låg nära Bror och Evas lägenhet, nära men inte för nära. Men utan problem, gångavstånd. Var det bra eller dåligt undrade Bror och han såg på Eva att hon funderade över samma sak. Ytterligare ett problem var bristen på parkering. Det skulle bli att jaga boendeparkering på gatan och det var inte populärt. Partillelägenheten låg i Björndammen en bit ovanför Allum shoppingcenter. Den var i betydligt bättre skick och skulle i princip gå att flytta in i direkt utan åtgärder. Dessutom fanns parkering tillgängligt. Utan tvekan ett alternativ som tilltalade Borlängeparet betydligt bättre.

Men nu var de inte ute efter något direkt utan det här var mer en sonderingsrunda. Något beslut om att flytta hade de inte tagit även om man diskuterat det. Dessutom måste huset i Borlänge säljas så det var ett projekt på lite längre sikt.

Bror och Eva följde inte med direkt hem utan lånade hans mammas bil för att åka förbi hemma och byta om. De kom fram samtidigt som Myran till huset.

"Hej, var har du pojkvännen" undrade Bror och vände sig mot sin syster.

"Han var tvungen åka ner till sina föräldrar så det blir bara jag idag."

"Jag hoppas inte han blev stött på oss igår, det var inget personligt" sa Eva.

"Kanske, men det kan han ha. Man måste kunna acceptera att alla inte tycker precis som en själv. Det har jag sagt till honom många gånger" sa systern med en inte så lite irriterad min.

"Nog om det, kom in och hälsa på mina föräldrar" sa Eva och bytte samtalsämne.

Som så ofta fick Myran frågan vad hon egentligen hette för det var uppenbart att det var ett smeknamn. Evas föräldrar ansåg att hon borde använda sitt riktiga namn, Myri, som de tyckte var väldigt fint. Ett mycket ovanligt namn som de aldrig kommit i kontakt med tidigare.

"Vad jag förstår finns det färre än tio personer i Sverige som har det namnet. Vet inte om det finns någon mer som har det som tilltalsnamn."

Därefter övergick det mesta av kvällen till att diskutera Evas föräldrars fundering på att flytta ner till Göteborg eller inte. Givetvis var hennes pappas sjukdoms en av orsakerna, men de betonade att de flesta av deras vänner prioriterade sina barn och barnbarn. Så umgänget uppe i Borlänge blev allt mer begränsat. Dessutom så saknade de sin dotter och skulle gärna finnas närmare till hands. Vi har också fått nya vänner här i Göteborg sa de och alla skrattade gemytligt.

Det blev en trevlig kväll med många minnen från Bror och Myris uppväxt. Minnen som Eva tyckte var trevliga, hon hade kommenterat att så här mycket hade hon inte fått reda på tidigare. Evas pappa var betydligt piggare och kunde nu gå kortare sträckor utan krycka. Men han blev fort trött. Men han var vid gott humör och skulle nog bli sitt gamla jag om några månader trodde alla.

Bror berättade om sin kommande resa till Riga vilket alla var mycket nyfikna på. Ingen hade varit där tidigare och såg fram emot en reserapport när han kom tillbaka. Evas mamma lovade att be Robert om lite tips inför resan, han hade ju bott där i drygt ett år.

Bror hade försökt få reda på lite om Myrans nya förhållande men hon hade viftat bort alla hans frågor och bett honom sköta sig själv. Bror insåg att helt bra var det inte och självfallet var han orolig för sin lillasyster, det hade han alltid varit.

"Jag mår bra och har allt under kontroll, oroa er inte" var avskedsorden från Myran när de skildes åt.

22

Centralstationen
Måndag

Bror stod och väntade på att tågets dörrar skulle öppnas. Han hade varit ute i god tid och blev stående på perrongen tjugo minuter innan tågets avgång. Söndagen hade varit lugn och skön. Givetvis hade det blivit en hel del diskussioner avseende Evas föräldrars eventuella flytt ner till Göteborg. Men det slutade med att det kändes mest positivt. Att hennes föräldrar skulle tränga sig på kändes närmast uteslutet och visst skulle det vara trevligt att kunna umgås även med hennes sida av släkten lite oftare. Den stora oron var kring ekonomin. Att sälja ett hus i Borlänge och köpa en lägenhet i Göteborg var kanske inte en optimal transaktion. Priserna uppe i Borlänge var betydligt lägre och de skulle få öka sina lån avsevärt för att kunna köpa en lägenhet i ett hyfsat område inte allt för långt från stadens centrum. Eva hade inte någon bra koll på sina föräldrars ekonomi så det var svårt att avgöra om detta var ett verkligt problem eller inte.

De hade tagit en lång promenad tillsammans genom Slottsskogen i det vackra vädret och Bror kände att axlarna slappnade av en aning. Veckorna hade varit intensiva och han kunde inte slå ifrån sig att han känt sig lite stressad. Eva var inte så lite avis på Bror och hans kommande resa till Riga. Att hon skulle kunna följa med var nog uteslutet. Hon tryckte på att de borde boka in någon semesterresa snart. De tittade igenom resesajterna när de kom hem och hittade ett antal resor ner till värmen som de skulle fundera vidare på, strax innan de somnade.

Men nu var han som sagt tillbaka på centralstation och väntade på att tåget skulle påbörja påstigning.

"Hej, ska du med samma tåg som oss, skulle inte du åka först imorgon?" hördes så en bekant röst. När Bror vände sig om stod Frida och Petter strax intill.

"Ja, jag ska besöka några företag i eftermiddag och imorgon förmiddag och åker sedan till Riga för besöket där på onsdag. Vad ska ni göra?"

"Vi har blivit uppringda av TV4 som ville att vi skulle vara med i ett debattprogram ikväll. Du vet, all publicitet är bra publicitet. Får vi hoppas i alla fall" sa Frida och log sitt mest strålande leende.

"Jag är lite mer orolig men om Frida hanterar det här lika bra som intervjun i fredags så blir det toppen" kommenterade Petter.

"Är det bara Frida som ska vara med ikväll eller ska ni vara med bägge två?"

"Vi vet inte, vi får reda på det lite senare men om jag inte får vara med så kan jag i alla fall stötta Frida innan inslaget" sa Petter. Bror kunde inte höra någon ovilja eller avundsamhet i hans röst vilket han nästan väntat sig. Petter var väldigt mån om att synas men han kanske insåg att det just nu kunde vara bra att surfa vidare på det goda intryck som Frida lämnat efter sig.

"Lycka till, jag åker andra klass så jag ska ta mig längre ner på perrongen" sa Bror och gick vidare bort mot sin vagn. Han hade ingen lust att fortsätta något samtal på tåget och hoppades att det förstod vinken.

"Lycka till du med" sa Petter och Frida i mun på varandra. Men de såg lite förvånade ut när han gick. De hade kanske förväntat sig att han skulle göra dem sällskap i restaurangvagnen under resan. De fick ta förnyad kontakt om de var intresserade av det.

Tågresan gick lugnt och problemfritt upp mot Stockholm.

Bror hade laddat ner en ljudbok som han lyssnade på förutom en kortare period när han arbetade lite på sin rapport och företagets underleverantörer. De här tidiga avgångarna med tåget var han inte speciellt förtjust i utan valde ofta att ta det lugnt de gånger han reste. Det var av den anledningen han avböjt den outtalade närmare samvaron med företagets chefer under resan. Han hoppades att de inte tog illa vid sig, ville de prata fick de faktiskt säga till.

När han klev av tåget kom Petter fram till honom.

"Martin har varit tvungen att avsluta sin semester i förtid, han landar här i Stockholm idag. Men han vet fortfarande inte om han kan göra dig sällskap på besöket i Riga. Du får besked om det senare under dagen" sa Petter innan de skildes åt för att åka vidare åt vart sitt håll.

Det var inte nödvändigtvis en bra nyhet. Bror hade gärna sett att han fick besöka företaget i Riga själv och bilda sig en egen uppfattning utan Martin inblandning. Men han kunde inte neka honom att följa med om det nu blev så. Han undrade stilla om det var Petter som avbrutit Martins semester för att säkerställa att han kunde vara med.

Bror hade bokat in en lunch med en gammal studiekompis uppe vid Hötorget. Det blev ett trevligt återseende och lunchen räckte inte riktigt till med att avhandla allt som hänt sedan examen. De skildes åt med ett *det här måste vi göra om snart* även om de bägge insåg att så troligtvis inte skulle bli fallet. Men det hade varit ett trevligt avbrott.

Därefter hade han åkt ner till södra förorterna och besökt ett datacenter där TaxOpt hade en pågående diskussion med avseende drift av deras servrar som hanterade deras app. Idag kördes programvaran på en server i TaxOpts lokaler vilket inte kändes seriöst. En flytt till ett professionellt datacenter var ett måste och helst så snart som möjligt. Ett bra möte och efter rundvandring i lokalerna blev Bror om möjligt ännu mer motiverad att skynda på flytten så snart som möjligt. Här skulle de få så mycket bättre driftmiljö och support än vad som var möjligt med egen personal. Ett liknande företag i Göteborg skulle också studeras innan man tog beslut.

Bror hann åka tillbaka till hotellet för att vila en liten stund innan det var dags att åka till Medborgarplatsen och mötet med Larisa. Det var inte utan att det pirrade lite ängsligt i magen. Vad var det som hon skulle berätta och varför var hon så överdrivet försiktig. Det kändes nästan som om han var mitt uppe i en detektivserie eller spionfilm på tv.

Han kom fram till Medborgarplatsen lite tidigt och tog en promenad ner mot Skanstull. Det var många år sedan han besökt Stockholm och han konstaterade att Södermalm blommat ut med många trevliga restauranger, barer och kaféer. Han tittade in i Galleri Hantverket på Götgatan, vilket Olle hade pratat om vid flera tillfällen. Det mesta var konstverk i olika format från en mängd olika konstnärer. Han var själv förtjust i skulpturer men hade inte så många själv. En kompis hade visat en bild på några skulpturer av en Christina Rosén. Han hade fastnat för en i keramik av en sardinlåda med en massa gubbar i som han genast tyckt om. Konstnären fanns med även här men bara på hundar i olika former och poser. Fantastiskt hantverk men inget som tilltalade Bror. Han insåg också att priserna var lite högre än han förväntat sig. Galleriet var trevligt och definitivt värt ett nytt besök. Han tänkte ta med Eva nästa gång de åkte upp till Stockholm och se om de kunde investera i en gemensam liten pjäs till deras hem.

Han höll nästan på att tappa tiden och fick skynda tillbaka mot Björns Trädgård för sitt möte. Eftersom han inte visste hur hon såg ut fick han fokusera på att själv stå väl synligt så att hon hittade honom. Det var så de kommit överens.

Han visste att Björns trädgård, i alla fall tidigare, varit känd som ett tillhåll för missbrukare och definitivt ingen plats man besökte sent på kvällen. Men det kanske inte var så längre. Söder hade blivit en hipp stadsdel och mycket av det dåliga rykte som tidigare gällt hade tvättats bort.

Han ställde sig väl synligt utanför korvkiosken vid Björns trädgård och väntade. Bror tyckte inte om att vänta, det var något stressande kring situationen som han inte gillade. Många personer var i rörelse och vid flera tillfällen trodde han sig se en person som skulle kunna vara Larisa men de hade alla vikt av eller gått fram till någon annan. Klockan blev sex och ingen Larisa hade dykt upp. Det gick tio minuter och sedan tjugo minuter och han började sakta misströsta. Skulle hon inte dyka upp. Han tog upp telefonen och ringde tillbaka till numret hon ringt ifrån men fick bara besked att numret inte längre var i bruk. I och för sig inte så förvånande med tanke på hennes stora aktsamhet. Men samtidigt lite skumt. Vad hade hon hittat som var så känsligt att hon måste bete sig så sjukligt försiktig.

Efter en halvtimme så välde det helt plötsligt upp en massa människor från tunnelbanestationen. Nu stod han i en stor folksamling och insåg att om hon kom nu skulle han bli svår att hitta. Han frågade om något hänt men fick bara besked att vakterna hade utrymt stationen. Sakta började folksamlingen skingras då de flesta gick vidare bort mot andra stationer eller mot andra delar av staden.

Han tyckte sig se Martin i folksamlingen och försökte nå honom men ryggtavlan försvann ner mot Skanstull och han förstod att han borde gå tillbaka om hon nu skulle dyka upp. Helt säker på att det var Martin han sett var han inte heller.

Han väntade i ytterligare några minuter. Folksamlingen hade tunnats ut men någon Larisa dök inte upp. Han fick ge upp och hoppas att hon skulle höra av sig vid ett senare tillfälle.

När han kommit en bit uppför Götgatsbacken hörde han sirener och såg både brandbilar och ambulanser köra fram till tunnelbanestationen nere vid Medborgarplatsen när han vände sig om.

23

Stockholm
Tisdag

Bror vaknade av att telefonen ringde. En röst på bruten engelska ursäktade sig och berättade att mötet i Riga hade flyttats fram till eftermiddagen på onsdag. Någon anledning till ändringen kunde han inte få fram, den som ringde hade bara i uppgift att lämna beskedet.

Ett eftermiddagsmöte i Riga skulle innebära att han inte kunde resa hem på kvällen imorgon som planerat utan han fick boka om sitt flyg och förlänga hotellet med ytterligare en natt. Irriterande men samtidigt så skulle han få mer tid för att se sig om i staden vilket var trevligt.

Han hade fortfarande inte fått besked om Martin skulle göra honom sällskap i Riga. Var det kanske anledningen till den ändrade tiden? Skulle han ringa Petter och fråga om Martin skulle var med eller inte men han beslöt att inte göra det. De hade informerat om att han skulle få besked, då fick de återkomma.

På förmiddagen skulle han besöka ytterligare några leverantörer och sedan åka ut till Arlanda för flyget ner till Riga.

Eva hade också blivit besviken när han i går kväll berättade om det uteblivna mötet. Hon hade också hoppats få lite mer uppgifter, kanske någon hint om vad det försvunna dokumentet som tagits bort från under Nasers kropp kunde vara. Han behövde ringa upp henne igen och berätta att besöket i Riga skulle bli ytterligare en dag men det fick han ta tag i ute på flygplatsen i eftermiddag.

Företagsbesöken gick lätt och smidigt och vid lunch satt han på Arlanda Express ut till flygplatsen för att ta flyget mot Riga vid halv fyra. När han steg av tåget möttes han av kvällspressens rubriker

Kvinna dödades av tunnelbanetåget

Han tog fram telefonen och googlade nyheterna. En kvinna hade av oklar anledning hamnat framför tunnelbanetåget vid station Medborgarplatsen i går kväll. Hon hade avlidit vid ankomsten till sjukhuset.

Kunde det ha varit Larisa som han väntade på. Utryckningsfordonen som han sett när han lämnade Medborgarplatsen måste hänga ihop med olyckan han läste om. Kunde det vara Larisa? Han läste igenom alla nyheter men kunde inte hitta något namn på den förolyckade. Var det en olycka eller hade hon blivit knuffad framför tåget? Frågan kändes aktuell med tanke på hennes försiktighet och oro som framkommit vid hennes telefonsamtal. Men där fanns inga kommentarer som pekade på att hon knuffats framför tåget. Alla nyhetssidor sa att hon hamnat framför tåget av oklar anledning. Så fort som han passerat säkerhetskontrollen ringde han Eva.

"Hej har du sett nyheterna om kvinnan som omkom i tunnelbanan?" sa han så fort som hon svarade.

"Hej på dig med, jag mår bra om du undrar. Nej jag har inte läst om någon olycka."

Han förklarade att han var orolig att det kunde ha varit Larisa som han skulle möta. Hon hade varit nästan onaturligt försiktig i samband med mötet. Eva tyckte han överreagerade men accepterade efter lite övertalning från Bror att ringa polisen i Stockholm och följa upp.

"Dessutom blir jag borta en dag till. Mötet i Riga imorgon blev framskjutet till på eftermiddagen och jag hinner inte åka hem imorgon. Så stackars mig blir kvar ytterligare en kväll i Riga."

"Tråkigt men jag står ut. Då hinner du se ännu mer av Riga, få se vad du tycker, vi kanske ska åka dit tillsammans över en långhelg. Vad tror du om det?"

"Varför inte, vi kan pratas vid om det när jag kommer hem. Nu måste jag få något att äta innan jag stiger på planet. Vid hörs ikväll, puss."

Att äta lunch på en flygplats var inte ekonomiskt. Inne på terminalen fanns inga direkta alternativ utan det var bara att acceptera de hutlösa priserna även på enkla maträtter. Vid kvart över tre satt han så på flygplanet som skulle föra honom till Riga. Olyckan i tunnelbanan gnagde, den var riktigt obehagligt. Innerst inne hoppades han att det inte skulle vara Larisa. Om det var så hade han hamnat i en riktigt obehaglig soppa. Vad hade hon i så fall upptäckt som var så allvarligt att hon blev dödad. Nu kände han att fantasin rusade iväg med honom. Nu fick han lugna ner sig, han tog fram sina hörlurar och satte på ljudboken vilket fick honom att sluta spekulera. Flyget lyfte och han slumrade till med boken spelandes i lurarna.

Framme i Riga tog han taxi in till hotell Wellton i gamla stan. Flygplatsen låg väster om centrum och det tog endast 20 minuter att nå hotellet. Efter att de passerat floden Daugava kom de så in i gamla stan och Bror kände spontant att den här staden var lätt att tycka om. Floden var mäktig och gamla stan påminde starkt om Stockholms gamla stad. Riga var en stad i ungefär samma storlek som Göteborg. Många av de gamla byggnaderna fanns kvar och spontant kändes atmosfären både välkomnande och trevlig.

När han kom fram till hotellet hade klockan hunnit bli sex på kvällen lokal tid. Han hade lyxat till det en aning och bokat tillgång till hotellets SPA. Så planen var att ta en simtur i bassängen, sedan klä om och ta en promenad i gamla stan och hitta någonstans att äta. Kvällen var ljum och vädret bra.

Det var underbart att få sträcka ut sig i simbassängen. Han var helt ensam och efter en kortare stund i Jacuzzin hade han simmat ett antal längder i bassängen utan att bli störd. Faktiskt en nödvändighet då den var mycket liten, hade man varit flera i bassängen hade man knappt fått plats. Märkligt hur fotografierna från hotellet lyckades få det att se så mycket större ut än vad det var i verkligheten. Men det kändes bra efter resan och han var på gott humör när han kom upp till rummet.

Telefonen hade ett meddelande från Petter där han informerade om att Martin fått förhinder utan han fick ta besöket på egen hand. Ett bra besked, han hade inte sett fram emot att besöka företaget tillsammans med Martin, han litade inte riktigt på honom. Så enkelt var det.

Nu tänkte han slå Eva en signal innan han tog en kortare promenad och hittade någonstans att äta.

"Hej, hit måste vi åka på en weekend. Fantastiskt trevlig stad, härlig atmosfär. Har badat och ska gå ut och hitta en restaurant när vi pratat klart. Har du hört något från Stockholm?" undrade Bror.

"Nej, tyvärr inga nyheter från Stockholm. De har inte lyckats identifiera kvinnan ännu. Hon var tydligen ganska svårt tilltufsad efter påkörningen. De ska kolla med tandkort och jämföra med vår Larisa. Däremot har det framkommit uppgifter om att kvinnan eventuellt blev knuffad ner på spåret. Ett vittnesmål pekar åt det hållet, medan de flesta andra vittnesmål bara noterade att hon föll.

"Otäckt, lite skrämmande om det skulle visa sig vara avsiktligt. Vad var det hon upptäckt som skulle motivera något sådant. Tror du att du kan få tillgång till hennes dator eller telefon senare så vi kan leta efter eventuella rapporter om vad hon hittat?"

"Jag tog upp det med kriminalaren i Stockholm och efter att jag berättat om vårt dödsfall, saknade dokument och Larisas uppenbara rädsla så fick jag bra respons från polisen i storstan. Så jag tror de kommer att hjälpa oss. Först måste vi säkerställa att vi pratar om rätt person. Du verkar tro att det är Larisa eller hur?"

"Ja tyvärr misstänker jag det. Nu ska jag gå ut och hitta något att äta. Jag slår en signal igen innan vi tar natt, puss, puss" avslutade Bror.

Bror vandrade runt i gamla stan men kunde inte riktigt fokusera på det han såg. Tankarna gick hela tiden tillbaka till Larisa som kanske bragts om livet i tunnelbanan i Stockholm. Vilket öde och vad hade hon kommit på som visade sig vara så farligt.

Han hittade en liten pub där han satte sig ner, beställde en pastarätt och en öl men kunde inte riktigt njuta av maten utan petade mest i den och gick sedan tillbaka till hotellet och gjorde en tidig kväll.

24

Polishuset
Onsdag

Eva vaknade tidigt och tankarna gick direkt till Brors uteblivna träff med Larisa och olyckan uppe i Stockholm. Hon ögnade snabbt igenom nyheterna på webben för att se om något nytt framkommit men det var samma status som i går kväll. Hon hastade i sig sin frukost och begav sig mot polishuset.

När hon kom in till sitt kontor öppnade hon direkt sin mejlbox men blev på nytt besviken. Inga nyheter hade dykt upp från kollegorna uppe i Stockholm. Ju mer hon tänkte på allt som hänt desto mer blev hon övertygad om att det saknade dokumentet ,att Larisa inte dykt upp samt att olyckan i tunnelbanan hängde ihop. Först måste man få kvinnans identitet klarlagd och det kunde trots allt ha varit en olycka om det nu var hon som förolyckats.

När Jörgen så dök upp en halvtimme senare berättade hon vad som hänt.

"Låter du inte fantasin skena iväg lite väl långt nu?" sa Jörgen med misstroende i blicken.

"Kanske men erkänn att helt osannolikt är det inte. Vi får vänta och se, vi borde få lite nyheter från huvudstaden inom kort. Oavsett så har jag blivit än mer nyfiken på det här dokumentet som försvann från Nasers skrivbord. Vad tror du det kan vara?"

"Jag kan hålla med om att det måste vara något väldigt känsligt. Bara det faktum att någon tar bort ett dokument under en död man är lite speciellt. Om vi nu förutsätter att han tog sitt eget liv. Om han blev dödad är det nästan mer sannolikt att han blev det på grund av dokumentet och att mördaren tog det med sig. Teknikerna och obducenten är nästan helt säkra på att han tog sitt eget liv, eller hur?"

"Jag håller med. Det är svårt att se situationen framför sig. Någon kommer in till chefens kontor och han ligger död på skrivbordet med en pistol i sin hand. Att i den situationen titta igenom vad som ligger på skrivbordet och ta bort ett dokument är kusligt kyligt kan jag tycka. Samt att det måste vara mycket viktigt att dokumentet inte kommer i orätta händer."

"Ska vi prata runt på TaxOpt något mer tycker du?" undrade Jörgen.

"Inte just nu, nu väntar vi in kollegorna uppe i huvudstaden så får vi se sedan."

De hade bägge andra ärenden som måste redas ut så de gick var och en till sig och skulle träffas senast vid lunch om inga nyheter dykt upp från Stockholm.

Jörgen hade beslutat sig för att äta vegetariskt en månad framöver så de skulle gå in till Andrum på Östa Hamngatan som han fått tips om från en kompis.

"Jag är lite fördomsfull. Blir man verkligen mätt av vegetarisk mat? Men på en buffé så kan man ta mer om så inte skulle vara fallet, eller hur" sa Jörgen lite skamset.

"Du behöver inte oroa dig. Jag är övertygad om att man blir både mätt och belåten utan kött. Dessutom är det bättre för klimatet och även nyttigare, har jag hört. Jag kan tänka mig göra dig sällskap på en vegetarisk månad. Får se om jag får med mig Bror också."

Eva berättade om att hennes föräldrar funderade på att flytta ner till Göteborg men att problemet var att pengarna de kunde få för huset i Borlänge inte på långt när räckte till en vettig bostad nere i Göteborg. Jörgen hade vuxit upp i Göteborg och hans familj bodde kvar i staden. Han förstod att Eva såg fram emot att de flyttade ner, han kunde inte tänka sig att inte ha nära till sina föräldrar och sina syskon.

Buffén var utmärkt och de åt bägge lite väl mycket så promenaden tillbaka till jobbet var välbehövlig för att gå ner maten.

När de kom fram hade Eva fått ett mejl som bekräftade att det var Larisa som omkommit i tunnelbanan. Dessutom hade det framkommit mer uppgifter kring händelsen som de gärna ville berätta om, när hon ringde tillbaka.

Eva tog med sig Jörgen in i ett rum med en konferenstelefon och ringde upp polisen i Stockholm.

Man hade hört ett stort antal personer som befunnit sig på plattformen och granskat ett antal inspelade kameror från perrongen. Fortfarande var bilden av vad som hänt lite oklar. Många uppfattade det som en olycka medan några få varit ganska säkra på att hon blivit avsiktligt knuffad ner på spåret. Vem som skulle knuffat och hur den personen såg ut hade man inte fått fram några uppgifter om. Det hade varit väldigt trångt och många personer på plattformen så att bilden var oklar var inte förvånande.

Däremot hade man inte hittat någon handväska, plånbok eller mobiltelefon hos henne vilket gav misstanke om att någon tagit hennes väska. På en av videobilderna såg det ut som om hon haft en axelväska på sig några minuter innan olyckan. En av bildsekvenserna efter olyckan visade också en figur som sprang bort från olycksplatsen med en axelväska. Kunde det varit hennes eller var det någon annan med en axelväska, det var svårt att avgöra.

Att man inte hittat vare sig mobil, plånbok eller väska pekade dock mot att någon tagit dessa vilket också skulle kunna innebära att hon knuffats ner på spåret i samband med att den tagits. Men var det avsiktligt riktat mot henne eller en väskryckning som fått en katastrofal konsekvens, det gick inte att säga.

"Har ni kontaktat hennes familj, kan hon ha en dator i hemmet. Som jag sa igår är vi nyfikna om en rapport som hon arbetade med för TaxOpt?" undrade Eva.

"Hon var ensamstående och hennes släkt finns kvar i Ukraina

varifrån hon kommer. Tyvärr har vi inte lyckats nå dem ännu. Vi har fått tillstånd att undersöka hennes lägenhet och kommer att träffa fastighetsförvaltaren och få tillträde till lägenheten tidigt imorgon för att se om vi hittar något. Vad vill ni att vi ska leta efter?" undrade kommissarien från storstaden.

"Alla former av rapporter skulle vara intressanta. Troligtvis har hon dessa på en dator. Utskrivna dokument är inte så vanliga längre. Så en dator eller uppgifter om ett konto i molnet där hon lagrade sina dokument skulle var intressant. De skulle också kunna ge oss ledtrådar till en eventuell förövare om hon nu blev avsiktligt knuffad ner på spåret."

"Javisst, vi ska hålla ögonen öppna för det. Hittar vi ingen dator så är det ett lite större arbete att identifiera ett eventuellt molnkonto. Vi hör av oss."

Samtalet avslutades och nu var det bara att vänta på att de förhoppningsvis skulle hitta något.

"Ska vi ta en ny förhörsrunda på TaxOpt? Borde vi inte prata med den där ekonomitjejen som tipsade Bror och Larisa?" undrade Jörgen.

"Bra idé, jag tror jag har hennes namn uppskrivet. Jag ringer och ser om vi kan träffa henne."

En dryg timme senare satt de på ett fik i Nordstan tillsammans med Emilia Chang. Hon var uppenbart obekväm med att träffa polisen, varför kunde varken Eva eller Jörgen förstå. De berättade att Bror fått tag på Larisa och bokat möte med henne uppe Stockholm, men att hon inte dykt upp. De ville inte berätta att hon omkommit, även om det skulle bli uppenbart lite senare.

"Hur kom det sig att du berättade för Bror Stensson om Larisa?" undrade Eva.

"Det jag berättade för Bror var i förtroende. Jag vill inte att det ska bli känt att jag tipsar polisen, hur har ni fått reda på detta?"

"Jag förstår din oro, Bror är min sambo och jag hjälpte honom leta upp Larisa i slutet av förra veckan. Sedan blev vi oroliga när Larisa inte dök upp. Det finns inga misstankar om något alls i nuläget, vi vill bara försöka hitta Larisa."

"Ja det spelar ändå ingen roll. Jag har äntligen fått ett nytt arbete och kommer att lämna företaget inom kort. Så då kan jag väl berätta för er också. Jag arbetar på ekonomiavdelningen och har noterat att vissa kostnader känns orimligt höga, vilket jag berättade för Bror. Många av dessa kostnader är knutna till olika entreprenörer, dvs det område som Larisa utredde och som nu Bror håller på och utreder."

"Vad menar du med orimligt höga?"

"Ja, som ni kanske vet är TaxOpt ett bolag som lever på kraftig tillväxt. Tillväxten är allt man pratar om. Som med många sådana företag så är resultatet negativt och snarare försämras på kort sikt i takt med att omsättningen ökar. I en sådan företagskultur finns inget fokus på kostnadsuppföljning utan allt handlar bara om tillväxt. Jag misstänker att det finns personer i bolaget som utnyttjar detta och smyger in kostnader som inte är relevanta. Men jag har inga bevis. Berättade inte Bror det?"

"Nej det gjorde han inte, men jag kan se problemet du beskriver. Tack för att du berättade. Är det av det här skälet du letat upp ett nytt jobb."

"Ja delvis, jag har fått mycket intern kritik för att jag påpekat brister i kostnadsuppföljning. Dessutom upplever jag både kvinnofientlighet och viss rasism så sammantaget har det fått mig att söka mig ifrån TaxOpt. Nu när jag har ett nytt jobb så skulle jag uppskatta om ni kunde hålla vad jag sagt för er själva. Jag har inte råd med ett dåligt rykte på arbetsmarknaden."

"Vi lovar" sa Eva och avslutade samtalet.

25

Riga
Onsdag

Bror ringde hem till Eva det första han gjorde när han vaknat men fick inga nya besked. Eva trodde det skulle ta fram till eftermiddagen innan de visste mer om olyckan i tunnelbanan.

Hotellet bjöd på en utmärkt frukost och i receptionen fick han en turistkarta som han skulle använda för sin rundvandring i Riga. Han skulle bli upphämtad vid hotellet vid två på eftermiddagen. Så nu hade han en hel förmiddag för att lära känna staden.

På kartan hade han valt ut följande rutt. Först skulle han gå till Katthuset, vad det nu kunde vara, sedan Svenskporten, Riga slott och Ratslaukums. Allt i enlighet med turistguidens rekommendationer, de var även med i tipsen från Evas kusin Robert. Allt som allt skulle det bli några kilometer i det vackra vädret, vilket kändes bra. Sedan skulle han hitta en trevlig restaurang och därefter vila en stund innan han skulle bli upphämtad.

Stadsbilden påminde mycket om Stockholm. Många gamla hus bevarade, smala gator med många trevliga uteserveringar.

Katthuset visade sig vara en byggnad i Jugendstil med två katter med krökta ryggar i koppar längst upp på husets tak. Svenskporten var en port i den gamla muren som omgav Riga och var den enda porten som fanns kvar av den. Enligt broschyren hade bödeln sin lägenhet ovanför porten i gamla tider. Riga slott visade sig inte vara så mycket att se som han hoppats, men det var en sevärdhet så den skulle bockas av. Rådhustorget eller Ratslaukums som det heter var ett stort torg med två imponerande byggnader, Svartbrödernas hus, med trappstensformade tak och härlig gul färg som lyste upp hela torget. Han passade på att besöka Rigas domkyrka samt S:t Peterskyrkan. När han var yngre och åkte runt med sina föräldrar hade familjen alltid passat på att gå in i alla kyrkor som var öppna för allmänheten. Inte för att familjen egentligen var speciellt religiös utan för att man gillade de pampiga byggnaderna och den frid och lugn som fanns därinne. Här gavs han även möjlighet att läsa på om de olika turistminnesmärken han tittat på i lugn och ro.

När han så kom ut insåg han att han borde hitta någonstans att äta lunch så han skulle hinna med att vila en stund innan det inplanerade besöket.

Bror hade läst på om lokal mat och hittat två maträtter som han försökte hitta till lunch. Den ena var en smörgås, Kiluvõileib, som bestod av mörkt rågbröd toppat med Sprats, en lokal fisk, ägg och sås. Den såg inte nödvändigtvis god ut men var tillräckligt udda för att den skulle vara spännande att försöka prova på. Den andra rätten hette Mulgipuder, en röra gjord på potatismos, gryn och bacon. Tyvärr så var de inte lätt att hitta någon av rätterna. Precis som i alla andra städer världen över så var pizza och hamburgare betydligt vanligare än den lokala maten. Till slut insåg han att han var tvungen att fråga och fick tips om en bra lokal restaurang Zviedru vãrti som låg nära centrum. Här fick han sin fisksmörgås som förrätt och beställde blodpudding som huvudrätt. En riktig fest, blodpudding var inte lätt att hitta hemma i Sverige, i alla fall inte ute på restaurang.

Han var tillbaka på hotellet vid halv ett och fick tid till en timmes eftermiddagsvila. Ett kort samtal hem till Eva gav inga nyheter om olyckan i Stockholm men hon hoppades få information under eftermiddagen. Eva tyckte att det han berättade om Riga lät spännande men hon var inte lika förtjust i hans lunchrätter.

När Bror kom ner till receptionen kom en stram medelålders man fram och undrade om han var Bror Stensson. Han presenterade sig som Jãnis Astra och bad honom följa med ut till en bil som stod parkerade något kvarter ifrån hotellet. Mannen var mycket tystlåten och inte på något sätt välkomnande, berättade kort att de skulle åka ut till en av förorterna, Teika, där kontoret låg och att resan skulle ta ca tjugo minuter. Utöver det svarande han bara enstavigt på de korta frågor som Bror hade och till slut gav han upp och åkte tyst med i bilen.

Området de åkte genom såg mer ut som bostäder än kontor. Omgivningen blev av ännu mer bostadskaraktär med både hyreshus och villor. Så uppenbarade sig ett stort komplex av kontorsbyggnader. Här svängde Jãnis av och parkerade bilen i ett garage under en av byggnaderna.

De tog hissen upp till sjunde våningen och ringde på en dörr på våningsplanet. Bror var förvånad över att inga skyltar talade om vilka företag som satt bakom dörrarna på våningsplanet, men så kanske det var här.

De kom in i ett stort kontorslandskap, här fanns säkert trettio arbetsplatser. Men så många kunde inte arbeta för TaxOpt, företaget hade troligen fler uppdragsgivare. Arbetsplatserna såg ut som kontorsarbetsplatser gör i allmänhet, en stor datorskärm och ett tangentbord framför, några dokument på skrivborden. Men något kändes märkligt, vad kunde han inte avgöra.

Han blev visad in till ett mindre konferensrum och erbjuden kaffe. Efter en stund kom ytterligare två personer in i rummet och presenterade sig, en Dainis Kremer som presenterade sig som VD och en Maris Loskis ekonomichef. Jãnis lämnade rummet och det var uppenbart att han bara agerat som chaufför. Det förklarade hans fåordighet även om Bror inte upplevt att han hade problem med engelska.

"Jag ber om ursäkt för att vi var tvungna att flytta fram mötet med kort varsel, hoppas det inte ställde till med problem för er" sa Dainis.

"Inte alls, det gav mig tid att gå runt i er vackra stad på förmiddagen vilket var en trevlig avkoppling"

"Det var tråkigt att Martin Petersson inte kunde vara med. Han har varit vår huvudsakliga kontakt hos er. Vi ska ge er en presentation av både vårt företag och de uppdrag vi gör för er så bra vi kan trots att Martin inte är med. Förresten, måste ni åka tillbaka ikväll eller gör ni oss sällskap på middag?" undrade Maris.

"Nej jag åker tillbaka först imorgon så middag vore trevligt." Dainis öppnade upp med den obligatoriska Powerpointpresentationen och visade ett antal bilder om företaget. Företaget arbetade både med utveckling och support av olika typer av programvaror. Alla kunder, förutom TaxOpt, var inhemska lettiska företag och de var väldigt nöjda med att ha tecknat kontrakt med ett svenskt företag. Företaget hoppades att detta uppdrag på sikt skulle kunna växa till fler inom Europa.

"Hur många är det som arbetar för oss på TaxOpt?"

"Vi har väldigt få som endast arbetar för en uppdragsgivare. Vår personal är specialiserad på olika kompetenser och vi sätter ihop team beroende på vilka projekt vi arbetar med. Så jag kan inte ge dig den siffran." svarade Dainis. Bror kunde inte undgå att notera att han verkade besvärad när han berättade det och han undrade varför.

"Men vårt avtal om jag minns rätt avser ett visst antal personer per år. På er låter det som om vi avtalet om ett visst antal timmar. Förstår jag det rätt?"

"Avtalet är precis som du säger för ett visst antal personer men vi har tillsammans med Martin kommit överens om att till större del tillämpa som du säger ett visst antal timmar. Det är synd att Martin inte är med för då hade han kunnat förklarade i detalj" påpekade Maris.

"Så vilka aktuella projekt driver vi just nu? Finns det möjlighet att få prata med någon eller några av medlemmarna i projekten?"

"Tyvärr så är vår projektledare sjuk och kan inte vara med idag. Du får ta det med Martin när du kommer tillbaka till Göteborg, är jag rädd för" sa Dainis och nu verkade han om möjligt ännu mer besvärad än tidigare.

"Men vi kan väl gå runt så får du titta på lokalerna."

Att vandra runt och titta på skrivbord med datorer och datorskärmar gav inte så mycket. Både kontor och utrustning var moderna och de flesta som arbetade var unga, lite fler killar än tjejer. Men Bror kände sig obekväm. Han upplevde inte att folk arbetade på riktigt. Visserligen var det skärmbilder med datorspråk på men något kändes fel.

"Jag frågade tidigare om jag kunde få prata med någon av utvecklarna som arbetar med våra produkter. Går det att arrangera tror ni?"

"Tyvärr det kan vi inte gå med på, då måste vår projektledare vara med" sa Dainis urskuldande.

De gick tillbaka till konferensrummet och Maris gick igenom avtalet. Eftersom man nu gått över till att avropa timmar istället för ett visst antal personer så borde avtalet skrivas om. Man var överens om att det var något som Bror fick ta upp med Martin när han var tillbaka i Göteborg. Jãnis körde Bror tillbaka till hotellet och han skulle bli upphämtad för middag vid sju.

Bror kände en stor frustration över ett ganska meningslöst besök. Han hade inte fått reda på vilka projekt man arbetat med och han hade inte fått prata med några projektmedlemmar. Om Bror inte överreagerade så var det här en enda stor bluff. Precis som Emilia Chang sagt så misstänkte hon att TaxOpt blev överfakturerade för kostnader som inte var rimliga. Kostnader som ingen ifrågasatte i ett bolag som ständigt växer och där växande förluster ses som något normalt. Han undrade stilla vilka som var med i den här bluffen? Med all säkerhet Martin, kanske dessutom Petter, kanske någon mer? Hur och med vem skulle han ta upp det här när han kom tillbaka?

Åter på hotellet ringde han hem till Eva och fick reda på att det var Larisa som omkommit i tunnelbanan. När han sedan berättade om företagsbesöket i Riga, och hans misstankar om att det var en bluff, undrade bägge vad det var för fulspel som pågick inom TaxOpt.

"Du måste vara försiktig, kom ihåg att Larisa har dödats för något hon kom på. Vem vet vad mer man är beredd att göra?

Håll låg profil" sa Eva och avslutade samtalet.

Eva hade rätt, han skulle inte komma vidare med att trycka på mot representanterna här i Riga. Han fick ta med det här tillbaka till Göteborg och där fundera på hur han skulle gå vidare. Nu skulle han ta det lugnt och bara njuta av en trevlig middag, om det var möjligt.

Bror kom ner till reception vid klockslaget sju. Dainis och Maris var redan där.

"Ledsen att vi inte kunde presentera mer av vad vi gör för TaxOpt idag, hoppas du kan reda ut lite mer detaljer med Martin" sa Dainis lite överslätande. Han hade uppenbarligen insett att Bror inte varit helt nöjd med besöket.

"Men nu ska vi ha en trevlig kväll. Vi har bokat bord på Muusu en mycket bra restaurang som ligger nere vid flodbanken av Daugava. Vi har en taxi härutanför som väntar" sa Maris och visade mot dörren.

Restaurangen var en mycket trevlig erfarenhet. Det fanns servering både utomhus och inne. Maris hade bokat bord en trappa upp inne i restaurangen. Det var inte så många besökare på övre plan så här kunde de sitta i lugn och ro och prata. Om de nu hade så mycket att prata om, tänkte Bror lite dystert.

Bror beställde in bläckfisk till förrätt och en lammstek till huvudrätt. Dainis valde ut ett vin som serverades strax före förrätten.

Det visade sig att Maris hade arbetat i Stockholm ett antal år för en konsultfirma och berättade spirituellt och med inlevelse om sina år i Stockholm. Dainis hade arbetat en kort tid i London och delade med sig av olika händelser från metropolen. Den tryckta stämningen från kontoret var som bortblåst. Bror berättade även han om en del uppdrag han utfört hemma i Sverige men man undvek skickligt att belysa det uppdrag som företaget hade tillsammans med TaxOpt. Det var underförstått att ämnet var utagerat i och med att Dainis öppnat kvällen med att hänvisa ärendet tillbaka till Martin.

Bror tänkte inte förstöra den goda och trevliga stämningen. Problemet med det här avtalet fick han hantera när han kom tillbaka till Göteborg. Nu låg fokus på att äta gott och ha trevligt. Till sin förvåning gick det mycket bra. Han hade trott att han skulle irritera sig för mycket på avtalsbluffen, som han nu var säker på att det var. Men den dök inte upp en enda gång under kvällen.

Klockan var närmare tio när de bröt upp. Bror avböjde taxi hem till hotellet, han ville ta en promenad och röra på sig efter den trevliga middagen och kvällen. De skildes utanför restaurangen och Dainis och Maris delade en taxi vidare hem till sig. Bror gick så upp från floden till Kronvalda Bulvaris en stor gata som skulle ta honom tillbaka till Riga centrum. Det skulle ta ca 20 minuter hade han noterat när han konsulterat Google Maps. Helt plötsligt kröp det till på ryggen. Det kändes som om han var förföljd. Han stannade till och tittade bakåt med kunde inte se något. Det var nog bara hans fantasi som spelade honom ett spratt, men känslan satt kvar.

När han vandrat några meter till konstaterade han att gatan var ganska ödslig. Till vänster hade han en stor park, Kronvalda park minns han att den hette, och till höger var en trädallé som skymde bebyggelsen på andra sidan. Återigen kände han ett krypande obehag, det var få människor ute, parken var nästan tom på folk och allén till höger om honom gjorde honom nästan lite mörkrädd. Nu hörde han dessutom steg bakom sig, eller jagade han bara upp sig i onödan. Han vände sig hastigt om och såg då en figur som skyndade in bakom ett träd längre bak. Nu var han nästan säker, han var förföljd, pulsen gick upp och han skyndade på stegen.

Så steg så en man fram bakom ett träd framför honom och spärrade vägen samtidigt som han hörde snabba steg närma sig bakom honom. En kraftig knuff i ryggen fick honom att ramla omkull. Därefter en kraftig spark mot mellangärdet som fick honom att tappa andan. Han kröp ihop i fosterställning och höjde armarna för att skydda ansiktet. Han fick en kraftig spark mot ansiktet och trots att han höll händerna för kände han hur näsan gick sönder och började blöda kraftig.

En röst ropade så något på lettiska en bit bort, och han hörde någon springa mot honom. En av killarna böjde sig ner och viskade på bruten engelska.

"Sluta lägga dig i, nästa gång blir det värre" varefter han och hans kumpan sprang från platsen.

Hans räddare kom fram och hjälpte honom upp. Ytterligare en person kom fram och undrade om de skulle ringa polis och ambulans.

"Nej jag klarar mig, tack ska ni ha som avbröt misshandeln. Jag har inte blivit rånad, de hann inte ta något. Behöver bara stoppa näsblodet så är jag okej" sa han och viftade avvikande med händerna när de fortfarande ville kalla på polis och ambulans.

Tillbaka på hotellet tvättade han av sig och ringde sedan hem till Eva för att berätta om överfallet. De var bägge överens om att han inte skulle dra detta vidare i Lettland. Att något skumt pågick hos TaxOpt var nu utom alla tvivel och Evas tidigare ord om att han måste vara försiktig och hålla låg profil behövde hon inte upprepa.

26

Landvetter
Torsdag

Bror landade på Landvetter flygplats vid halv två. Han hade haft gott om tid på sig under förmiddagen då flyget lämnade Riga först vid halv ett.

Han hade känt sig lite öm i bröstkorgen efter sparken han fått och näsan var lite blålila. Han undrade stilla hur illa det kunde ha blivit om han inte fått hjälp där på kvällen i samband med överfallet. Det kändes utan tvekan mycket obehagligt när man summerade de senaste dagarnas händelser. Larisa som troligtvis knuffats ner framför tunnelbanetåget och överfallet på honom igår kväll. Utan tvekan behövde han ta det lite försiktigt, men att det skulle skrämma bort honom från vidare efterforskningar var uteslutet. I och med överfallet igår var beslutsamheten både från hans och Evas sida att förstå vad allt detta berodde på om möjligt ännu starkare än någonsin tidigare. Men han fick vara försiktig, det här skulle han inte nämna när han var tillbaka på TaxOpt.

När han kom ut från bagageutlämningen möttes han av kvällspressen löpsedlar.

TAXOPT – MYGEL PÅ REGERINGSNIVÅ

Han gick direkt fram och köpte ett exemplar av tidningen och satte sig ner för att läsa.

TAXOPT – MYGEL PÅ REGERINGSNIVÅ

Som vi lovade fortsätter vår närmare granskning av TaxOpt. Enligt säkra källor vet vi att anställda på näringslivsdepartementet tagit emot ersättning för diverse uppdrag direkt från TaxOpt. Dessutom har de deltagit i ett antal konferenser som TaxOpt anordnat utomlands med påkostade arrangemang och fina middagar. Är det verkligen förenligt med riksdagens riktlinjer för engagemang i näringslivet. Det förklarar kanske varför regeringen varit så närmast oförklarligt okritisk till företaget och vid varje tillfälle försvarat alla ifrågasättanden.

Vi vet också nu att ett antal av de länder som TaxOpt planerade att expandera till preliminärt har stoppat företagets verksamhet i väntan på utredning.

Vi har sökt både näringslivsminister Linda Asp och finansminister Eva Lundin för kommentarer men båda har för tillfället avböjt att lämna sådana.

Håller korthuset på att rämna? Vi fortsätter vår detaljerade granskning.

Christer Hempe – Kvällspressen

Det var inte svårt att räkna ut vad som skulle vara samtalsämnet på kontoret i eftermiddag. Bror hade tänkt åka direkt hem, nu fick han tänkta om, han ville inte missa diskussionerna kring detta. Samtidigt undrade han hur Petter och Fridas deltagande på debattprogrammet de skulle varit med i på måndag kväll förlöpt. Det hade han helt glömt bort. Tanken var att han skulle titta på programmet på hotellet men i samband med att Larisa inte dök upp och kalabaliken som utbrutit vid Medborgarplatsen hade han missat det. Han hade inte heller hört sig för om några nyheter efter debatten. Hade det varit en succé eller ytterligare ett problem som måste hanteras, det visste han inte men det skulle han säkert få reda på när han kom till kontoret.

Han ringde som snabbast till Eva men hon svarade inte så han lämnade bara ett kort meddelande och berättade att han landat och skulle svänga förbi kontoret innan han kom hem ikväll.

Han satte sig tillrätta på flygbussen och slumrade till en kort stund när han åkte in till stan. Det hade blivit ganska sent igår och överfallet hade också bidragit till att han kände sig både trött och sliten.

När han steg av bussen vid Nordstan möttes han av nya löpsedlar

NÄRINGSLIVSMINISTER LINDA ASP TAR TIMEOUT

Näringslivsminister Linda Asp tar timeout under tiden som uppgifterna om eventuellt oegentligt hanterande av departementets kopplingar till TaxOpt reds ut.

Christer Hempe – Kvällspressen

Jaha, nu går drevet med full kraft. Undrar hur företaget ska kunna vända det här tänkte Bror när han gick in på kontoret.

Det var en märkbart dyster stämning inne på kontoret när Bror kom in. Det vanliga trivsamma sorlet fanns inte kvar. Att ett kontorslandskap kunde vara så här tyst kändes onaturligt.

"Du ska upp till Petter och Frida, de har frågat efter dig hela dagen" sa en av ekonomiassistenterna när hon såg Bror och pekade upp mot våningarna ovanför.

Lite märkligt kändes det att han helt plötsligt skulle höra till någon inre krets. Han var faktiskt bara en extern konsult som arbetade med en uppföljning av leverantörer. Han hade känt sig lika förvånad när han togs med i diskussionen om hur de skulle förbereda sig för inslaget i nyheterna förra fredagen. Det var nog så att de uppskattade vad han gjorde och de upplevde att han bidrog vid den här typen av kritiska diskussioner. Om det nu var därför som de ville prata med honom.

"Hej har du läst löpsedlarna?" var det fösta som Petter sa när han kom in i rummet strax följt av "Vad har du gjort med näsan, den är ju alldeles blå?"

"Jag snubblade på hotellrummet och slog i näsan i dörrkarmen och ja, jag har läst löpsedlarna."

"Behöver du uppsöka en läkare för det där?" undrade Frida.

"Nej det ser värre ut än vad det är. Nu är det bara ett blåmärke kvar, det blev lite blodigt igår kväll."

"Okej, du säger till om du behöver gå ifrån, lova det" sa Petter och Bror nickade till svar.

Petter berättade det han redan läst på löpsedlarna. Alla länder som man skulle expandera till hade fryst deras etablering och hänvisat till att de behövde utreda om deras verksamhet var laglig eller inte. Kvällspressens häxjakt var besvärlig. Att TaxOpt nu förlorat sitt officiella stöd i regeringen var ju heller inte bra.

"Ursäkta hur gick det för er i TV4 i måndags?" undrade Bror.

"Det gick bra om än inte lika bra som Fridas deltagande i nyheterna på fredagen. Vi lyckades till viss del få fram samma budskap som Frida, det vill säga att vi värnar om den vanliga medborgaren som inte har råd att anlita advokater för skatteplanering. Reportern var dock ganska fokuserad på om det ändå var moraliskt att hjälpa folk att smita undan skatt. Han hade också hittat ett antal advokater som hjälpt kunder som börjat med vår app och sedan fått fortastt hjälp som inte var helt rumsrent. Så det blev liksom, både och" förklarade Petter.

"Så vad gör vi nu?" undrade Frida och vände sig både till Petter och Bror.

"Vi har vår vänligt sinnade journalist, var det inte Jamad han hette. Kan vi få honom att skriva någon form av svar som både bemöter anklagelserna men också lyfter tillbaka oss i positiv dager?" undrade Bror.

"Vi har funderat på det men vet inte om han kommer att vara så pigg på det. Nu när kvällspressen satt igång drevet är det inte självklart att man tar strid mot draken. Det var här vi tänkte på dig. Tror du att du skulle kunna prata med Jamad? Vi tror att det blir lite mer opartiskt om du pratar med honom och försöker komma till en väg framåt. I alla fall mindre än om jag eller Petter kontaktar honom. Vad tror du?" frågade Frida.

"Javisst jag gör ett försök" sa Bror efter viss betänketid. Ett av skälen var att han i grunden ogillade de här häxjakterna som många reportrar ägnade sig åt där man bara ville sätta dit personer och organisationer. Där en opartisk presentation av olika åsikter inte var av intresse utan endast att man hängde ut någon, till varje pris. Det var väl det som läsarna ville ha. Uppdrag granskning var ett av dessa program som Bror i grunden föraktade. Kunde han undvika att kvällspressen lyckades med en liknande historia så skulle han vara nöjd. Så han tog uppdraget mer av möjligheten att sätta käppar i hjulet för kvällspressen än för att hjälpa TaxOpt.

27

Polishuset
Torsdag

Eva var lite tagen av överfallet som Bror berättat om när han ringde hem igår kväll. Men att de skulle backa undan från sina efterforskningar på grund av ett hot var uteslutet. Hon hade varit rejält irriterad på hans tilltag att gå hem ensam genom Riga sent på kvällen, dessutom på en dåligt upplyst gata. Det var nästan som om han bett om det överfall som han råkat ut för. Det hade hon inte tagit upp med honom igår, men hade tänkt att han skulle få sig en lite kärvänlig utskällning när han kom hem ikväll.

När hon kom in till kontoret hade hon informerat Jörgen om både det som Bror råkat ut för samt att man inte fått fram något nytt från olyckan i tunnelbanan igår eftermiddag. Jörgen hade lämnat kontoret tidigt för lite privata ärenden under gårdagen.

De var bägge överens om att de borde ta ett förnyat snack med diverse personer på TaxOpt. Jörgen skulle försöka boka in ett nytt samtal med Emilia Chang och med städerskan Kinora medan Eva skulle ringa kollegorna i Stockholm för att höra om något nytt kommit fram.

Jörgen fick tag i både Emilia och Kinora och lyckades boka in möten under förmiddagen. Eva ringde upp till polisen i Stockholm och kontrollerade om de hittat något i lägenheten som de skulle till nu på morgonen. Tyvärr hade fastighetskillen fått förhinder och de skulle träffa honom på nytt först efter lunch. Så Eva kom överens om att de skulle ta en ny kontakt under eftermiddagen. Eva valde att inte berätta om Brors äventyr i Riga. Hur skulle hon förklara att hennes sambo var inbladad utan att det blev konstigt. Kanske borde hon gjort det men hon valde att låta bli.

De träffade Kinora på Ethels kafé uppe vid Linnéplatsen. Hon hade en håltimme i sina studier uppe vid Hälsovetarcentrum på Annedal men hade inte haft tid att komma ner till Polishuset.

"Hej, vet ni vad som hände Naser nu?" öppnade hon med så fort som hon satte sig ner vid deras bord.

"Nej, vi tror fortfarande att han tog sitt eget liv. Det finns inget som pekar på något annat" svarade Eva.

"Jag har fortfarande svårt att förstå det" sa Kinora samtidigt som ögonen tårades. "Förlåt mig, jag saknar honom så mycket" sa hon och torkade bort tårarna.

"Jag förstår det. Vi har några nya frågor som inte enbart har med Naser att göra. Är det okej för dig?" frågade Eva och Kinora nickade till svar.

"Vi har fått uppgifter om att en konsult, Larisa arbetade med en del utredningar för TaxOpt. Känner du till henne?"

"Javisst, Naser presenterade henne för mig en gång när jag var uppe för vårt morgonmöte. Jag pratade aldrig med henne och Naser nämnde aldrig något mer om henne för mig."

"Var hon ofta uppe hos Naser och vet du vilka flera som hon arbetade med på företaget?"

"Ja hon var där ganska ofta under en tid, jag såg henne aldrig med någon annan än tillsammans med Naser. Jo förresten, några gånger såg jag henne tillsammans med den här tjejen på ekonomi Emilia, tror jag hon heter."

"Vet du vad hon pratade med Naser om? Såg du om hon lämnade honom någon rapport eller någon dokumentation?"

"Nej som jag sa så nämnde Naser aldrig vad han pratade med henne om. Jag vet att hon gav honom någon form av rapport eller dokument en av de sista gångerna jag såg henne."

"Hur vet du det?"

"Jag såg honom ta emot ett dokument av Larisa samtidigt som jag kom till vårt morgonmöte. Han tog emot det och la det på sitt skrivbord och därefter lämnade Larisa honom och jag bjöds in i rummet."

"När var det här, kommer du ihåg?"

"Det var en eller två dagar innan jag hittade honom död." sa hon och ögonen tårades på nytt när hon nämnde hans död.

"När vi pratades vid förra gången nämnde du att Naser varit nedstämd och lite bekymrad den senaste veckan för sin död. Tror du att det kan ha med Larisas besök och den där rapporten eller dokumentet som hon lämnade?" undrade Eva.

"Kanske, det stämmer att hans nedstämdhet börjat i samband med eller strax efter att jag träffat på den här Larisa uppe hos honom första gången. Det kan vara så, men jag vet inte."

"Du sa att du bara sett Larisa tillsammans med Naser och den här ekonomitjejen. Försök komma ihåg om du såg henne med någon annan någon gång?"

"Tror inte det. Kanske var det henne jag såg i ett konferensrum tillsammans med Petter, Frida och den där utvecklaren, Martin tror jag han heter. Men jag är inte helt säker."

"Vilken dag var det mötet, kommer du ihåg?"

"Det var kanske tre eller fyra dagar innan Nasers död. Men som sagt jag är inte säker på att det var hon som satt i rummet. Hon hade ryggen vänd mot dörren, så jag vet inte. Varför frågar ni så mycket om henne. Tror ni hon har med Nasers död att göra?"

"Tyvärr kan vi inte säga mer, du ska ha stort tack för att du tog dig tid att prata med oss igen."

Kinora gick norrut upp mot Annedal och sin skola och Eva och Jörgen blev stående och tittade efter den vackra syrianska flickan som uppenbarligen saknade sin vän från TaxOpt väldigt mycket.

"Det finns en spännande Sushi-restaurang lite längre ner på Linnégatan, Spice Sushi. Ska vi pröva den och ta en tidig lunch" undrade Eva och fick med sig Jörgen nerför gatan trots att det nästan var lite tidigt för lunch.

Tyvärr visade sig att restaurangen inte hade öppet för lunch utan öppnade först vid fem på eftermiddagen. De kikade in genom den stängde dörren och förundrades över den minst sagt speciella inredningen. Bilderna på de olika maträtterna på menyn var väldigt utsmyckade och de var bägge överens om att hit måste man komma tillbaka en kväll för middag.

Men det visade sig vara svårt att hitta en lunchrestaurang, många öppnade precis som Spice Sushi först på eftermiddagen och vissa andra öppnade först vid tolv för lunch. Så när de vandrat nerför gatan och antingen stött på stängda matställen eller inte varit överens om de som de hittat som varit öppna, hamnade de till sist på Burger King nere vid Järntorget. Lite av en antiklimax, men det hade varit en trevlig promenad.

Klockan två skulle de träffa Emilia igen utanför Nordstan så de hade gott om tid och beslöt sig för att vandra vidare från Järntorget ner mot Nordstan. Att springa förbi polishuset och läsa några enstaka mejl kändes bara stressigt och onödigt.

Emilia ringde vid halv ett och föreslog att de skulle träffas på Kafé Vanilj på Kyrkogatan. Precis som vi förra mötet var hon väldigt angelägen om att ingen skulle upptäcka att hon träffade polisen. Varför förstod varken Eva eller Jörgen men det fanns heller ingen anledning att bråka om mötesplatsen. Fiket hade många lediga bord och det var lugnt och tyst i lokalen vilket passade bra för ett samtal.

”Jag såg nyheterna om tunnelbaneolyckan i tidningen. Är det samma Larisa som gjorde uppdrag hos oss på TaxOpt?” var det första som Emilia sa med oro och ängslan i rösten.

”Ja det stämmer. Som du förstår har vi några ytterligare frågor” sa Jörgen.

”Jag tycker det här är obehagligt. Borde jag vara orolig för min egen säkerhet?” undrade Emilia.

”Nej, det tror vi inte. Kan vi få ställa några kompletterande frågor bara?” sa Eva och fick efter en stund en stum nickning till svar från den uppenbart obekväma Emilia.

”Kan du berätta lite mer i detalj om när du träffade Larisa och i vilka ärenden ni träffades.”

Emilia berättade att Larisa presenterats av Naser på ett

gemensamt fikamöte och berättat att hon skulle göra en kartläggning av underleverantörer till TaxOpt. Hon hade sedan gått runt och genomfört intervjuer på företaget. Själv hade hon haft ett kort möte med henne. Vad hon förstod var det ett begränsat uppdrag som skulle genomföras på mindre än två veckor, vilket också stämt överens med tiden som hon varit på företaget.

"Vet du vem hon skulle rapportera till när hon var klar?" frågade Jörgen.

"Vad jag förstod skulle hon rapportera direkt till Naser."

"Vet du om hon hade något längre möte med några andra ledningspersoner i företaget?"

"Nej men hon sa att hon skulle ha ett möte med utvecklingsgänget, och då måste hon rimligen ha träffat Martin kanske även Petter. Jag vet inte om hon hade något sådant möte eller inte."

"En sista fråga, du har vid alla våra möten varit väldigt noga med att vi ska träffas avskilt. Du verkar rädd för något, kan du berätta för vad?" undrade Eva.

"Jag kan inte äventyra ett dåligt rykte. Skulle det bli känt att jag skvallrat för polisen så skulle min framtida karriär vara förstörd för evigt. Dessutom har ni ju två döda, Naser och Larisa, kopplade till TaxOpt. Jag tycker nog att jag har skäl att vara rädd och försiktig, tycker inte ni det? Nu måste jag gå, har ni några fler frågor?" sa hon och reste sig upp och gick uppenbart mycket illa till mods.

"Hon kanske har rätt, TaxOpt verkar inte vara en trygg arbetsplats. Se till att Bror inte hamnar i problem igen, ni har ju två tidigare incidenter som höll på att gå riktigt illa" sa Jörgen och skakade på huvudet.

De gick Östra Hamngatan upp till Kungsportsplatsen och sedan Parkgatan österut fram till Smålandsgatan där de svängde höger upp mot polishuset vid Ernst Fontells plats.

De sammanfattade dagens två samtal med att Larisas utredning med all sannolikhet resulterade i det dokument som var borttaget under Nasers döda kropp. Vad var det för

149

information som var så viktig förstod de inte. Varför Emilia var så uppenbart rädd var också något som var ett fortsatt mysterium. Man skulle behöva följa upp detta med förnyade samtal med Petter, Frida och den där Martin.

Men nu var man nyfikna på vad kollegorna uppe i Stockholm kunde ha hittat när de undersökt Larisas lägenhet. De tog ett ledigt konferensrum och ringde upp till polisen i Stockholm.

Undersökningen av lägenheten hade inte kommit fram till något avgörande. De hade inte hittat någon dator utan den var med all sannolikhet försvunnen tillsammans med den väska som ryckts från Larisa i samband med att hon knuffades ner på spåret. It-teknikerna hade analyserat datatrafiken till lägenhetens bredband och lyckats identifiera Larisas Google Drive konto där hon förvarade sina dokument. Därefter hade utredningen stött på patrull. Nästan alla dokument i Google Drive var krypterade. Det fanns en mycket stor mängd dokument. Dessutom var namngivningen av dokumenten speciell, den bestod bara av sifferkombinationer, varför man inte baserat på namnet kunnat identifiera några specifika dokument som hörde till TaxOpt i nuläget. I alla fall inte innan någon knäckt sifferkoden. Polisens IT-avdelning var engagerad för att arbeta vidare med molnarkivet.

"Hon verkade ha varit en mycket försiktig person, nästan paranoid. Har sällan hört talas om någon som ansträngt sig så mycket för att skydda det hon arbetat med" konstaterade Eva.

"Vi håller med, samtidigt så gör det här oss ännu mer nyfikna. IT-killarna såg nästan ut som småbarn på julafton när vi presenterade problembilden. De kommer att knäcka det, tyvärr så kommer det att ta tid och risken finns att spåret efter förövaren svalnar" konstaterade kommissarien uppe i Stockholm.

"Att ni hittat Google Drive kontot är bra i sig men ni hittade inget annat i lägenheten?" frågade Eva.

"Inte i lägenheten, Internettrafiken visar att hon ofta varit inne på olika DarkNet adresser vilket i sig är speciellt. Hon har använt avancerade system av anonymiseringsservrar för att dölja de slutgiltiga adresserna hon besök så återigen vet vi inget förrän vårt datateam kommit vidare. Vi undersökte dessutom hennes mobilabonnemang och även där har hon varit extremt försiktig. Hon slår av telefonen helt när hon inte använder den och hon slår nästan aldrig på data eller position. Så vi kan inte spåra hennes rörelsemönster via mobilen. Dessutom använder hon aldrig kreditkort utan verkar ta ut större summor kontanter relativt sällan som hon sedan använder. Med andra ord svår att spåra digitalt."

"Jag får tacka för hjälpen så länge. Men ni hör av er så fort som ni vet något mer, eller hur" avslutade Eva.

"Javisst, jag ringer så fort som vi vet något mer."

När Eva öppnade ytterdörren till lägenheten möttes hon av en leende Bror med en blågul näsa som vanprydde ansiktet.

"Men herregud hur du ser ut, gör det mycket ont?" sa hon och strök honom ömt över kinden.

"Nej det gör inte ont längre men jag kan hålla med om att jag inte är speciellt vacker för tillfället. Jag har lagat till en pasta som nästan är klar. Ska vi äta först så uppdaterar vi varandra sedan."

De blev sittande i soffan en lång stund och berättade för varandra allt som hänt under veckan.

Ett mer komplext mysterium hade man aldrig stått inför tidigare. Här fanns så många frågor som måste få ett svar.

"Vi ska hem till Olle och Jovana imorgon. Så vi slipper bry oss om middag. Nu går vi och lägger oss, imorgon är en ny dag."

28

Fredbergsgatan
Fredag

Eva skrattade på nytt till när hon möttes av Brors blågula nuna när hon vaknade. Hon kunde helt enkelt inte låta bli. Som tur var hade han inte längre ont utan det var bara blåmärket kvar, och även om incidenten i Riga varit otäck kunde han trots allt skratta åt det idag. De var skönt att vara hemma igen. Att resa ensam var ingen höjdare tyckte vare sig Bror eller Eva, även om de visste att det fanns många som gjorde så. De hade en del kompisar som rest med ryggsäck flera veckor i Asien och de kom hem med massor av historier och nya temporära vänner som de berättade om. Men de hade ingen att dela minnena med och det måste vara tråkigt.

Eva hoppades att de under dagen skulle få lite mer uppgifter från polisens It-tekniker angående Larisas dokument. Bror skulle boka in ett möte med Jamad Konte på Business Inside för att möta upp Kvällspressens häxjakt om möjligt. Ikväll skulle de ut till Björkekärr på en middag bara med Olle och Jovana och imorgon skulle de åka på en miniweekend till Malmö och hälsa på Katrin. Egentligen skulle de bägge helst av allt stannat hemma i helgen men nu hade de lovat Katrin att komma på besök en längre tid så det var inget alternativ att ställa in.

De gick över till Fjällskolan och tog sedan buss 60 in mot centrum. Bror kunde kliva av vid Brunnsparken och Eva kunde fortsätta med bussen till Ullevi Norra och sedan komma till polishuset på bara några få minuter från busshållplatsen. Sedan Bror börjat sitt uppdrag på TaxOpt i Nordstan hade de nästan varje morgon åkt tillsammans med denna busslinje.

Redan när Bror klev av bussen letade han efter nya löpsedlar från kvällspressen men såg till sin överraskning inga sådana. Då fanns det hopp om att de skulle kunna möta häxjakten med en bra artikel från Business Inside om han nu fick tag på Jamad Konte.

Men redan i entrén till TaxOpt märkte han att stämningen var förtätad. Det låg som en tjock filt över kontoret, inga hårda ord men heller inget trivsamt mummel. Framme vid fikahörnan stötte han på Petter och Frida som stod lutande över någon form av rapport och de såg inte muntra ut alls.

"Kom och titta på det här?" sa Frida och drog in Bror i diskussionen precis när han trott sig kunna smita förbi till sitt kontor.

"Vad är det här, kan du ge mig en sammanfattning. Jag orkar inte läsa allt just nu?"

Frida berättade att det var en rapport från revisorn som hittat ett antal konstiga poster och sagt att det var svårt att ge styrelsen ansvarsfrihet. Här bröt Petter in och sa att det måste vara en missuppfattning.

"Nej jag tror inte det här är en missuppfattning. Jag har påpekat de här tidigare men du glider bara undan från frågorna hela tiden. Nu måste vi ta tag i det" sa hon och nästan skrek mot Petter.

"Lugna ner dig, vi ska inte ta den här debatten publikt, eller hur?" sa han och visade med händerna att hon skulle dämpa sig.

"Då tar vi konferensrummet om femton minuter, och jag vill ha med dig Bror" sa hon och gick argt bort mot sitt kontor.

Återigen så konstaterade Bror att han blev inbjuden i alla besvärliga diskussioner. Det måste han faktiskt ta som beröm, trots allt verkade de ha förtroende för honom. När han kom till uppdraget hade han upplevt att framförallt Petter inte varit så vänligt inställd till hans inblandning. Så upplevde han det inte längre, något bra måste han ha gjort.

Femton minuter senare satte alla sig ner i konferensrummet längst upp vid direktionsrummen. Här var de en bit ifrån övriga och kunde prata både ostört och utan att störa andra. "Nu måste vi gå till botten med detta. Jag har vid ett flertal tidigare tillfällen påpekat ett antal kostnadsposter som jag inte riktigt förstår. Du har vid varje sådant tillfälle viftat undan frågorna och lite nedvärderande sagt att jag inte ska lägga mig i sådant jag inte förstår. Nu pekar revisorn på samma poster. Nu måste vi reda ut detta" sa Frida och slängde över rapporten till honom.

"Du vet mycket väl att dessa poster hänger ihop med en av våra större investerare. Om vi bråkar med honom riskerar vi att få problem med fortsatt finansiering. Jag varnar dig, backa undan."

"Du har påpekat det tidigare också. Det som är anmärkningsvärt är att de pengar som den investeraren satt in dyker upp som nästan lika stora kostnadsposter mot bolag som han kontrollerar. När jag tittar på detta verkar det som ett nollsummespel."

"Nu får du lägga av. Jag reder upp detta" sa Petter reste sig bryskt upp från bordet och slängde igen dörren när han lämnade rummet.

"Kan jag få se rapporten?" sa Bror och tog upp den där Petter slängt ner den samtidigt som han gick.

Bror var inte förvånad av att se det estländska bolaget som han besökt som en av företagen och han kände igen några till som han själv identifierat i sin utredning om underleverantörer.

"Är det något du vill att jag ska ta tag i?" undrade Bror efter en längre lite pinsam tystnad.

"Fortsätt med din utredning av underleverantörer och se till att skriva ihop en rapport så snart som möjligt. Jag behöver all hjälp jag kan få kring detta. Du kan behålla revisorns rapport, jag har en kopia" svarade Frida reste sig upp och lämnade rummet.

Bror gick tillbaka till sitt skrivbord och tittade igenom

rapporten lite mer i detalj. Han konstaterade att flera av företagen hängde ihop med en rapport han läst kring BertInvest.

Petter var kompis med ägaren till BertInvest och Myrans nya killes pappa kom han ihåg från middagen vid förra helgen. Det här fick han jobba vidare på.

Men han hade ett ännu viktigare uppdrag först. Han ringde upp Jamad Konte på Business Inside och fick till sin överraskning till ett möte redan direkt efter lunch. Jamad var i stan och hade tid över.

De träffades på Palace vid Brunnsparken. Bra lunchmat i en miljö där man kunde pratas vid utan att bli störd eller att någon lyssnade in på vad som avhandlades.

"Jag heter Bror Stensson och har en tid arbetat tillsammans med ledningen på TaxOpt. Du har säkert sett en del av skriverierna kring företaget de senaste veckorna" öppnade Bror efter att de hämtat sin lunch från buffen som var uppställd.

"Det är lite svårt att undgå. Min kollega på Kvällspressen verkar ha bestämt sig för att sätta dit er känns det som. En del av hans artiklar är riktigt besvärande samtidigt så har ni gjort två bra framträdanden i tv som drar opinionen lite åt andra hållet. Vad kan jag hjälpa till med?"

"För att vara rakt på sak. Vi skulle vilja få in en positiv artikel som motvikt till Kvällspressens häxjakt. Vi vet att du tidigare varit positivt inställd till vår verksamhet och undrar om vi kan göra något tillsammans?"

"Jag misstänkte att det var något åt det här hållet som du skulle föreslå. Att som reporter skriva positiva artiklar på beställning är inte riktigt min grej. Vill ni synas positivt i pressen så kan ni annonsera, eller hur?" Sa han i lite raljant och vresig ton.

"Givetvis, vad jag undrade var kanske om du kunde skriva en artikel, mer kopplad till det vi försökte få fram i tv. Att vi möjliggör för vanligt folk att minska sitt skattetryck utan att behöva anlita dyra advokater. Att bemöta Kvällspressen artiklar tror jag inte på och jag gissar att det skulle vara journalistiskt självmord, eller hur?"

"Du har rätt i att bemöta deras artiklar idag skulle vara oklokt. Men kanske en artikel med din vinkling skulle vara intressant. Låt mig tänkta på saken så hör jag av mig."

Lunchen avslutades med allmänt prata om lite idrott och det alltid återkommande gnället över all byggnation och svårigheten att köra bil i Göteborg.

Bror och Eva träffades vid centralen för att direkt efter arbetet åka ut till Björkekärr och middag med Olle och Jovana. De hade funderat på att åka förbi hemma, byta om och snygga till sig men valt att arbeta lite längre och åka direkt.

Bror hade gått igenom alla fakturorna som revisorn påpekat och identifierat att av de tio företag som dök upp i rapporten var fem av dessa delvis eller helt kontrollerade av BertInvest.

Eva hade haft en förnyad kontakt med polisen uppe i Stockholm men de hade inte gjort något genombrott kring Larisas krypterade dokument ännu. Man trodde att man skulle knäcka det hela till i början av nästa vecka.

Som vanligt så bjöd Jovana på fantastiskt god mat med ursprung från Balkan. Bror förvånades över att hon nästan aldrig upprepade sig utan det var alltid något nytt och spännande som serverades.

Givetvis kom sedan samtalet över på barnet som de väntade. För två veckor sedan när nyheten presenterades såg man inte tydligt att hon var med barn men nu efter bara två veckor så såg alla en tydlig liten mammamage. Allt var bra och hon hade inte drabbats av något omfattande illamående eller konstiga önskningar efter märklig mat som man hört att en del fick. När maten var uppäten skulle tjejerna gå upp på övervåningen och titta på den blivande barnkammaren och Olle och Bror blev kvar i vardagsrummet med var sin öl.

"Jag stötte ihop med Erik häromdagen. Han verkade ganska sliten. Har du haft någon kontakt med honom senaste tiden?" frågade Olle och såg uppriktigt orolig ut. Alla hade trivts bra med Erik och saknade honom i kompisgänget. Det var uppenbart varje gång hans namn kom på tal.

"Ja, vi träffades över lunch för en dryg vecka sedan. Han sa att han håller på att reda upp något men vill inte berätta vad. Han saknar Myran och resten av gänget. Jag hade hoppats att han skulle komma i mål med vad han nu har för problem och berätta för oss. Innerst inne hade jag gärna sett att han får ordning på sig och att han och Myran skulle bli ihop igen. Hennes nya kille är jag inte speciellt förtjust i."

"Jag håller med, jag tror vi alla saknar Erik och jag tror att vi alla har lite svårt för Mikael. Det är som det är" sa Olle och ryckte på axlarna.

Tjejerna kom ner och det verkade som om de kommit överens om nya tapeter i barnkammaren.

"Får inte jag vara med och tycka till?" sa Olle lite uppgivet.

"Javisst, vi har bara lite förslag" sa Eva lite överslätande.

"Jag berättade för Bror att jag träffat Erik häromdagen. Du hade träffat Malin också, eller hur?"

"Ja, jag stötte ihop med henne i Nordstan häromdagen. Hon var inte så glad över att Katrin flyttat till Malmö förstod jag. Jag gissar att hon är rädd att hon ska bli kvar där. Skulle inte ni åka ner och hälsa på förresten?"

"Vi åker ner imorgon, ska bo på hotell i centrala Malmö och träffa Katrin, jag tror att Malin är nere också" sa Eva glatt.

"Låter trevligt med en liten helgweekend. Det måste vi också göra. Hälsa Katrin och Malin så mycket" sa Jovana och vinken mot Olle om att planera en liten weekendresa var mycket tydlig.

Det blev en tidig kväll. Bror skulle stiga upp tidigt och åka ut och låna mammas bil innan de åkte söderut.

29

Malmö
Lördag

Bror och Eva svängde av från motorvägen in mot Malmö centrum strax före elva på förmiddagen. Det hade varit en intensiv förmiddag. Bror hade vaknat tidigt och åkt ut och lånat sin mammas lilla cabb för att sedan åka tillbaka och hämta Eva. Eva hade somnat om medan han var borta och det hade blivit lite stressigt när Bror kom tillbaka. Hon hade fått klä sig hastigt och nästan hasta i sig sin frukost då de ville komma iväg i tid för att hinna ner till Malmö innan lunch.

Det hade varit bra väder för bilkörning. Molnigt och bara en liten regnskur. Strax norr om Varberg hade de stannat och tankat och uppe på Hallandsåsen hade man åkt av för en fika.

Men nu svängde de av och åkte vidare på Stockholmsvägen in mot centrum. Eva hade bokat rum på Hotell Mayfair vilket hon fått rekommenderat av en kollega på jobbet. Hotellet var ett gammalt anrikt hotell med historia flera hundra år bakåt i tiden. Det skulle finnas mysiga källarvalv från 1300-talet. Eva hade fått en mycket entusiastisk införsäljning av sin kollega.

Första intrycket i entrén motsvarade förväntningarna. I receptionen hängde en fotovägg med bilder på alla kändisar som bott på hotellet. Bror reagerade på Rolling Stones som han pekade på. Rummet var nästan färdigstädat så om de bara åkte och parkerade sin bil så skulle de få nycklarna när de kom tillbaka. De blev hänvisade till ett P-hus på andra sidan vallgraven som var billigt och där de kunde stå fram till att de åkte hemåt. Katrin hade lånat en lägenhet i centrum så de skulle inte behöva bilen om de inte ville göra någon utflykt. När de kom tillbaka på hotellet fick de nycklarna till en Dubbel De Lux, ett rum högst upp med synliga takbjälkar och extra fina sängar. De sov inte över på hotell så ofta så Eva hade bokat ett lite finare nu när de äntligen kom iväg på sin miniweekend som de pratat om så länge. Efter att de packat upp och fräschat till sig begav de sig ut på staden. Katrin och Malin skulle de träffa först i kväll. De gick i rask takt ner till Stortorget som de sneddade över ner mot Lilla Torget där Bror visste att det fanns många restauranger. Bror hade varit i Malmö ett antal gånger tidigare men för Eva var det först besöket.

De fastnade för ett bord vid uteserveringen på Victors och beställde bägge gravad lax med dillstuvad potatis. Eva tog in en öl medan Bror till Evas förvåning tog ramlösa.

"Varför beställde du ingen öl, det trodde jag att du villa ha?" sa hon förvånat.

"Jag vill hålla mig nykter för vi ska göra en liten bilutflykt lite senare under eftermiddagen?"

"Var då om jag för fråga?" sa Eva och lutade sig fram.

"Det får bli en överraskning, vänta och se. Om jag känner Katrin och Malin rätt så bjuds det både vin och öl ikväll. Så jag kan vänta."

De blev sittande en längre stund vid uteserveringen. Det var skönt att sitta i det soliga vädret och bara studera alla människor som passerade ute på torget. Så efter en påtår med kaffe blev det en shoppingrunda i centrala Malmö. Tyvärr så var shopping i Malmö ganska likt andra städer. Det var samma butikskedjor som hemma i Göteborg med ett fåtal unika butiker på de mindre sidogatorna. Efter ett par timmar gick man så tillbaka mot hotellet med sina fynd. Som så ofta inget de absolut behövde men som man ändå köpte bara för att få något nytt.

"Om vi tänker på miljön så borde vi inte köpa nytt som vi gör. Men det skulle bli väldigt tråkigt om vi behöll alla våra kläder tills att de var utslitna. Vem vet vi kanske borde tänka om. Vad tycker du?" undrade Eva när hon lade upp sina inköp på dubbelsängen.

"Jo så är det nog, utan tvekan så påverkar miljödebatten oss. Både när det gäller mat och resor och som du säger kanske inköp. Bara det faktum att du funderar över det är en form av miljömedvetenhet. Även om det vi köpt pekar på något annat" sa Bor och de skrattade båda.

"Nu är jag nyfiken på din överraskning. Ska vi åka direkt och sedan hem och vila eller vill du vila först?" sa Eva med ivrig förväntan i rösten.

"Vi åker direkt så kan vi ta igen oss sedan innan middagen?"

De gick ner och hämtade bilen vid parkeringen. Körde norrut på Nordensköldsgatan och sedan västerut över klaffbron in på det gamla varvsområdet. Efter ytterligare två svängar visade sig så Turning Torso i all sin prakt längre ner på gatan. Efter att ha parkerat gick de bägge ut och tittade upp mot den pampiga byggnaden.

"Vilken liten basyta den har?" sa Eva förundrat.

"Spännande att du säger så, det var min första reflektion också. Visst är den häftig?"

"Ja, jag såg den på distans men att den skulle vara ännu häftigare så här nära hade jag aldrig trott. En spännande upplevelse."

De tog en promenad runt kvarteren intill och stod sedan stilla en längre stund och tittade upp mot byggnaden.

"Får man inte åka upp i byggnaden?" undrade Eva.

"Tyvärr inte, det har varit mycket kritik kring det, tydligen är det bara lägenheter i huset."

"Men jag tycker ändå det är häftigt så här utanför."

De åkte tillbaka till sitt P-hus och gick sedan bort till hotellet för att sträcka ut sig en stund innan middagen.

Strax efter sex gick de så ut igen efter att ha klätt upp sig för middag. Bror hade berättat att det inte skulle ta mer än drygt tio minuter att komma fram till lägenheten hon fått låna. De gick på nytt ner till Lilla Torget och strax utanför hörnet på torget låg lägenheten på Engelbrektsgatan. De ringde på och blev insläppta.

Katrin öppnade och de kunde känna doften av en gryta av något slag komma ut från köket. En drinkbricka stod på ett skåp strax intill entrén med en härligt kall Dry Martini. Drinken hade blivit en favorit i gänget efter att Bror introducerat den för några år sedan. Själv hade han vuxit upp med drinken före middagen hemma hos sina föräldrar i hur många år som helst. På vardagsrumsbordet var ett antal snittar uppställda.

"Får vi inte se oss om först?" sa Eva och ställde ner glaset.

"Givetvis, ursäkta mig" sa Katrin och visade runt i den lilla lägenheten.

"Jättefin, men hur länge ska du bo här nere?"

"Inte så länge till, om två veckor är mitt uppdrag slut så då flyttar jag hem till Göteborg igen."

"Ska bli så skönt" sa Malin och kramade om Katrin.

Att det skulle finnas någon konflikt mellan tjejerna såg man inte skymten av. Det Jovana berättat var antingen inte sant eller så hade den lilla stormen blåst över.

Som alltid när de träffades böljade olika samtalsämnen både fram och tillbaka. Ska man få en syl i vädret så får man slå sig in i konversationen tänkte Bror. Det var inget som störde honom men han hade gärna velat styra in samtalet mot BertInvest utan att det verkade konstigt. Men helt plötsligt kom de in på företaget utan att Bror lagt sig i.

"Jag var med om en otäck händelse i veckan som har med TaxOpt att göra. Vi hade ett möte på BertInvest och med på mötet var en programmerare som sa att han arbetade på TaxOpt, Lennart någonting hette han. Vet du vet det är?" sa Katrin och vände sig till Bror.

"Kan det vara Lennart Rahmid, han arbetar som konsult för utvecklingsavdelningen?"

"Kanske, jag kommer inte ihåg. Helt plötsligt under mötet blev han dålig och blev alldeles konstig. Vi undrade om vi skulle kalla på ambulans men han sa nej och bad om ett äpple. Efter att han fått äpplet piggade han på sig. Jag har aldrig varit med om det förut men han var tydligen diabetiker och hade fått lågt blodsocker. Riktigt otäckt att man på så kort tid kan bli helt utslagen. Jag var helt skakig efteråt."

"Men det gick bra, räckte det med äpplet?" frågade Bror.

"Jo men han tog någon form av energibar också."

"Vad gjorde han på mötet?"

"Han skulle tydligen göra något programmeringsuppdrag åt BertInvest. Han var inte där som representant för TaxOpt. Vad jag förstod så gör han uppdrag åt en mängd olika företag."

"Jag förstår. Eftersom vi ändå kom in på TaxOpt så har jag en fråga om det är okej att jag stör så här under middagen. Jag har en lista på företag som jag inte kunnat lista ut vem som är huvudägare till. Har du något bättre register där du kan hjälpa mig?"

"Javisst har du en utskrift så kollar jag upp det och återkommer."

"Har du träffat Myrans kille på BertInvest?" undrade Eva.

"Bara en gång, han är lite odräglig tycker jag. Är de fortfarande ett par?"

"Det tror jag nog, har du någon annan information?" undrade Bror.

"Nej, nej jag bara undrade" sa Katrin och markerade att det ämnet var slutdiskuterat.

Bror försökte få tillbaka diskussionen till BertInvest men utan att lyckas. Katrin var uppenbart ointresserad av att diskutera sitt uppdrag, varför förstod han inte.

De avslutade kvällen med att berätta om Jovana och om Evas föräldrars planerade flytt till Göteborg. Katrin berättade om ett antal jobb som hon sökt där hon hoppades på besked inom kort. Alla var överens om att det skulle bli trevligt när alla var tillbaka i Götet.

30

Fredbergsgatan
Måndag

Söndagen hade börjat med en lång sovmorgon på hotell Mayfair i Malmö. Kvällen med Malin och Katrin hade blivit sen med lite väl mycket dricka. Bror och Eva behövde sin skönhetssömn och även säkerställa att de bägge nyktrat till inför bilfärden hem till Göteborg.

De hade kommit iväg strax efter lunch vilket var betydligt senare än vad de initialt planerat. Eva ville dessutom åka förbi Ullared så det blev en lång dag innan de var hemma i sin lägenhet. Bilen hade de parkerat på gatan och skulle lämna tillbaka först på måndag kväll.

När de vaknade hade Business Inside en artikel om TaxOpt som var precis så som Bror önskat att den skulle se ut. Jamad hade lyckats skapa en nästan aggressiv framtoning mot alla rika som via sina dyra advokater kunde skatteplanera och hålla undan stora intäkter för staten. Med det i åtanke var det nästan ett hån att attackera TaxOpt som bara ville hjälpa den vanliga människan att minimera sitt skattetryck, hade han uttryckt sig. Han attackerade Kvällspressen att de bara höll de redan omåttligt rika om ryggen och istället bråkade med ett företag som faktiskt stod på den lilla människans sida.

Bror läste artikeln flera gånger och kände sig mycket nöjd. Jamad hade fått med allt han önskat, dessutom med en balanserad men ändå lätt aggressiv ton. Det här är nog den bästa artikeln han läst som stöd för TaxOpt. Nu borde både Petter och Frida känna sig mycket nöjda. Men som alltid skulle en sådan här artikel nå ut? Läsarna var mer intresserade av skandaler kring politiker och fifflande företag än att läsa om företag som tog fram bra produkter. Så kampen var inte rättvis, Kvällspressens sensationsjournalistik hade betydligt bättre genomslag än en positiv artikel i en affärstidning. Tyvärr men sant.

Men det var en bra början. Få se hur de skulle följa upp detta när han kom in till kontoret.

Eva kommenterade hans entusiasm kring artikeln med måttligt intresse. Hon var fortfarande sömnmosig och brydde sig i ärlighetens namn inte så mycket om hur det gick för TaxOpt. Hon ville om möjligt reda ut det här med Larisa och försöka hitta den rapport som hon skrivit och som kanske låg bakom hennes död och kanske även Brors misshandel i Riga. Hon hoppades att teknikerna i Stockholm kommit vidare i sina undersökningar.

De samåkte in till centrum, Bror klev av vid Brunnsparken och Eva fortsatte ner mot Ullevi. De hade bägge som ambition att komma hem tidigt och ha en lugn kväll framför tv:n.

Bror kom in till ett kontor i fullt uppror. Det kändes nästan som ett lotteri varje gång han gick dit. Ibland var stämningen god och ibland som idag var stämningen laddad på ett obehagligt sätt. Idag var alla upprörda mer än vanligt. Han var lite förvånad, han hade hoppats att Jamads artikel hade skapat lite positiv inställning, men tydligen inte.

Bror var på väg att gå in till Frida när han plötsligt stannade upp och avvaktade för ett hetsigt samtal från rummet. Han urskilde Frida och Petter.

"Nu ska den där programmeraren och hans märkliga kompis bort, och det omedelbart. Jag har haft uppe det här tidigare men nu är måttet rågat" nästan skrek Frida.

"Det lägger du dig inte i, jag hanterar det här och du lugnar ner dig. Du ska akta dig, kom ihåg det" svarade Petter och gick hastigt mot dörren. Bror hann precis flytta sig så att det inte skulle vara uppenbart att han hört samtalet.

"Hej, är du på väg in till Frida?" sa Petter och Bror kunde se hur han tänkte efter om han hört ordväxlingen eller inte och om han skulle kommentera den eller inte. "Bra artikel av Jamad, jag förmodar att vi har dig att tacka" sa han lite hastigt och gick vidare ut i kontorslandskapet.

Bror knackade lite försynt på dörren och tittade in.

"Kom in, bra artikel i Business Inside. Känner du dig nöjd?" sa hon men helt utan entusiasm och det var uppenbart att det var något som inte var bra alls.

"Du kanske hörde min ordväxling med Petter. Revisorn har hittat ännu mer skumma utbetalningar som gått via Martin Petersson och hans konsult vidare ut till både enskilda medarbetare på Näringslivsdepartementet men även till BertInvest. Fråga mig inte hur han fått tag på uppgifterna men jag bara bävar för vad som händer om Kvällspressen får nys om det här" sa hon och lutade huvudet i händerna. "Jag är så djävla trött på allt skumt och konstigt som sker kring denne Martin och hans sidekick. Jag har velat slänga ut pajasarna tidigare men Petter vägrar och stöttar killarna i alla lägen. Jag vet inte vad jag ska göra?" sa hon nästan med gråt i rösten.

"Jag hade tänkt rapportera om min utredning samt mitt besök i Riga men det kanske inte är läge för det just nu?"

"Javisst det går bra. Låt höra."

Bror berättade om sin utredning av underleverantörer och berättade att han identifierat ett antal avtal med märklig höga kostnader relaterat till det uppdrag de utförde. Många av dessa avtal kom från företag där man kunde spåra BertInvest som delägare eller ägare. Han berättade att han fortfarande hade ett tiotal företag som han också kände sig osäker kring där han inte lyckats identifiera ägarstrukturen bakom. Ett faktum i sig som bara det var lite misstänkt. Han berättade om företaget i Riga och sin känsla av att det nästan var en kuliss, men att han skulle ta ett fördjupat snack med Martin kring det.

"Du ger mig bara vatten på min kvarn. BertInvest dyker upp och det bolaget har jag också ifrågasatt med Petter men det är som men Martin. Både Martin och BertInvest är Petters skyddslingar och han försvarar bägge nästan maniskt om man bara nämner något som är negativt eller misstänkt kring dessa. Du får slutföra din rapport så får vi se om vi kan få en mer faktabaserad diskussion med den som grund. Bra jobbat" sa hon och Bror insåg att mötet var slut och lämnade rummet.

Han var tvungen att hålla med Frida, BertInvest och Martin dök upp allt oftare i efterforskningarna. Något skumt fanns kring dessa båda. Var även Petter inblandad, det var han inte alls lika säker på. Han sökte Martin och lyckades boka in ett möte på onsdag i nästa vecka efter många påtryckningar. Martin verkade minst sagt ointresserad av att träffa Bror men nu hade han ett möte så fick han se vad som det kunde ge.

Han kände att han måste komma vidare med någon form av rapport kring underleverantörerna. Han satte upp en tabell med företagen, ägarstruktur och vilka avtal eller leveranser de hade mot TaxOpt. Tyvärr fick han erkänna för sig själv att misstankarna om att avtalen var oegentliga eller uppblåsta var svårt att bevisa, mycket av det var relaterat till en känsla mer än konkreta bevis. Det kändes precis som misstankarna mot advokatbyrån som Göteborgs stad anlitat och där GP gjort en granskning. Svårt att peka på uppenbara felaktigheter, utan mer lite väl saftiga debiteringar. Lite väl höga var inget man kunde peka på konkret utan det var mer det faktum att det fanns så många som var så som kändes oroande. Dessutom att många sådana avtal pekade på bolag med kopplingar till just BertInvest som också var en av TaxOpts investerare och ägare. För att få bilden helt klar måste han identifiera ägarstrukturen till de sista leverantörerna han hade på sin lista.

Han ringde ner till Katrin som visade sig ha glömt hans förfrågan men lovade ta tag i det omgående, hon hade några timmar ledigt nu på eftermiddagen.

Katrin ringde tillbaka efter en dryg timme och hade klarlagt ägarstrukturen fullt ut. Av de tio bolag han frågat om hade sju kopplingar till BertInvest, nu var det allt för många indicier som pekade mot det företaget för att man skulle ignorera det.

Dessutom insåg han att det fanns ytterligare ett företag som dök upp som ägare eller delägare nämligen MPLR AB. När han sökte på bolaget visade det sig stå för MartinPeterssonLennartRahmid AB och nu blev ytterligare en koppling mot programmeraren Martin och hans kompis klarlagd. Han skulle vänta in mötet med Martin innan han slutförde rapporten.

31

Polishuset
Måndag

Eva hade börjat dagen med att informera Jörgen om det som framkommit under hennes och Brors resa ner till Malmö. Polisen hade fått in ett antal nya ärenden som de var tvungna att prioritera men Eva hoppades att hon skulle hinna med ett samtal upp till Stockholm och höra om man kommit vidare i sin utredning någon gång under dagen.

Vid lunch sammanstrålade de för en gemensam lunch med ett stort gäng kollegor vilket inte hörde till vanligheterna. Restaurang var redan beslutad, man skulle till Zocalo, en mexikansk restaurang som låg på ovanvåningen i Femmanhuset inne i Nordstan. Eva såg fram emot lunchen, många kompisar hade pratat gott om den restaurangkedjan, den fanns tydligen i Mölndals galleri och Frölunda Torg också. Hon hade ingen aning om att de öppnat här mitt i stan. Det hade blivit väldigt mycket mexikanskt på sista tiden både ute på stan och privat. Men det hade hon inga problem med, hon älskade mexikansk mat.

De gick i samlad tropp ner mot Kungsportsavenyn vilket inte var snabbaste vägen men tydligen var det någon av tjejerna som ville visa lite nya kläder i en butik och alla följde med. Framme vid Kopparmärra vek så tjejgänget av mot en klädbutik längre ner på Östra Larmgatan medan killarna stannade kvar och njöt av solen vid statyn.

När alla så var samlade igen gick de i rask takt ner till Nordstan och upp till restaurangen. Menyn var typiskt mexikansk men med en lite speciell egen touch. Eva beställde kryddiga Quesadillas. Hon hoppades att de inte skulle vara alltför kryddstarka men hade samtidigt känt för att pröva något annat än det hon brukade beställa de gånger de besökte någon annan mexikansk restaurang.

Maten var verkligen lite annorlunda, den var god om än lite kryddstark. Alla kollegor hade beställt in olika maträtter och de flesta var positivt överraskade. Eva hade inte gjort Jörgen sällskap på hans vegetariska månad, men han var ståndaktig och höll fast vid sitt beslut. Även den vegetariska maträtten var till belåtenhet. Hit skulle de komma tillbaka var man överens om.

"Hade ni inte något fall med en kund som anmält en vakt på Casino Monopol för några veckor sedan?" undrade Fredrik och vände sig mot Eva och Jörgen.

"Det stämmer, det blev aldrig något. Det var ingen tvekan om att kunden varit väldigt störig och vi förklarade tydligt för honom att som han betedde sig, på filmerna vi såg, så fick han finna sig i den behandling han utsattes för. Han var nog mer irriterad över att vakten inte var helyllesvensk tror jag, misstänkt smygrasist. Varför undrar du?" svarade Jörgen och Eva nickade samtyckande.

"Vi hade ett nytt bråk där igår kväll och jag undrar om det var samma personer. De var två killar men vi fick bara namnet på den ena, Martin någonting hette han."

"Namnet känns bekant, vi kan titta igenom rapporterna när vi kommer tillbaka."

När de kom tillbaka till kontoret så letade Eva upp rapporten om incidenten på Casinot och gick bort till sin kollega. Mycket riktigt var det en Martin Petersson som varit inblandad vid bägge incidenterna. Den här gången var det ett bråk mellan två kunder som varit aktuellt. Martin hade hamnat i ett hektiskt bråk med en annan kund, en Petter Björk. När det nästan var på väg att urarta till slagsmål hade en tredje person ingripit, en Erik Kalander, varpå han blivit nedslagen i samma veva som en vakt kom fram och lyckades lugna ner bråkstakarna.

Intressant, Petter Björk, måste vara delägaren till TaxOpt. Kunde det finnas en till Petter Björk i Göteborg, kanske men inte troligt. Hon kände genast igen namnet och insåg också att hon förstått varför hon känt igen namnet Martin Petersson vid den förra incidenten, det måste vara den programmerare som Bror pratat om. Spännande. Hon kunde inte låta bli att undra om den tredje personen kunde vara deras Erik, Bror hade nämnt sina misstankar om att han hade spelproblem. Hon visste faktiskt inte vad han hette i efternamn. Han hade alltid bara varit Erik i deras kamratgäng, men Erik var ett vanligt namn så att det skulle vara deras Erik verkade osannolikt.

"Är det upprättat någon anmälan?" undrade Eva.

"Nej, den nedslagne ville inte det och Casinot nöjde sig med att på skarpen meddela att om något likande hände igen skulle de bli portade för gott. Vet inte om de kan göra så men beskedet verkade ha haft önskad effekt. Den här Petter och Martin lämnade casinot direkt."

"Men om det inte upprättades någon anmälan hur kom det in till er?"

"Jo, ursäkta det glömde jag, vakten som ingrep lämnade in en anmälan om rasistiska tillmälen. Från den där Martin som du hade i ditt förra ärende. Vi ska ta in honom på förhör."

"Jag är gärna med på det förhöret om jag får" sa Eva och gick tillbaka till sitt kontor.

Hon messade till Bror och undrade om han visste vad Erik hette i efternamn. Han svarade att han skulle kolla med Myran och höra av sig. Intressant att ingen visste vad han hade för efternamn, i kamratkretsen var Erik fullt tillräckligt, det hade aldrig funnits ett behov av att veta det.

Jörgen var inte tillgänglig så hon passade på att ringa upp sina kollegor uppe i Stockholm för att höra hur deras efterforskningar gått vidare.

Datateamet hade precis lyckats dekryptera filerna på hennes hårddisk. Problemet nu var att som man tidigare informerat var alla filer namngivna med sifferkombinationer och man hade inte hittat något dokument som kunde relatera dessa till en specifik kund.

"Finns det ingen möjlighet att söka igenom filerna efter speciella namn eller ord?" undrade Eva.

"Det tror jag ska gå men du får hjälpa oss att tala om vad vi ska söka efter i så fall. Kan du återkomma med det så ska jag se till att det blir gjort. Vi har fler nyheter, vill du höra?"

"Självklart, jag fixar en lista med sökord, berätta nu vad mer ni hittat?"

Man hade studerat ett stort antal kameror kring perrongen och lyckats får fram en bild på vad man trodde var personen som knuffat Larisa och tagit hennes väska. Tyvärr så hade de inte fått någon tydlig bild på personens ansikte. Kläderna var ganska ordinära och bildkvalitén hade varit dålig.

En nitisk utredare hade vandrat runt i ett antal butiker som låg inom området som personen troligtvis sprungit bort genom, och bett om att få titta på deras lagrade videoinnehåll. Många butiksägare hade varit väldigt tveksamma, troligtvis för att de hade monterat kameror som de inte hade tillstånd till eller som visade området utanför butiken på ett sätt som inte var ok. Men efter att ha försäkrats att han inte skulle anmäla någon för ej tillåtna kameror eller felaktiga placeringar hade han fått gå igenom de lagrade bilder. Arbetet hade varit tröstlöst. Många kameror var korrekt installerade och visade bara insidan av butiken i enlighet med regelverket. Många av de som visade lite utanför butiken hade haft alldeles för dålig bildkvalitet. Till slut hade han tagit fram fjorton bilder, de flesta av dålig kvalitet, som alla skulle kunna vara personen i fråga. Skulle man nu kunna använda bilderna så behövde de hjälp från Eva och hennes kollegor. Om det var som Eva misstänkte att detta hängde ihop med TaxOpt så skulle man kanske känna igenom någon från bilderna

Eva skulle få bilderna och lovade prioritera en genomgång av dessa så fort som möjligt samt dessutom återkomma med en lista på sökord som man kunde använda för att leta igenom Larisas digra arkiv.

Det plingade till i Evas telefon *Erik Kalander följt av en smiley* stod det. Det var som f-n tänkte hon, spännande hur allt vävs ihop. Nu måste hon prata med Erik också.

I samma veva kom mejlet med bilderna från Stockholm. Hon printade ut dessa och tog med sig dessa tillsammans med Jörgen in till ett konferensrum.

Lite besviken var hon allt, det hade låtit så hoppfullt när kollegan i Stockholm berättat om sina fynd. När hon nu hade bilderna framför sig så insåg hon att det inte skulle bli lätt att identifiera någon med hjälp av dessa. Enligt vittnesuppgifter hade personen haft en keps på sig och det hade personen på bilderna också. Det hade varit ett av urvalskriterierna. Hade han slängt bort kepsen så var de på helt fel spår. Många var ganska suddiga och ansiktet var inte fullt synbart på alla. Verkligheten stämde inte alls överens med de bilder som visades på amerikanska deckarserier där de kunde förstora och få fram fantastiskt bra bilder från alla möjliga kameror.

Eva och Jörgen tittade igenom bilderna men förstod bägge att det var svårt. Jörgen pekade ut tre bilder som kanske kunde vara Martin men han var inte säker. De andra var helt obekanta. Eva hade inte träffat Martin personligen och av det hon sett från videon på Casinot så kunde hon inte avgöra om det kunde vara han eller inte.

"Tror du att Martin skulle kunna vara inblandad? Han jobbar ju på TaxOpt men känns det inte lite osannolikt. Är det inte bara för att vi har honom aktuell från incidenten på Casinot som vi tänker så? undrade Jörgen.

"Något skumt pågår ju på TaxOpt och Martin är ju ansvarig för bolaget i Riga, så vem vet? Jag föreslår att vi visar bilderna för Bror och vakten på casinot och ser om de känner igenom någon?"

"Bra idé, vi gör så, men de duger definitivt inte som bevis, eller hur?"

"Nej tyvärr."

32

Fredbergsgatan
Tisdag

Bror och Eva hade haft en lugn hemmakväll på måndagen vilket de bägge behövde efter helgen nere i Malmö. De hade slötittat på tv och inte gjort något speciellt. Trots att de egentligen haft mycket att berätta hade orken att fortsätta med jobbet hemma inte infunnit sig. De beslöt att skjuta upp det till en annan dag. Eva ville kontrollera bilderna mot casinot innan hon blandade in Bror, kändes bra om de kunde skilja på det privata och jobbet. Arbetet inkräktade på det privata lite väl mycket just nu.

Eva berättade att hon skulle stiga av vid casinot för ett samtal men berättade inte att det hängde ihop med Petter, Martin och Erik. Det fick hon ta vid ett senare tillfälle.

Bror undrade lite försynt men hon sa bara att det gällde ett bråk mellan kunder och med inblandning av personal och med det lät han säg nöjas. Lite dåligt samvete hade hon att hon inte delade med sig men nu var det som det var.

Inne på casinot fick hon träffa säkerhetschefen och den vakt som varit inblandad i bråket. De var bägge lite förvånade över att det nu kom ytterligare en polis men hon berättade att det här gällde ett helt annat ärende som eventuellt hade en koppling till personerna som varit inblandade i bråket. De lät säg nöjas med det.

De satte sig ner i ett konferensrum och Eva la upp alla bilder hon fått från Stockholm och bad de bägge studera dessa noga för att se om man kände igen någon på bilderna.

Det var uppenbart att de hade svårt för att identifiera någon från bilderna, som många var både av dålig kvalitet och ofta visade bara en del av ansiktet. Bägge skakade på huvudet, varpå Eva bad de bägge att titta en gång till och även om de bara anade en likhet med någon berätta det. Hon la till att det inte skulle användas som någon form av bevis så det fanns ingen risk att de skulle peka ut någon felaktigt utan det var bara för information. Efter att ha upprepat sin försäkran tittade de bägge en gång till varpå vakten pekade ut en av bilderna och sa att det kanske kunde vara Martin som varit inbladad i bråket. Säkerhetschefen var mer osäker men sa att det kanske det kunde vara, men bara kanske.

Egentligen en minst lika osäker identifiering som Eva och Jörgen gjort. Hon var tvungen att kolla bilderna mot Bror också. Det fick bli senare under eftermiddagen, eventuellt ikväll.

Bror hade arbetat intensivt med att färdigställa sin rapport om underleverantörer. Rapporten skulle med all tydlighet identifiera att många av leverantörerna hade en koppling till BertInvest. Kopplingen till Petter gick dock inte bevisa, där fanns bara Myrans killes ord på att Bertil och Petters pappa var goda vänner och det hörde inte hemma i en rapport. Med tanke på Fridas utbrott under fredagen så skulle den här rapporten komma att lägga vatten på hennes kvarn, eller vad det nu hette. Han kände sig inte helt bekväm med att presentera den, framförallt för Petter.

Men han var inte riktigt klar än utan behövde komplettera med lite uppgifter från ekonomiavdelningen. Emilia Chang hade slutat fick han reda på och blev hänvisad in till Åke som var bokföringschef. De hade inte haft så mycket med varandra att göra tidigare men han hade gett ett öppet och trevligt intryck de få gånger Bror kommit i kontakt med honom. Han knackade på invid hans skrivbord i kontorslandskapet och satte sig på besöksstolen.

"Hej, jag letade egentligen efter Emilia men hon har tydligen slutat, stämmer det?"

"Hon hade fått ett nytt jobb och vi kom överens om att avsluta omgående. Hon har inte trivts speciellt bra den sista tiden och även om hon var duktig så har hon dragit ner stämningen en aning. Ett bra beslut trots att det innebär betydligt mer arbete för mig, för det tar tid att få in en ersättare. Eventuellt kommer vi att ta in en ekonomikonsult så länge. Vad kan jag hjälpa dig med?"

Bror redovisade vilka företag han var intresserad av och Åke svarande att han skulle få kopior på deras fakturor under det sista halvåret direkt efter lunch. Han tackade för hjälpen samtidigt som telefonen ringde.

"Hej jag skulle vilja träffa dig över lunch, går det bra älskling?" frågade Eva.

"Javisst" svarade Bror överraskat. Måste ha något med arbetet att göra tänkte han, de åt inte lunch tillsammans speciellt ofta, nästan aldrig faktiskt.

Precis när han skulle gå kom Petter fram.

"Jag skulle vilja diskutera den här leverantörsrapporten med dig. Ska vi äta lunch tillsammans och titta på den direkt efteråt?" undrade han.

"Jag har tyvärr ett lunchmöte men vi kan ses efter lunch om det passar dig. Kan vi ta det vid halv två om jag blir lite sen från lunchen?"

"Utmärkt, då ses vi vid halv två."

Att Petter skulle blanda sig i rapporten innan den var klar var inte alls bra, tänkte Bror. Men han kunde inte neka, det hade varit mycket märkligt.

Han träffade Eva på Espresso House vid centralen. De beställde en kaffe och en baguette var och åt under tystnad. Sedan räckte hon honom bildpacken och bad honom gå igenom den och se om han kände igen någon.

"Vad gäller det, kan du berätta?" undrade han.

"Bättre att du inte vet, gå bara igenom bilderna och berätta om du känner igen någon."

Han bläddrade igenom ett varv och skakade på huvudet, precis som killen på casinot. Eva bad honom gå igenom en gång till och då pekade han ut samma bild som killen på casinot.

"Det här skulle kunna vara Martin, men jag är långt ifrån säker."

"Okej, tack ska du ha" sa Eva och packade ihop för att gå.

"Berätta vad gäller det?" sa Bror och tog fast hennes arm.

"Det vet du nog om du tänker efter, jag säger inget mer" sa Eva skakade på huvudet och gick.

Bror ville inte riktigt inse vad det var, men det kunde hänga ihop med Larisa som knuffats framför tunnelbanan. Visserligen gillande han inte Martin men att han skulle kunna knuffa en kvinna framför ett tunnelbanetåg och ta hennes väska kändes alltför hemskt för att han ens skulle formulera tanken. Men något annat kunde det inte vara.

Tillbaka på kontoret fick han fakturorna från Åke och satte sig ner för att skriva klart rapporten. BertInvest och dess associerade företag framstod än mer som en oseriös leverantörsgrupp när han granskat och sammanställt rapporten. I hans ögon var det uppenbart att många av de här företagen saltat fakturor med uppdrag de aldrig utfört eller utfört i betydligt mindre omfattning än vad fakturabeloppet indikerade. Men att peka på något direkt olagligt gick inte. Det var inte utan att han kände sig lite orolig för mötet med Petter. Han sparade undan en kopia av rapporten om han skulle tvingas skönmåla den efter mötet med Petter, Sedan tog han två djupa andetag och gick bort till Petters kontor, knackade på och gick in.

Petter satt och läste i ett dokument som han hastigt la undan när Bror kom in. Det verkade som om han blev påkommen med något otillåtet, vilket var märkligt. Undrar vad som står i det dokumentet tänkte Bror.

"Kan du inte vänta på att jag svarar innan du stövlar in. Har du ingen hyfs" nästan skrek Petter åt honom. Samtidigt åkte dokumentet ner i hans skrivbordslåda.

"Ursäkta mig, du ville gå igenom rapportutkastet om leverantörerna."

Som väntat var Petter inte helt nöjd med hur BertInvest presenterades i rapporten men han insåg samtidigt att han inte kunde ignorera fakta som fanns i den.

"Jag håller med om att det ser lite illa ut kring en del av företagen i BertInvest-sfären men du måste förstå att det är en viktig investerare som vi inte skulle klara oss utan. Jag skulle vilja att du mildrar dina utlåtanden om BertInvest en aning så lovar jag att rätta upp det här på sikt."

"Vill du jag ska ta bort fakta från rapporten" undrade Bror med ett röstläge som tydligt avslöjade vad han tyckte om att göra så. Han hade alltid haft svårt att maskera sina innersta känslor.

"Nej det tycker jag inte men jag vill att du formulerar om sammanfattningen så att vi inte förlorar företagsgruppen som investerare. Det är en order."

33

Fredbergsgatan
Tisdag kväll

Bror och Eva kom hem nästan samtidigt. Eva hade handlat lite middagsmat och de hjälptes åt att laga till den under tystnad. En diskussion om dagens lunchmöte fick de ta i lugn och ro när de satt sig ner.

Efter middagen kom så dagens lunchmöte på tal. Precis som Bror misstänkt gällde detta bilder som hänge ihop med Larisas död uppe i Stockholm. Eva berättade om bråket på casinot där Martin och Petter varit inblandade samt även deras Erik, hur märkligt det än lät.

"Då kanske våra misstankar om att Erik hängt på casinot stämmer? Har du pratat med honom?"

"Nej han ska komma in till polishuset imorgon så får vi höra. Känns lite märkligt att förhöra en kompis, men han är inte misstänkt för något. Vi visade samma bilder som du såg för casinopersonalen också och de pekade ut samma bild på Martin men var lika osäkra som du var idag."

"Undrar vad Petter och Martin bråkade om?" frågade Bror och skakade på huvudet.

Bror berättade om att han slutfört sin rapport över underleverantörer samt att Petter krävt en genomgång under eftermiddagen. Rapporten pekade tydligt ut företagen inom BertInvest-sfären som oseriösa även om inga direkta felaktigheter hade identifierats. Han berättade att han skulle vara tvungen att formulera om sammanfattningen så att BertInvest inte pekades ut lika tydligt som han tänkt. Han skulle presentera rapporten för Frida på fredagen så fick han se om hon hade samma åsikter.

Eva berättade att dataenheten uppe i Stockholm lyckats dekryptera Larisas filer men att hon haft en egen namnsättning av dokumenten med siffror som gjorde att de inte kunde härleda vilka dokument som hängde ihop med TaxOpt.

"Javisst det har jag glömt bort. Vi ska ta fram en lista på sökord som de kan använda för att söka igenom filerna för att förhoppningsvis kunna identifiera de dokument som hänger ihop med TaxOpt. Kan du hjälpa mig med det?"

De satte sig ner tillsammans och tog fram ett tjugotal olika sökord som skulle vara unika för TaxOpt och som borde finnas med om hon arbetat med en leverantörsutvärdering.

Eva tog med sig listan in till sin privata dator och mejlade över sökorden till dataenheten uppe i Stockholm.

"Tror du att allt detta kan hänga ihop med dokumentet som togs bort från Nasers skrivbord? Kan det vara det dokumentet som Martin var ute efter om det nu var han som snodde åt sig hennes väska?" undrade Eva.

"Kanske, men vad skulle kunna stå i ett sådant dokument som skulle kunna motivera både Nasers självmord och att knuffa ner Larisa framför tunnelbanan. Det låter helt befängt."

"Jo men säg att det innehöll känslig information, då skulle ju detta kunna hänga ihop."

"Förresten nu kom jag ihåg, när jag gick in till Petter idag så satt han och läste ett dokument och blev uppenbart störd över att jag kom in på hans kontor utan att knacka. När jag kom fram så gömde han undan dokumentet i skrivbordslådan som om det var viktigt, så jag inte skulle se vad det var. Det kan ha varit vilket dokument som helst, men han agerade lite skumt."

"Det hade inte ett avrivet hörn och var blodigt?" sa Eva och knuffade till honom vänligt i sidan.

"Nej det skulle jag ha inte ha missat" sa han och skrattade.

Brors telefon ringde och han såg att det var syrran som hörde av sig. Hon var med sin pojkvän i faggorna och undrade om de skulle ses över en öl nere vid Järntorget. Han stämde av med Eva som nickade bifallande och de kom överens om att ses vid Brewers Beer Bar på tredje Långgatan om en halvtimme. De hann med att snabbt byta om för att sedan ta en promenad på tjugo minuter Fjällgatan österut till Masthugget.

"Hon lät både angelägen och lite besvärad när hon ringde. Undrar varför?"

"Analysera inte så mycket. Syrran hörde av sig och vill träffas. Slappna av och ha trevligt nu."

De vandrade Fjällgatan bort till Oscar Fredriks kyrka där de gick snett ner över kyrkoområdet till tredje Långgatan och vidare till puben.

Myran och Mikael var redan där och hade tagit ett bord inne i lokalen. Myran resten sig upp och kramade om Bror och Eva medan Mikael verkade lite butter och hälsade mer avmätt. Det var uppenbart att han inte var på något bra humör.

"Vilket trevligt initiativ. Vi är alldeles för dåliga på den här typen av spontanträffar" sa Eva när de satte sig ner.

"Det tycker jag med. Jag hörde att ni varit nere i Malmö. Hur är det med Malin och Katrin?"

Eva berättade om resan och besöket hemma hos Katrin. Hon berättade att Katrin skulle flytta hem till Göteborg nu när hon gjort klart sitt uppdrag.

"Har du träffat Katrin något, hon arbetade en aning med BertInvest också?" undrade Bror och försökte få med Mikael i samtalet.

"Bara som hastigast, jag har inte varit inblandad i de delar av verksamheten som hon arbetat med. Hur gå det för dig på TaxOpt, hörde att du råkat ut för en olycka i Riga."

Bror berättade kort om turbulensen kring företaget och de artiklar som redovisats i pressen samt lite kort om sin resa till Riga.

"Blåmärket verkar ha gått tillbaka nästan helt och hållet. Var det otäckt?" frågade Myran.

"Lite otäckt var det allt men i stort så var Riga både mysigt och trevligt. Definitivt en stad att åka tillbaka till. Finns direktflyg från Göteborg så en långhelg i Riga skulle jag definitivt rekommendera."

Samtalet gick över till Jovana och Olles bebis och Eva berättade om hennes föräldrars planer på att flytta ner till Göteborg. Samtalet flöt över till hus och lägenhetspriser och man var alla överens om att prisnivån i storstäderna var väldigt höga. Svårt för ungdomar att ta sig in på bostadsmarknaden och även svårt för lantisar att flytta in till storstäderna, precis som i Evas föräldrars fall.

Bror noterade att Mikael fortsatt var, om inte frånvarande, så väldigt oengagerad och lite surmulen.

"Hur funderar ni, ni bor var för sig i Malmö och Göteborg. Har ni planer på att flytta ihop, och var i så fall?" frågade Bror och vände sig på nytt mot Mikael för att få in honom i diskussionen. Han la samtidigt märke till en bekymrad min i syrrans ansikte. Han hade kanske tagit upp ett känsligt ämne.

"Jag har en bra lägenhet och ett bra jobb i Malmö så jag förutsätter att vi flyttar till Malmö när Myrans utbildning är klar, eller hur älskling?"

"Kanske det, vi har inte diskuterat det så mycket" sa Myran avvärjande varpå Mikaels surmulna ansikte om möjligt blev ännu mörkare.

Eva räddade situationen genom att berätta om en ny utställning som var på gång på Göteborgs Konsthall som hon gärna ville att de skulle se tillsammans i kompisgänget. Återigen flöt samtalet vidare utan att Mikael var speciellt engagerad. Bror undrade stilla hur bra förhållande var, han kände i luften att där fanns slitningar. Även om han fortfarande var speciellt förtjust i Mikael så ville han att Myran skulle vara lycklig och nöjd, så misstanken om att förhållandet inte var bra gjorde honom bekymrad.

"Jag har hört att du bedriver någon form av häxjakt på BertInvest?" bröt så helt plötsligt Mikael in med irriterad stämma.

"Jag förstår inte vad du menar? Kan du förklara lite mer?"

"Enligt vad jag har förstått så har du skrivit en rapport som pekar ut BertInvest som ett skumraskföretag, stämmer inte det? Det är skönt att vara konsult eller hur. Då behöver du inte ta ansvar för en affärsverksamhet utan du får betalt för varje timme du lägger ner trots att du saboterar verksamheten." sa Mikael samtidigt som han reste och ställde sig aggressivt lutande över Bror.

"Nu får du lugna ner dig. Jag har skrivit en rapport om alla underleverantörer till TaxOpt och där finns många företag i BertInvest-gruppen med. Det är en heltäckande rapport om alla underleverantörer, så häxjakt på BertInvest stämmer inte."

"Jag tycker du ska sluta jaga min pappas företag. Med all säkerhet läcker du väl information till polisen också. Det kan stå dig dyrt, det lovar jag. Nu går vi härifrån" sa han så och tog med sig Myran i ett fast grepp. Myran gav sin bror ett olyckligt ögonkast och skakade försiktigt på huvudet.

34

TaxOpt
Onsdag

Tisdag kväll hade slutat lite abrupt. Mikaels utbrott hade varit som en vulkan som länge byggt upp trycket och sedan exploderat. Bror hade sökt sin syster flera gånger men inte fått något svar. Han hade dessutom skickat ett mess och bett henne höra av sig. Mer än så kunde han inte göra i dagsläget. Oron för sin lillasyster gnagde inom honom. Skulle jobbet och hennes relation till Mikael slå in en kil mellan syskonen, det var otäckt att bara tänka tanken. Han måste få kontakt med henne så snart som möjligt.

Tankarna på syrran malde inom honom så han hörde inte när Frida ropade till honom i fikarummet.

"Ursäkta jag hade tankarna på annat."

"Hur har det gått med rapporten, kan vi ha ett möte om den på fredag?"

"Javisst, den är klar, det går bra" svarade han. Han undrade om Petter berättat att han haft en egen genomgång med Bror häromdagen. Troligen inte, han stod fortfarande i valet och kvalet om han skulle visa sin originalrapport eller den omarbetade med en snällare summering avseende BertInvest-företagen för Frida. Han behövde inte ta ställning till det i nuläget, han kunde ha med bägge och ta ställning när han kom till mötet. Han visste inte heller om det skulle bli ett enskilt möte eller om Petter skulle vara med. Återigen så var taktiken att ha med bägge helt rätt även i det läget.

Han hade fått tag i ytterligare några fakturor från Åke som han måste uppdatera rapporten med och finslipa på den lite snällare summeringen. Det fick bli dagens huvuduppgift. Han skulle även försöka få tag i Martin och diskutera igenom upplägget med företaget i Riga, också en uppgift som han gärna ville ta med.

Martin hade meddelat att han skulle komma in först efter lunch så han fick arbeta vidare på rapporten utan de slutgiltiga uppgifterna avseende Riga-företaget. Han skulle försöka boka in honom så snart som möjligt när han dök upp.

När han kom ut till fikarummet på förmiddagen stod de flesta och läste Kvällspressen, uppenbart hade det kommit någon ny artikel som berörde TaxOpt.

"Titta här, nu kommer nästa spik i kistan" sa en uppgiven medarbetare och räckte över tidningen till Bror.

TAXOPT – INVESTERARE MUTADE POLITIKER

Ju mer vi gräver i TaxOpt desto mer upptäcker vi. En av de stora investerarna i TaxOpt, investmentbolaget BertInvest med säte i Malmö, har visat sig lämna stora summor privat till Henrik Eng, en av de ledande politikerna med stark påverkan mot Näringsdepartementet. Han drev på den liberalisering som möjliggjorde för privata företag att enklare erbjuda finansiella tjänster relaterade till så kallad "skatteplanering". Vilket är den verksamhet som TaxOpt ägnar sig åt även om företaget gärna vill framstå som en hjälpare till den vanliga medborgaren att minska sitt skattetryck. Ska vi prata klartext så är det just skatteplanering som företaget ägnar sig åt. Den skatteplanering som de själva hänvisar till har använts av de rika, har också visat sig vara lagliga transaktioner även om de vid granskning visat sig tvivelaktiga. Det är få rättsfall där personer blivit

*dömda för skatteplanering även om ett antal sådana
drivits av staten.
Vi har dessutom från säkra källor fått reda på att
BertInvest utreds av EKO-brottsmyndigheten.
Återigen frågar vi oss. Är TaxOpt ett företag som
hjälper den vanliga medborgaren eller är det ett företag
som alla andra som bara vill tjäna så mycket pengar
som möjligt. Att tjäna så mycket pengar som möjligt vill
väl alla företag men det är bara ett fåtal som kan tänka
sig använda vilka metoder som helst för att nå sitt mål.
Enligt uppgift kommer Henrik Eng att utredas för
mutbrott och TaxOpt för bestickning.
Håller korthuset på att rämna? Vi fortsätter vår
detaljerade granskning.*

Christer Hempe – Kvällspressen

En till spik i kistan hade kollegan sagt. Ja kanske, det här var
inte bra. Den lilla positiva artikel som Jamad skrivit räckte inte
långt alls. Dessutom, vem vill läsa positiva nyheter, det var
snaskiga nyheter som denna som nådde ut till de breda massorna.
Kvällspressen hade försökt smula sönder TaxOpts budskap om
att inte ägna sig åt skatteplanering utan bara hjälpa de vanliga
medborgarna. Tyvärr riktigt bra, det här skulle inte bli lätt att
resa sig ifrån.

Martin dök inte upp utan hade meddelat att han skulle komma
in på torsdag istället. I samma veva ringde Myran och ville
träffas för lunch.

"Kommer du att vara här imorgon?" undrade Petter när han
var på väg till mötet med syrran.

"Javisst hur så?"

"Vi måste ha ett krismöte, både avseende artikeln, samt ett
antal finansiella uppgifter. Frida vill att du är med."

"Javisst jag är inne strax efter åtta imorgon, tar ledigt i
eftermiddag, har ett antal privata ärenden som jag måste hantera,

185

är det ok?"

"Javisst kom in imorgon bara, det är viktigt"

Bror skulle träffa sin syster på Pizza Hut vid hörnet av Västra Hamngatan och Kungsgatan. Myran hade alltid varit väldigt förtjust i de tjocka amerikanska pizzorna. De var inte nödvändigtvis Brors favorit men de brukade ha en bra salladsbuffé så kombinationen var inte alls dålig. Bror var lite nervös inför mötet. Det var uppenbart att Mikael varit väldigt irriterad på honom så vad kunde han vänta sig. En utskällning eller skulle hon bryta med sin bror. Han var utan tvekan orolig. Hans syster var det käresta han hade tillsammans med sina föräldrar och Eva förstås.

De kom nästan samtidigt till restaurangen. Myran var rödgråten i ansiktet och såg inte alls glad ut men hon tog emot hans stora kram utan att säga ett ord. Bror betalade och de tog för sig av buffén som bestod av både pizza och sallad, till Brors förtjusning. Han tog bara två pizzabitar och en stor portion sallad medan Myran tog hela fem pizzabitar av olika smak. Aptiten hade hon kvar trots att hon var ledsen.

"Jag har gjort slut med Mikael" sa hon och begravde ansiktet i sina händer.

"Är det mitt fel?" undrade Bror och klappade henne försiktigt på kinden.

"Nej men det har inte hjälpt till att du och Eva granskat hans pappas företag. Men det är inte orsaken, jag passar inte riktigt in i hans finansvärld och så hörde du att han förutsätter att jag flyttar ner till Malmö. Det fungerar inte. Det är svårt både för att jag tycker om honom men också för att jag är rädd för att bli ensam" sa hon och mötte hans blick.

"Ensam kommer du aldrig att bli, du har alltid mig och Eva och resten av gänget. Du kan komma hem till oss hur ofta du vill, det vet du."

"Jag vet men det är jobbigt ändå. Jag vill att du ska veta att du inte har någon skuld i detta. Hans utbrott mot dig och Eva igår är faktiskt oförlåtligt i sig. Vi hade ett långt snack igår när vi kom hem och vi har faktiskt skilts som vänner, som man säger. Han inser också att vi inte riktigt passar ihop. Malmö skulle jag dessutom aldrig flytta till" sa hon och skrattade till.

"Vill du komma hem till oss ikväll?"

"Nej jag ska ta det lugnt men vi ses på fredag. Jag vill inte att du berättar för gänget att vi gjort slut. Det vill jag ta vid ett senare tillfälle."

"Inga problem, kan jag berätta för Eva?"

"Det går bra men inga fler är du snäll."

35

Fredbergsgatan
Torsdag

Bror hade berättat för Eva om den senaste artikeln och att Myran gjort slut med Mikael när han kom hem på onsdag kväll. Eva i sin tur hade berättat att hon bokat in ett samtal med Erik kring bråket på casinot nu på torsdag morgon och att det var bokat ett förhör med Martin, angående de rasistiska uttalanden han gjort mot vakten på casinot, på måndag.

Hon berättade att de inte kunde gå vidare med fotografierna som kanske var Martin, identifieringen var osäker och bildkvalitén alldeles för dålig. Hon ville gärna bilda sig en uppfattning om honom genom att var med på kollegans förhör avseende hans uttalanden.

När de åkte i bussen tillsammans till jobbet hade Bror återigen talat om för Eva att Myran inte ville att det skulle komma ut att hon gjort slut.

"Jag lovar, i ärlighetens namn så tycker jag att det är bra. Jag gillade aldrig Mikael, jag tror hon kan träffa någon mycket bättre. Kanske Erik igen, vad tror du?"

"Inte mig emot, du kan väl luska lite försiktigt när du träffar honom idag?" sa han upp gav henne en avskedspuss när han steg av vid Brunnsparken.

När Eva kom in i receptionen vid Fontells plats så stod redan Erik och väntade. Lite konstigt kändes det att möta honom nere i receptionen. De hade känt varandra som kompisar och nu var han här som del av en utredning som hon hanterade. Egentligen kanske hon inte skulle ta samtalet alls men han var inte misstänkt för något utan var bara här upplysningsvis som man sa inom polisen.

De tvekade en stund framför varandra men sedan blev det en stor och varm kram. Eva hade saknat Erik och han henne det var uppenbart. De gick förbi kaffemaskinen, hämtade varsin stor kopp och vidare in till ett litet rum som Eva bokat.

"Hej hur har du det? Jag har inte träffat dig på länge, har bara fått återberättat om dina möten med Bror?"

"Det börjar bli bättre. Som jag sagt till Bror behövde jag komma tillrätta med några problem jag har, men det är på god väg nu."

"Är jag oförskämd om jag gissar på spelproblem baserat på händelsen vi ska prata om?"

"Ja, du har rätt, det går inte riktigt förneka det längre. Men jag skäms så, jag ville inte att ni skulle få reda på hur jag ställt till det. Framförallt ville jag inte att Myran skulle få veta."

"Uppriktigt sagt så förstår jag inte det, varför kan du inte bara vara rak och ärlig med dina problem. Nu förstörde du relationen till Myran genom att inte berätta, var det värt det?"

"Uppriktigt sagt, troligen inte. Men jag var så stolt, eller dum, jag vet inte vad."

"Jag tycker du ska boka ett möte med Myran och berätta, det är du skyldig henne, oavsett om er relation går att rädda eller inte."

"Tror du det går, tror du att jag kan få henne tillbaka?" frågade han med en förväntansfull röst.

"Kanske, hon har gjort slut med den där Mikael som hon polat med så vem vet. Du måste ringa upp och berätta utan skönskrivningar. Det är en förutsättning. Ska vi prata om varför du är här nu?"

Erik berättade att han träffat Martin och Petter många gånger på casinot. De var ofta där i sällskap men han hade även sett Martin där ensam. Han visste inte, men han misstänkte att de om möjligt hade ännu större spelproblem än han själv.

"Varför tror du det?"

"Jag överhörde några samtal mellan de bägge och de fällde kommentarer som *börjar jag inte vinna snart så går allt åt hvete* och liknande."

"Kom kommentarerna från bägge två eller bara från en av dem?"

"Oftast från Martin men om jag inte minns fel även från Petter. Uppenbart hade de någon business ihop som påverkades av deras spelande eller som var beroende av deras spelande, jag vet inte vad. Hur så, skulle vi inte diskutera de där rasistiska uttalandena han gjorde?"

"Ja, men de där bägge är intressanta i några andra utredningar som jag arbetar med också så därför är jag nyfiken. Om vi ska gå tillbaka till det aktuella ärendet, kan du berätta vad han sa och i vilken situation han sa vad han nu sa."

Erik berättade i detalj om bråket på casinot och hur vakten hjälpt honom att skilja bråkstakarna åt och vad Martin då vräkt ur sig. Eva antecknade och bad sedan Erik läsa igenom och signera.

"Hörde du vad Martin och Petter bråkade om?"

"Nej, inte alls, när jag grep in var det mest okvädningsord och inget konkret."

"Jag har en grej till. Kan du titta på de här bilderna och se om du känner igen någon?" sa hon och la ut bilderna från Stockholm på bordet.

"Nej det tror jag inte. Den där påminner om Martin men det är svårt att säga om det är han eller inte."

"Tusen tack Erik, hoppas vi ses snart, privat."

När Bror kom till kontoret så blev han omgående inmotad i det krismöte som Petter aviserat om dagen innan. Med på mötet var förutom Petter och Frida bara Åke från ekonomisidan.

"Vi får nog ta och anställa dig Bror, du är med på alla viktiga möten i företaget." sa Frida och bjöd honom att sätta sig ner med ett stort leende. Petter var inte lika förtjust såg han tydligt.

Petter gick igenom vad som hänt. Abonnemangstillväxten hade nästan helt stannat av och man hade en oroande stor andel som sa upp sina abonnemang framförallt i Sverige. Två av de större investerarna hade meddelat att de inte var beredda att skjuta till mer kapital. Ytterligare en hade meddelat att de tänkte sälja sina andelar och ville se en plan för hur TaxOpt snabbt skulle kunna börja redovisa vinst. Dessutom meddelande Åke att företaget hade ett akut likviditetsproblem och inte kunde betala vissa leverantörsfakturor.

"Så vi behöver arbeta fram en plan för hur vi ska ta oss ur det här bottenläget. Jag har förutsatt att vi kommer att behöva hela dagen och har beställt in sallader till lunch så att vi inte tappar tid i onödan" sa Frida och lämnade ordet fritt. Lite konstigt tyckte Bror, vad förväntade hon sig? Skulle han eller Åke ta tag i detta, det måste ändå vara Frida och Petter som fick hålla i taktpinnen för den här övningen.

"Ja om ingen annan tar tag i mötet så ska jag försöka hålla i det" sa Petter efter en pinsam tystnad runt bordet.

Efter intensiva diskussioner identifierades fyra områden som de behövde arbeta vidare med. Nämligen abonnemang, personalkostnader, kapitaltillskott och leverantörskostnader.

"Är du klar med rapporten om leverantörskostnaderna?" frågande Frida och vände sig till Bror.

"Ja den är klar, vi hade bokat in ett möte om den imorgon. Jag behöver några timmar idag för att sammanställa en bra presentation för rapporten."

"Bra då tar vi den punkten imorgon. Då fokuserar vi på de andra idag."

De arbetade igenom de andra punkterna systematiskt. En bra och konstruktiv diskussion tyckte Bror. Ett möte där Frida och Petter verkligen samarbetade. Han insåg att det måste varit det här samarbetsklimatet som tidigare skapat bolagets framgång.

Petter skulle ta en förnyad diskussion med investerarna för hur man än vred och vände på alla fakta behövdes ett kapitaltillskott om inte allt skulle gå rakt ner i graven. De gick igenom personalen och skulle utan tvekan bli tvungna att dra ner på antalet anställda. När det gällde de nya satsningarna utomlands som inte kommit igång än så lades dessa på is. Tyvärr skulle det innebära att den tänkta abonnemangstillväxten från dessa områden skulle utebli. Å andra sidan skulle man inte aktivera motsvarande kostnader. När det gällde fortsatt tillväxt så skulle de fokusera på de marknader där de redan lyckats ganska bra nämligen Sverige, Norge och England. Här gällde det att framförallt stoppa uppsägningar och behålla de kunder man redan hade. Det trodde de att man skulle kunna göra genom att erbjuda attraktiva förlängningar som inte skulle kosta så mycket. Mot investerarna var det viktigt att visa att abonnemangsstocken helst ökade men absolut undvika att den blev vikande. I så fall skulle det bli svårt att få in mer kapital.

"En liten fundering, om vi nu lägger satsningarna i Östeuropa på is behöver vi då lika stor utvecklingsbudget?" frågande Bror och han såg direkt att detta var en infekterad fråga. Petter mörknande i ansiktet.

"Det får bli en fråga för morgondagens möte tycker jag" sa Frida och avslutade dagens arbetsmöte.

36

TaxOpt
Fredag

Det kändes inte lika nattsvart när Bror kom till kontoret på fredag morgon. Både Frida och Petter satt tillsammans med de andra i fikarummet och pratade entusiastiskt om planerarna som de tagit fram under gårdagen. Ett litet spel för galleriet kanske, men nödvändigt, skulle personalen deppa ihop så skulle man aldrig kunna vända på skutan. Bror satte sig ner och tog del i diskussionerna. Många idéer kring hur det var möjligt att undvika att kunderna sa upp sina abonnemang presenterade, vissa kanske lite orealistiska men många var riktigt bra. Ett positivt och stimulerande diskussionsforum som Bror tidigare saknat på kontoret.

"Ska vi ta diskussionen om leverantörsrapporten nu eller senare?" sa Bror och samlade ihop sig för att gå till sitt skrivbord.

"Vi kan ta den om en timme, väntar ett viktigt samtal och sedan har jag ett möte med Martin, han hade lite bråttom, det var något annat möte han skulle iväg på vid tio" sa Frida och Petter och Bror nickade samstämmigt. Bror kunde se att Petter var mäkta förvånad över att Frida och Martin skulle ha ett enskilt möte. Martin hade alltid varit Petters angelägenhet och han hade uppenbart svårt att dölja sin frustration.

"Hur ser det ut med rapporten, har du gjort de korrigeringar som jag bad om?" frågade Petter lite tyst när de lämnade fikarummet.

"Ja, sammanfattningen är korrigerad men jag har inte tagit bort några fakta, precis som jag sa."

Bror gick tillbaka till sitt skrivbord för att gå igenom presentationen av rapporten en sista gång. Lite orolig kända han sig allt. Skulle det här innebära återgång till munhuggning mellan Petter och Frida eller skulle man fortsätta i den konstruktiva atmosfär som präglat gårdagens möte. Även utvecklingsbudgeten skulle tas upp vilket också skulle bli spännande.

När Bror närmade sig sammanträdesrummet där de skulle träffas mötte han Martin som precis lämnade Fridas kontor. Martin log självbelåtet och nickade arrogant mot Bror. Bror hade fortfarande inte hunnit prata med Martin om företaget i Lettland, viket han hoppats inkludera i rapporten, men det fick han lägga till senare.

"Du Martin, när har du tid att prata om företaget i Riga" ropade han efter honom när han försvann bort i korridoren.

"Jag är här på måndag, vi kan pröva då" sa han och log överlägset. Bror kunde inte låta bli att känna sig obehaglig till mods, som ofta när han hade med Martin att göra.

Åke och Petter satt redan i konferensrummet när Bror kom in. Frida syntes inte till.

"Hon skulle springa förbi damrummet bara" sa Åke och räckte Bror en mugg med kaffe.

När Frida kom in var det med en för henne ovanligt sur och butter uppsyn. Måste bero på hennes möte med Martin, skulle varit intressant att kunnat lyssna in på det mötet, tänkte Bror.

Han hade gjort en taktisk disposition av sin presentation. Att Petter inte var förtjust i allt för kraftig kritik mot BertInvest visste han redan och han misstänkte att utvecklingsbudgeten skulle bli en infekterad diskussion så han hade valt att ta upp bägge dessa punkter i slutet av dragningen.

Efter att ha gått igenom majoriteten av leverantörerna och fått accept på ett antal förslag på åtgärder så närmade han sig till slut BertInvest och utvecklingsbudgeten. Han hade fått beröm från både Åke och Petter för sina slutsatser men han konstaterade att Frida var i det närmast frånvarande under mötet. Visserligen hade hon hållit med om förslagen och även hon gett positivt omdömen, men något tyngde henne det var helt uppenbart. Precis när han kom fram till de sista två punkterna med BertInvest och utveckling bröt Frida av med.

"Är du inte klar snart, vi kan inte sitta här hela dagen?" snäste hon fram i kort och irriterad ton. Han såg att både Åke och Petter blev väldigt konfunderade av hennes utbrott.

"Ska vi ta en liten bensträckare innan sista delen?" undrade Petter varpå Frida nickade och snabbt lämnade rummet på väg mot damrummet.

"Vad är det med henne?" undrade Petter och vände sig mot Åke och Bror som bägge oförstående ryckte på axlarna.

De gick tillbaka till fikarummet och Petter berömde återigen delar av hans rapport och betonade att vissa av de åtgärder som Bror presenterat skulle vara viktiga argument när han skulle bearbeta investerarna för att vinna tillbaka deras förtroende. Han såg riktigt nöjd ut. Få se om det håller i sig efter de två sista punkterna.

När de kom tillbaka till konferensrummet var Frida fortfarande inte där utan dök upp efter ett antal minuter. Han kunde se att hon var rödgråten och hon såg om möjligt ännu mera sur och butter ut än tidigare. Om det berodde på att hon var ledsen eller riktigt arg på något gick inte att avgöra. Bror gissade på det senare.

Bror hade kvar två leverantörer som de inte diskuterat. Den ena var ett enskilt företag ReomiCord och det stora samtalsämnet var rapporten kring BertInvest-gruppen och utvecklingsbudgeten. Han hade avsiktligt inte presenterat något förlag till åtgärder utan lämna de ordet fritt. Bror presenterade de tre punkterna på en Powerpoint.

"Här krävs inga åtgärder tycker jag. Vi driver igenom de förslag du tog upp före pausen. De här punkterna lämnar vi som de är. Då bryter vi för idag" sa Frida och reste sig upp och lämnade rummet.

De tre killarna tittade oförstående på varandra och skakade lätt på huvudet.

"Jag vet inte vad som tog åt henne. Vi får återkomma vid ett senare tillfälle. Kan du mejla oss presentationen och rapporten" sa Petter och lämnade rummet även han.

Antiklimax var det minsta man kunde benämna avslutningen på mötet, tänkte Bror. Vad var det som orsakade Fridas humörsvängning, hade det med mötet med Martin att göra eller var det något annat. Hon hade tittat lite stressat på sin telefon under morgonfikat och nämnt att hon måste ta ett viktigt samtal. Bror gick tillbaka till sitt skrivbord. Mejlade över rapporten och presentation till de andra. Sedan skulle han förbereda lite underlag till Åke för att verkställa en del av åtgärderna som han fått ok på innan mötet avbröts. Tankarna gick hela tiden tillbaka till Frida och hennes agerande. Vad var det som hänt?

Vid lunch följde han med Åke och några av hans kollegor som skulle gå iväg till en lunchbuffé nere i centrum. Frida och Petter såg han inte till alls. På väg tillbaka träffade han en gammal studiekompis och stannade för att prata med henne varpå kollegorna gick vidare till kontoret.

När han skulle gå tillbaka såg han i ögonvrån Martin och Lennart vid en uteservering. Diskussionen var livlig, det verkade som om Lennart anklagade Martin för något. I samma veva kom även Petter fram till bordet. När Bror gick förbi serveringen hörde han.

"Förstör nu inte allt genom att vara för gniden ditt j-vla pucko" hörde han Lennart slänga ur sig mot Martin i uppenbar affekt. Mer än så kunde han inte uppfatta, han ville inte stanna upp och avslöja att han hört delar av deras samtal. Men att de tre hade någon form av fuffens ihop misstänkte han sedan tidigare. Vad visste han inte.

Eva hade berättat om hennes samtal med Erik och att han trodde att de alla tre, i någon form, hade spelproblem. Kunde det ha med det att göra. Katrin hade också berättat att Lennart varit på besök nere hos BertInvest samt att Petter, via sin pappa, var bekant med företagets ägare. Så det var inte heller uteslutet att

196

de var inblandade i någon form av skumt samarbete där också. Petter hade tydligt markerat att han inte ville att Bror skulle granska det bolaget alltför mycket i detalj. Men med Fridas utspel idag så skulle det väl inte bli någon granskning av det samarbetet. Om hon nu inte ändrade sig.

Ikväll skulle kompisgänget hem till Malin och Katrin, som nu kommit tillbaka från Malmö. Få se om han kunde få fram lite mer information från Katrin under kvällen, om han nu kunde göra det utan att förstöra en trevlig kväll.

Hemma berättade han för Eva om dagens möte och den animerade diskussionen som han noterat mellan de tre. Eva höll med om att där uppenbart fanns någon hund begraven. Hon såg fram emot förhöret som hon skulle vara med på med Martin på måndag.

"Men lova nu att inte prata för mycket jobb ikväll, även om du gärna vill pumpa Katrin på allt du kan få om BertInvest" sa hon och gav Bror en puss på kinden när de gick hemifrån mot middagen med kompisgänget.

197

37

Eriksberg
Fredag kväll

Det skulle bli jättetrevligt att träffa alla igen. Fjorton dagar sedan sist. Visserligen hade Bror och Eva träffat både Olle och Jovana, Malin och Katrin samt Myran och Mikael var för sig men hela gänget skulle vara på plats ikväll. Myran skulle dyka upp hade hon meddelat även om Mikael helt förklarligt inte skulle var med. De hade inte försonats igen och skulle heller aldrig göra det hade syrran förklarat med eftertryck. Om hon skulle berätta att de gjort slut eller inte, visste hon inte utan det fick ge sig under kvällen hade hon sagt. Nu var det bara Erik som saknades och innerst inne hoppades både Bror och Eva att de skulle kunna hitta tillbaka till varandra.

De mötte upp Myran vid Lilla bommen innan de steg på färjan över till Hisingen. Det riktigt strålade om henne. Hon var både vackrare och gladare än på länge. Verkar som om uppbrottet med Mikael gjort henne gott. Hoppades han i alla fall och att det inte bara var en påklistrad fasad.

Knytkalas skulle det bli och Bror och Eva ansvarade för tilltugg och drink, Malin och Katrin skulle stå för varmrätt och Jovana och Olle för efterrätt.

De hade tagit med sig färdigblandad Dry Martini samt tunnbrödsrullar med pepparrotsost och rök lax som tilltugg. Dessutom hade de köpt chips och ostbågar. Till Jovana hade Bror köpt färdigblandad alkoholfri Gin Tonic på systemet. Deras sortiment av alkoholfritt blev större för var dag och en kollega hade rekommenderat deras färdigblandade GT. Spännande att se hur den smakade, han hade köpt ett antal flaskor då han misstänkte att de flesta i alla fall ville smaka.

Dörren öppnades av Katrin med ett stort leende på läpparna.

"Hej och välkomna, vad roligt att du kunde komma Myran. Har du inte Mikael med dig?"

"Nej han stannade i Malmö över helgen. Är det inte skönt att vara tillbaka i Göteborg?"

"Mycket skönt, jag har saknat både staden och alla er i gänget jättemycket. I nästa vecka har jag två intervjuer inbokade, så i bästa fall löser det sig med arbete också inom kort."

Strax bakom Katrin kom så Jovana och Olle fram. På bara fjorton dagar så hade mammamagen blivit allt tydligare tyckte Bror, men det kanske bara var för att han tittade extra noga.

"Hej, ni ska bli föräldrar har jag förstått, vad spännande" sa Myran och kramade om Jovana och Olle i tur och ordning.

Tjejerna fortsatte att prata om det kommande barnet varpå Bror fick hjälp av Olle att duka upp tilltugg till drinken ute i köket. Malin kom fram och hjälpte till med assietter och bestick.

Alla blev väldigt nyfikna på den alkoholfria drycken som Bror tagit med sig. Mer nyfikenhet på den än hans noga tillblandade drink. Bror ville gärna ha tre fjärdedelar Gin i en Drya men Eva hade propsat på en lite snällare blandning.

När glas, dricka och tilltugg var uppdukat ropade Malin in alla till köket.

"Men nu har vi massor att ta igen. Brors resa till Riga och Katrins vistelse i Malmö måste vi bara få höra mer om. Vem vill börja?" sa Malin och vände sig mot Bror och Katrin.

Bror berättade om sitt besök i Riga och berättade om den vackra staden och den speciella maten som han upptäckt. De var alla överens om att de skulle planera in en weekendresa till Riga innan Jovana inte kunde resa på grund av det väntande barnet.

"Men du blev ju överfallen, ska du inte berätta om det också?" sa Olle.

Bror hade hoppats slippa upprepa den incidenten men insåg

att det skulle han inte så han berättade om den på nytt men nämnde inget om det hot han mottagit.

"Det är bara killar som är så dumma att de går ensamma hem längs en mörk gata mitt i natten i en främmande stad, eller hur?" sa Eva och buffade honom vänligt i sidan.

"Ja, det var dumt, men jag lovar, jag ska inte göra det igen. Katrin ska du berätta om Malmö nu" sa han och lyckades undvika en fördjupning kring händelsen.

Katrin berättade om uppdraget hon haft i Malmö och lite om de olika företag hon arbetat med. Hon visste redan från början att det skulle vara ett temporärt uppdrag så att det tog slut var ingen överraskning.

"Jag var rädd att hon skulle få ett jobberbjudande i Malmö och flytta dit för gott" sa Malin och kramade om henne.

"Jag fick faktiskt ett erbjudande, men jag insåg att jag inte ville lämna Göteborg och framförallt inte er."

"Var inte ett av företagen du arbetade med Mikael pappas företag. Träffade du honom när du var där nere?"

"Ja, det stämmer men vi träffades bara en gång. Det var andra personer på företaget jag arbetade med. Hur är det med dig Myran, kommer du att flytta ner till Malmö eller flyttar Mikael hit upp?"

"Nej jag kommer inte att flytta ner till Malmö. Jag och Mikael har gjort slut. Hade egentligen inte tänkt berätta det idag men så är det. Så jag förblir i Göteborg." sa Myran efter en lång lite besvärande tystnad.

"Oj, gjorde jag bort mig nu?" sa Katrin och la försiktigt sin hand på Myrans arm.

"Nej inte alls, jag måste berätta det någon gång. Så varför inte nu. Nu får inte det här lägga sordin på kvällen. Jag mår bra, Mikael och hans finanskompisar var inte rätt för mig. Låt oss prata om något annat nu."

Katrin berättade om jobben hon sökt och det visade sig att Jovana hade en kompis på ett av företagen och hon skulle höra sig för om hon kunde hjälpa henne. Det andra företaget hade en kollega till Bror arbetat med så där skulle Katrin få lite *Inside*

200

information. Märkligt det här med hur alla känner alla och hänger ihop med bara några få kontakter, tänkte Bror.

"Men hur är det på ditt företag nu då? TaxOpt förekommer i pressen hela tiden, och de senaste artiklarna har inte varit direkt positiva" undrade Malin.

Bror kände att han inte riktigt kunde berätta allt han visste men visst var det så att ett mediadrev som det Kvällspressen utsatt företaget för givetvis påverkade hur det gick. Det gled över till en allmän diskussion om hur pressen kunde påverka allt från politik till företag. Alla var överens om att media i första hand försökte hitta det negativa, det var det som sålde. Positiva artiklar var mycket ovanligare. Trots TaxOpts medverkan i tv och media där de lyft fram deras story om att hjälpa den vanliga människan så fick artiklar om misstänkta mutor och fiffel mycket större genomslag. Det skulle inte bli enkelt att vända folks inställning till företaget.

"Hur går det förresten med dina föräldrar och deras plan på att flytta hit till Göteborg, för att byta samtalsämne?" undrade Jovana.

"Det rör på sig. Imorgon ska jag och Bror hjälpa till och titta på några bostadsrätter som är till salu igen. Det är som sagt knepigt att sälja i Borlänge och köpa i Göteborg men de har hittat en köpare till huset som är beredd att vänta tills de hittar något så det ser bra ut. Gäller bara att hitta en lägenhet som inte kostar för mycket" svarade Eva.

"I vilket område letar de?"

"De tittar på Partille och Lerum i första hand. De har blivit bästa kompisar med Brors föräldrar så de vill bo i närheten."

"Det var speciellt, då får ni se till att hålla ihop. Hur skulle det gå om ni går skilda vägar om era föräldrar är så nära varandra?" undrade Katrin.

"Inga problem vi kommer att hålla ihop resten av livet, eller hur?" sa Bror och kramade om Eva.

Sällskapet lämnade middagsbordet för att duka ut och ta fram efterrätten. Bror hamnade bredvid Katrin.

"Fick du reda på något om BertInvest som jag skulle kunna

ha nytta av. Det känns som om du vet mer än vad du har berättat?"

"Inget konkret men det finns en grej med BertInvest som är lite spännande. Nästan alla företag som de investerat i köper ganska mycket tjänster av företag som tillhör BertInvestgruppen. Det är i sig inte vare sig olagligt eller konstigt. Men omfattningen är väldigt stor. Om jag får spekulera och du lovar att inte föra det vidare så misstänker jag någon form av pengatvätt. Nästan alla pengar som företaget investerar tar de ut med råge via tjänster som gruppen levererar till bolaget man investerar i. Men som sagt det är bara vilda spekulationer."

Kvällen avslutades med en äppelpaj och ett sött dessertvin ute på terrassen. Bättre än så här kan det inte vara tänkte Bror där han satt med Eva och sina bästa vänner omkring sig.

38

Partille
Lördag

Det hade varit en intensiv dag. De hade sprungit runt och tittat på tre olika lägenheter. En strax före lunch och två på eftermiddagen. Den första var en trea i Sävedalen, sedan en nybyggd lägenhet alldeles intill Allums köpcenter och sist en lägenhet centralt i Lerum. Prisnivån var inom de gränser som Evas föräldrar satt upp och alla tre lägenheterna var i bra skick, hade trevlig planlösning och var välutrustade. Lerum var lite väl långt ut från Göteborg tyckte både Eva och Bror. Lägenheten i Sävedalen låg lugnt till intill ett grönområde medan den i Partille låg nära det stora köpcentret. Eva hade ringt upp till sina föräldrar och pratat igenom det hela i ett långt samtal.

"Det lägger ett bud på lägenheten i Partille. Tror inte det är sant, de har precis börjat titta. Trodde faktiskt inte att de skulle ta steget, men nu verkar det vara på gång."

"Allvar, ska de lägga ett bud? Fattar inte att det är sant."

Så när de nu satt på bussen hem för middag hade de med sig alla tre prospekten och det skulle utan tvekan bli ett av kvällens stora samtalsämnen.

"Har de sålt huset redan? Eller hur funderar de där?" undrade Bror.

"Nej, men tydligen har pappa en kusin vars son är intresserad. Han och hans fru bor i en liten lägenhet och har varit hemma hos mor och far vid flera tillfällen och är förtjusta i huset. Dessutom bor kusinens föräldrar bara några kvarter bort så de vill väl vara nära för att kunna utnyttja barnpassning kan jag tänka mig."

"Spännande, skulle du vilja bo så nära dina eller mina föräldrar?"

"Nej, jag tror inte det, utan tvekan skulle det vara bekvämt att ha föräldrarna hyfsat nära den dag man har småbarn och behöver avlastning i vardagen. Jag har en del kollegor som inte har någon släkting alls i Göteborgområdet. Det är inte alltid optimalt."

"Jag håller med."

Barn hade de aldrig pratat om men de började bägge närma sig åldern då de skulle vara intressant. Att Olle och Jovana skulle bli föräldrar hade öppnat upp tankarna, men varken Bror eller Eva hade tagit upp ämnet. Skulle det bli aktuellt så måste de skaffa sig en ny bostad. Den nuvarande lägenheten i två plan var visserligen trevlig men inte praktisk om de skulle bli en familj.

Både Brors mamma och pappa mötte upp i entrén och nästan i mun på varandra ville de veta allt om lägenheterna de varit och tittat på under dagen.

"Kommer syrran på middag också?"

"Ja fast hon meddelade att hon blir lite sen, tydligen kommer inte Mikael med. Så vi hinner titta på lägenheterna först så tar vi drink när Myran dyker upp."

Det verkade inte som om syrran berättat att hon gjort slut med Mikael. Han fick vakta sin tunga om det nu var så att hon inte ville berätta det.

Snart var köksbordet belamrat med lägenhetsprospekt och en gammal hederlig karta där de markerade var lägenheterna låg. De var alla överens om att Lerum låg lite långt ut men sedan hade de andra två lägenheterna sina respektive fördelar och nackdelar. Bägge var i bra skick, med egen tvättmaskin och diskmaskin. De låg hög upp i husen och hade en bra utsikt och det fann hiss i bägge fastigheterna. Hissen var inget som Bror och Eva reflekterat över men Brors pappa betonade att när man blir äldre så vill man i ett visst läge undvika trappor om det bara var möjligt.

204

"Har ni pratat igenom det med dina föräldrar ännu?" frågade Brors mamma.

"Javisst och de har redan lagt ett bud på lägenheten i Partille" sa Eva.

Eva fick berätta om kusinen och hans son uppe i Borlänge som gärna ville köpa huset av Evas mor och far, och var beredd på att vänta tills det var ledigt om det inte drog ut på tiden alltför mycket. Så försäljningen uppe Borlänge var troligen inte ett stort problem vilket underlättade. Nu skulle de spänt följa den budgivning som troligtvis skulle starta i början av nästa vecka. Ytterligare en visning var öppen på måndag vilket genast resulterade i att Brors föräldrar bokade in sig på den visningen.

"Det är så roligt att ni engagerar er så, och det är så roligt att ni kommer så bra överens" sa Eva och Bror nickade medhållande.

Precis när Brors mamma började titta på klockan och uppenbart började bli irriterad av att syrran inte dök upp kom så Myri inspringande genomdörren, flåsande och med en ursäkt för att hon var sen på läpparna.

"Hej vad bra att du kom, tilltugget till drinken är klart och vi borde sätta oss ner innan den kallnar" sa mamma.

Till förrätt serverades små minipizzor av smördeg med ädelost, päronskivor och en liten klick fikonmarmelad. Det var ett nytt recept som serverades och blev mycket väl mottaget av alla.

"Jag har en sak jag vill berätta" sa Myran och berättade sedan att hon gjort slut med Mikael. Beskedet mottogs med blandade känslor. Bror kunde ana att föräldrarna varit tveksamma till hennes pojkvän men samtidigt anade han oron över att hon nu skulle vara ensam. Blandade känslor med andra ord.

"Känns det bra?" frågande mamma.

"Ja det känns bra. Jag träffade Mikael efter att det strulat ihop sig med Erik och jag blev impad av hans fina bil och hans fina vänner. Det var mest yta, en yta som var väldigt viktig för alla i hans umgängeskrets. När den första vågen av beundran tonat av så insåg jag att det inte var rätt för mig. När han sedan attackerade Bror och Eva för att lägga sig i och sabotera för hans pappas företag så var måttet rågat. Det kunde jag bara inte acceptera. Ni kanske inte känner till det, ser jag?" berättade Myran och vände sig mot sina föräldrar.

"Nej det har jag inte hört, vad var det för något?"

Bror berättade om sina utredningar av underleverantörer och att han där hittat ett stort antal leverantörer som hade kopplingar till BertInvest. Han hade inte hittat något direkt brottsligt men mycket som verkade ligga i gränslandet för vad som var moraliskt rätt, eventuellt även olagligt, men det kunde inte han avgöra.

"Spännande kan du berätta lite mer?" sa hans pappa som nu blivit riktigt intresserad.

"BertInvest är en av de större investerarna i TaxOpt. Samtidigt så anlitar TaxOpt väldigt många leverantörer som ägs eller delvis ägs av BertInvest. Många av de avtalen är inte ekonomiskt optimala. Jag tycker att många av de leverantörerna kör upp TaxOpt med orimliga fakturor. När jag tog upp det med ledningen så vill de tona ner min utredning, för BertInvest är en viktig investerare som vi inte får stöta oss med. Det har tidigare framförallt varit Frida som drivit på om utredning av underleverantörer och Petter har försvarat BertInvest. Men när jag presenterade rapporten i fredags så viftade Frida bort slutsatsen och la locket på. Vad som hänt där vet jag inte?"

"Vi träffade vår kompis Katrin i fredags. Hon har varit nere i Malmö och arbetat med ett antal riskkapitalister, däribland BertInvest i ett litet projekt. Även hon var lite undrande till just BertInvest. Det här med att de investerade och samtidigt fick med sina bolag som leverantörer till investeringsobjektet verkade vara en strategi. Hon mumlade om någon form av pengatvätt, men återigen bara rykten och spekulationer" la Eva till.

"Är det något ni utreder inom polisen?"

"Nej jag arbetar inte med
ekonomisk brottslighet, så jag har ingen aning."

"Skönt att du inte fortsatt är inblandad i det där" sa Brors mamma och klappade Myran på handen.

"Det var jag inte heller. Mikael är en snäll kille. Att vi gjorde slut har inte med hans pappas företag att göra. Nu är jag hungrig som en varg, vad blir det till middag?"

Efter maten gick tjejerna iväg för att titta på ett hobbyprojekt som Brors mamma arbetade med och han blev sittande kvar hos sin pappa med en whiskey i handen.

"Jag har alltid funderat på de här nya bolagen som dykt upp där tillväxt är mycket viktigare än resultat. Jag förstår det inte. Samtidigt så måste det öppna upp för ekonomiskt fusk. Om alla vet att bolaget ska fortsatt gå med förlust vem bryr sig då om att optimera kostnaderna. Håller du inte med mig" sa pappa och vände sig mot Bror.

"Jag håller med, vill man fuska så måste det vara den optimala miljön."

39

Guldheden
Söndag

Bror och Eva skulle ha skilda aktiviteter under söndagen. Vanligtvis gjorde de det mesta tillsammans när de var lediga. Eva skulle iväg med några tjejkompisar på SPA på Sankt Jörgen Park ute på Hisingen. Eva hade blivit rekommenderad av några vänner och de hade varit på väg många gånger men alltid blivit avbrutna av något i sista stund. Idag skulle det bli av. En hel dag med valfri behandling och lunchbuffé. Bror kände sig lite avundsjuk, han hade också sett fram emot en hel dags avkoppling där han kunde mota bort allt kring TaxOpt som hela tiden pockade på i hans tankar. De skulle ses hemmavid på kvällen för en gemensam mysmiddag bara de två.

I går kväll hade Erik ringt upp och ville träffa Bror och prata ut. Bror hoppades nu att han ville prata ut, fullt ut. Erik insåg givetvis att Eva berättat om samtalet hon haft och han ville väl ge en egen version. Så det var till det mötet som Bror nu var på väg. De hade kommit överens om att ses uppe i Guldhedstornets Café. Återigen en av dessa platser som många pratade om men som Bror aldrig besökt. Nu gick rykten dessutom om att tornet skulle stängas så nu gällde det att passa på.

Bror hade passat på att ta en promenad till tornet. Vädret var bra och det skulle bli skönt att sträcka på benen. En knapp timme skulle det ta att gå när han titta på Google Maps vilket passade utmärkt. De skulle träffas vid tolv för en gemensam lunch och han hade precis vinkat av Eva som var på väg till sin SPA-dag. Han gick upp mot Majvallen för att där gå genom Slottsskogen. Slottsskogen hade han själv tänkt gå genom men när han såg på kartan så var det dessutom den närmaste vägen för att komma till tornet uppe på Guldheden. Parken var en oas i sig, märkligt att de inte gick hit oftare egentligen tänkte han när han gick genom den tysta och lugna miljön som parken erbjöd. De bodde väldigt nära men av någon outgrundlig anledning gick de sällan hit. Man fastnade så lätt i sina vanliga platser och promenadstråk, man behövde anstränga sig för att bryta upp från sina invanda mönster och se något nytt. Han stannade till flera gånger för att bara njuta av stillheten. Visserligen var han inte helt ensam men jämfört med stadslivet i övrigt kändes det nästan som han åkt flera timmar ut från staden. Det var nästan så att han höll på att bli sen. När han så kom ut vid Linnéplatsen gick han upp mot Sahlgrenska sjukhuset, när han korsat sjukhusområdet genade han genom skogsområdet upp till Doktor Linds gata och sedan vidare upp till Guldhedstornet.

En mycket vacker byggnad tänkte han när han stod nedanför och tittade upp mot tornet. Inte så hög som man kunde förvänta sig av ett torn utan mera bred. Ett antal vackra valvbågar i nedre plan beredde väg in till en täckt gång under hela tornet. Det var en strålande utsikt nerifrån gatuplanet, förmodligen ännu bättre när de kom upp till Caféet.

De hade kommit överens om att träffas här nedanför tornet och Erik dök upp bara några minuter efter att Bror kommit fram.

"Hej har du fått dålig kondis?" sa Erik och dunkade honom i ryggen.

"Nej det tror jag inte, jag har faktiskt promenerat hit idag. Det är nog en fyra kilometer skulle jag tro och lite klättrande så här på slutet. Känner mig ganska nöjd trots flåset."

De tog hissen upp till fiket och tog en liten tur runt tornet och beundrade utsikten. Oväntat trevligt, hit borde han åkt långt tidigare.

"Varför ska caféet stängas, vet du det?" frågade Bror.

"Vattentornet är tydligen ett skyddsobjekt och det har

kommit nya regler kring dessa. Det är den allmänna upptrappningen av säkerhetsläget som vi ser i samhället som slår igenom. Synd tycker jag, det här är en som en liten oas mitt i staden. Jag har besökt det här stället regelbundet, ofta en sju, åtta gånger per år. Konstigt att vi aldrig varit här tillsammans."

"Nej det här är första gången för mig. Jag minns att du föreslagit det tidigare men det har aldrig blivit av. Men nu är vi här. Jag är vrålhungrig ska vi hitta något att äta."

De beställde var sin paj, Erik en med västerbottensost och Bror en med lax och spenat. Dessutom var sin lättöl. De satte sig ner vid ett av borden utomhus och väntade in maten under tystnad. Bror hoppades att Erik skulle börja berätta men han hade svårt att ge sig till tåls när inget hände. De avbröts i sin tysta samvaro av att de ropade ut att pajerna var klara och gick in och hämtade dessa.

När de satt sig ner för att äta så kunde inte Bror vänta längre

"Du har en del att berätta, kanske dags att börja med det, eller hur."

"Jag förstår att du vet en del efter mitt samtal med Eva men nu när hon vet så vill jag berätta själv, även för dig."

Erik berättade att han fått rejäla problem med ett spelberoende. Han hade alltid varit förtjust i att spela på både hästar och tips. När de rest med Danmarksbåtarna spenderade han alltid ett antal slantar på de enarmade banditerna. Han hade aldrig upplevt att han haft ett problem. Sedan hade han börjat med Internetcasinon och även börjat besöka Casino Cosmopol. Det tog ett bra tag innan han själv insåg att han hade ett problem. Det hade blivit som ett gift, han kunde inte låta bli. När sedan Myran ställde honom mot väggen och undrade vad han sysslade med på sin dator och var han var om kvällarna när han besökte Casinot så skämdes han så mycket att han inte ville berätta utan bestämde att han skulle reda upp det själv. Det hade inte varit så lätt som han trott och till slut hade Myran lämnat honom och han tappade kontakten med kompisgänget. Men nu hade han tagit sig ur sitt missbruk. Han hade spärrat sig själv på de flesta Internetcasinon och på Svenska spel och han besökte inte längre

Casinot så nu var han fri.

"Men ändå så var du ju på Casinot när du ingrep mot Martin och Petter."

Erik tittade skamset bort och förblev tyst ett tag.

"Jag fick ett återfall. Casinot var förbjudet område men när jag varit ute med några kompisar och fått lite att dricka kunde jag inte låta bli, men det ska aldrig ske igen. Aldrig."

"Har du förlorat mycket pengar?"

"Egentligen inte, problemet har mer varit att spelandet tagit upp alla min tid. Jag har misskött mitt jobb, jag har misskött mina vänner, jag började till och med missköta min egen hygien. Jag vaknade upp först när min chef gav mig ett ultimatum. Om jag inte skärpte mig skulle jag förlora jobbet. Nej, det blev aldrig ett ekonomiskt problem men skulle med all säkerhet blivit ett om jag inte brutit upp."

"Varför berättade du inte tidigare, vi kunde ha hjälpt dig?"

"Jag skämdes så, jag skämdes så mycket att jag var beredd att gå under hellre än att blotta mig för dig, Myran och de övriga i gänget. Jävligt dumt, jag vet, men så var det. Nu när allt uppdagats via förhöret med Eva så finns ingen anledning att stoppa huvudet i sanden längre. Nu kommer det ut ändå"

"Är det säkert att du tagit dig igenom det. Behöver du hjälp?"

"Jag är igenom."

"Du måste berätta för Myran oavsett om ni kan rädda ert förhållande eller inte. Det är du skyldig henne. Hon var övertygad om att du hade en annan kvinna på sidan om. Har du nu berättat för mig så kan du väl lova mig att berätta för henne också. Varken jag eller Eva kommer att berätta får någon utan vill du berätta får du göra det själv."

"Jag lovar" sa han så efter en lång tystnad.

"Du vet säkert att jag arbetar både med Petter och Martin. Träffade du de bägge på Casinot fler gånger?"

"Ja, de var där ganska ofta, vi pratades vid en del. Jag gillande inte vare sig Martin eller Petter. Martin var obehaglig, sur och tvär och Petter var lite överlägsen. De var inte min typ av människor."

"Kan du berätta något mer, som du förstår är jag väldigt nyfiken?"

"Javisst, de var ett udda par. De var både kompisar och ogillade varandra, jag kan inte riktigt förklara. Jag hörde ett antal ordväxlingar emellan dem. Vid ett tillfälle anklagade Petter Martin för att äventyra hans position på firman, kanske hela firman och fick till svar att passa dig, du vet vad som händer om du jävlas med mig. Jag fick intrycket av att Martin hade någon form av hållhake på Petter och att det var något inom företaget som var lite skumt, men vad vet jag inte. Jag förstod inte varför de hängde ihop, det verkade som om där fanns någon form av hatkärlek."

"Var det någon annan där med dem?"

"Oftast inte men några gånger var det med en mörkare kille som hette Lennart tror jag. Han verkade mest kompis med Martin. Lite märkligt egentligen. Jag uppfattade Martin som rasist, ändå härstammade en av hans bästa kompisar uppenbarligen från Mellan Östern eller Indien. Men han kan ju ha bott i Sverige i många generationer."

"Tack för att du tog dig tid att berätta, jag uppskattar det. Du ska veta att du alltid kan få hjälp från mig och alla de andra i gamla gänget också. Du måste lova att berätta för Myran, så snart som möjligt."

De skildes åt uppe vid vattentornet. Erik skulle vidare till ett annat möte och Bror tog en fortsatt promenad hemåt men den här gången via centrum och lite klädinköp.

När han lämnade Nordstan stötte han på Emilia Chang.

"Hej, hörde att du lämnade företaget hastigt. Tråkigt att vi inte han säga hej då. Hur har du det?"

"Jag har det bra. Jag fick det där jobbet som jag pratade om. Kände att jag blivit så genomnegativ till TaxOpt så jag och Åke kom överens om att jag kunde lämna omgående. Jag blev inte utslängd utan det var på mitt eget initiativ. Förresten jag hörde om Larisa, så tråkigt, vet du något om vad som hände?"

"Nej inte mer än vad som står i tidningen" ljög Bror. Han tänkte inte avslöja att han satt på ytterligare information via Eva.

"Jag kom att tänka på en sak. Larisa berättade att Frida och Naser tydligen hade arbetat ihop på ett annat företag innan TaxOpt. Känner du till det?"

"Nej hur kommer det sig att du nämner det?"

"Jag funderade en hel del när jag förstod att Larisa omkommit i den där olyckan uppe i Stockholm. Det var Petter som var mest emot en granskning av leverantörer, det har även du fått erfara, eller hur? Men hon nämnde att det var Frida som avslutat hennes uppdrag direkt efter att Naser hittats död. Ju mer jag tänker på det desto mer underligt verkade det. Håller du inte med?"

"Kanske men jag vet inte. När du nu fått ett nytt jobb kanske du ska släppa TaxOpt och inte gräva ner dig kring företaget".

"Jo, men det är inte så lätt. Ni dyker upp i pressen hela tiden. Ha det så bra." sa hon och lämnade Bror lätt springande bort mot spårvagnen.

40

TaxOpt
Måndag

Bror kom in ovanligt sent till kontoret. Han och Eva hade haft en lång diskussion kring samtalet han haft med Erik och även sitt samtal med Emilia.

Det hade egentligen inte kommit fram några nya fakta i hans samtal med Erik. Det var uppenbart att Martin och Petter inte alltid var överens men att de trots allt hängde ihop. Att Martin skulle ha någon hållhake på Petter var i för sig intressant men det kunde man inte dra några slutsatser kring. Att Frida och Naser arbetat ihop var inte konstigt. Det var inte ovanligt att man rekryterade in personal som man hade förtroende för och som man arbetat ihop med tidigare. Att Martin var en skum figur var de överens om och Eva såg fram emot förhöret som hon skulle lyssna på strax före lunch, angående anklagelsen om rasistiska påhopp.

"Förresten, hur gick det med de där sökorden som du skickade upp till dataenheten i Stockholm?" frågade så Bror när de var på väg att lämna hemmet.

"Vad bra att du påminde mig, det har jag glömt bort."

De gjorde de sällskap på bussen som vanligt och Bror gick av vid Brunnsparken för att gå upp till kontoret. Diskussionen gjorde att han var ganska sen, han kom in till kontoret först vid halv tio. Framme vid fikahörnan stötte han ihop med Frida och Petter.

"Ser du till att få fart på åtgärderna vi kom överens om i fredags avseende leverantörerna."

"Javisst ska ta tag i det omgående. Vi hann aldrig igenom diskussionen kring BertInvest-gruppen. Ska vi fortsatt låta den vila?" frågade Bror i ett sista försök att inte släppa den pucken vidare.

"Vi avvaktar några dagar, du har rätt, vi måste ta tag i det också. Börja med de andra åtgärderna" svarade Frida. Bror förvånades över hennes tvära kast, i fredags var det uteslutet att diskutera frågan men nu verkade det som om hon ville ta upp den igen. Petter såg lika förvånad ut han, skakade lätt på huvudet och gav Bror en vänskaplig klapp på axeln.

Bror gick mot sitt skrivbord och påbörjade arbetet med de aktiviteter som de kommit överens om i fredags. Fridas tvära kast förvånade men så är det ibland. Han reagerade på att hon varit lite stirrig och lite frånvarande när de träffades vid fikahörnan. Något var det som bekymrade henne, det var uppenbart.

Han visste att Martin skulle vara på polishuset vid elva och han var mycket nyfiken på om de skulle komma vidare med sin diskussion som blivit uppskjuten ett antal gånger. Dessutom var det spännande om datasökningen uppe i polisen skulle identifiera några dokument som var av intresse. Men det skulle troligen dröja ett tag. Strax före lunch ringde så Eva.

"Martin dök aldrig upp, har du sett honom på kontoret?"

"Nej, men jag kan höra mig för med kollegorna efter lunch. De flesta är redan ute så jag är nästan ensam kvar. Jag ringer efter lunch, puss."

Bror hade missat lunchtåget så han gick ner till McDonalds och köpte en sallad för avhämtning och gick sedan ner till Lejontrappan i änden av Brunnsparken och satte sig på stentrappan för att äta sin snabblunch. Lejonen vaktade majestätiskt ut mot kanalen på var sin sida om trappan. De var inte så gamla som man kunde tro. Någon hade berättat att de kom på plats i början av nittiotalet i samband med att Brunnsparken byggdes om. Nu skulle parken byggas om igen förstod man på alla byggskyltar som var uppsatta. Renovering vart trettionde år, jag varför inte, det kändes inte orimligt. Åter på kontoret gick Bror runt och frågade efter Martin. Många svarade att de sett honom tidigt på dagen men att han inte synts till senare. En av killarna berättade att Martin ibland lånade ett litet rum, som egentligen inte var ett kontor, men hade möblerats med ett skrivbord. Han var tydligen förtjust i avskildheten och hade öppet förklarat sitt missnöje med kontorslandskapet.

Bror letande sig ner till rummet och fick en chock när han steg in. Martin låg livlös på golvet och skrivbordet var i oordning som om någon stökat till det. Han sprang genast fram till honom och sökte efter puls samtidigt som han ropade ut i lokalen att ringa efter ambulans.

Ambulansen kom samtidigt som Eva och Jörgen. De konstaterade att Martin var död. Sjuksköterskan berättade att hon antog att han fått kramper samt att han kräkts en aning. Hon trodde att kramperna kunde vara orsaken till att bordet var stökigt. Inte omöjligt att han själv stökat till det när han krampade och föll. Vad det berodde på hade man ingen aning om. Det fick bli upp till vidare undersökning på sjukhuset.

Eva och Jörgen förhörde personalen. Vissa hade sett Martin vid halv åtta men att han efter det inte synts till. En del kände till hans lilla tillhåll men hade inte brytt sig om att kontakta honom. Stängde han in sig i det rummet ville han vara i fred. Med tanke på hans häftiga humör och buttra sätt så var det ingen som ville störa.

"Hej vad är det här?" sa en av ekonomijejerna och visade Eva en papperskorg. I papperskorgen låg en tjock penna såg det ut som, med en kanyl i änden.

"Eva och Jörgen tittade förvånat ner men tog sedan upp en plastpåse och säkrade objektet."

"Jag vet vad det är. Det är en insulinpenna" sa så en annan kollega. Jag har en kusin som har diabetes och hon använder precis den där typen av sprutor.

"Har ni sett sådana tidigare, här på kontoret?" undrade Jörgen men alla skakade på huvudet.

När ambulansen tagit med Martin och Eva och Jörgen lämnade lokalen berättade Eva att hon hade hört talas om någon med diabetes ganska nyligen men kunde inte komma på när och var. Minnet hägrade där framför henne men ville inte riktigt ta form.

Eva frågade en av sjuksköterskorna om man kunde dö av en överdos av insulin och fick besked att en frisk person mycket väl skulle kunna avlida. Det man sett på rummet där Martin hittats kunde faktiskt tyda på det. Vid en kraftig överdos av insulin får man kramper och blir illamående. Om dosen är tillräckligt hög så sjunker blodsockret så kraftigt att personen hamnar i koma och kommer att dö om hjälp inte sätts in. Det här spåret fick läkaren undersöka omgående. Om någon injicerat Insulin så måste det finnas något märke efter nålen, eller man kanske kunde se det på något annat sätt.

Dessutom måste de snarast undersöka insulinpennan. Fanns det några fingeravtryck, kunde man se hur stor den senast injicerade dosen var?

När de kom tillbaka till polishuset fick man efter en stund två skilda indicier som pekade mot att det här utan tvekan var ett mord.

Läkaren hade hittat ett litet nålstick i nacken som kunde komma från insulinpennan och de snabba analyserna pekade på dödsfall efter en stunds komaliknande tillstånd.

Teknikerna kom tillbaka och berättade att insulinpennan var torkad ren från fingeravtryck men att de kanske skulle kunna säkra ett partiellt avtryck från änden på pennan där man tryckte in dosen. Det verkade som om den som torkat bort fingeravtrycken missat den.

"Den här gången är det ingen tvekan. Dog han via en överdos av insulin kan han inte gjort det själv då pennan hittades i en annan del av lokalen. Dessutom, vem torkar bort fingeravtryck från en spruta om man inte har något att dölja. Det här verkar nästan som en epidemi. Nu är vi uppe i tre dödsfall med anknytning till TaxOpt. Kan det vara samma gärningsman, tror du?" frågade Jörgen när de satt ner och summerade dagen på polishuset.

"Ja visst är det märkligt. Jag tror inte det är samma gärningsman. Allt pekar emot att Naser tog sitt eget liv, jag är nästan övertygad om att det var Martin som knuffade Larisa framför tåget. Tyvärr lär vi aldrig få reda på det nu. Däremot så stör det mig att jag inte kommer på var jag hört talas om diabetes nyligen. Kanske har det inte alls har med detta att göra, vem vet."

41

Polishuset
Tisdag

Eva satte sig ner tillsammans med Jörgen och begrundade situationen. Under gårdagskvällen hade hon och Bror pratat igenom händelserna. Hon visste att hon egentligen inte fick göra det, men han var så djupt involverad. När hon berättade om insulinpennan så kom han direkt ihåg att det var Katrin som berättat om konsulten som besökt BertInvest, Lennart Rahmid, som arbetade på TaxOpt tillsammans med Martin,

Bror berättade om den ordväxling han hörde mellan Petter, Lennart och Martin. En ordväxling där Lennart anklagat Martin för att vara gniden och på väg att förstöra allt, om han kom ihåg rätt. Ordväxlingen hade varit hätsk.

De hade kallat in Lennart Rahmid till förhör på eftermiddagen. Han var på resande fot nere i Helsingborg nu på förmiddagen och kunde inte komma tillbaka tidigare. Han lät uppriktigt förvånad men det kunde vara en väl inövad fasad. Över telefon var det mycket lättare att ljuga än ansikte mot ansikte.

Eva hade passat på att ringa upp till polisen i Stockholm men tyvärr hade de inte hunnit köra genomsökningen av dokumenten på grund av något annat akut ärende. De hoppades kunna starta sökningen i eftermiddag så i bästa fall ett resultat imorgon.

"Jag hatar att vänta, Lennart kommer först i eftermiddag och om vi får någon träff på dokumenten vet vi det först imorgon."

"Ska vi inte sätta oss ner och försöka summera ihop alla trådar vi känner till. Kan vara bra inför samtalet med Lennart" föreslog Jörgen.

De satte sig ner i ett konferensrum med en stor white board och började sammanfatta. När alla fakta kom upp på tavlan så identifierade man två spår, som troligtvis hängde ihop men också kunde vara separata.

Det fanns många detaljer som pekade mot någon form av ekonomisk oegentlighet där BertInvest, Petter, Martin och Lennart var inblandade. Om det rörde sig om brottslig verksamhet eller endast saltade fakturor var omöjligt att avgöra. Men något inte helt rumsrent pågick i den konstellationen.

Larisas uppdrag var den andra tråden. Hennes avrapportering till Naser skedde strax innan hans förmodade självmord och att någon, kanske Martin, tagit hennes dator och knuffat henne framför tunnelbanetåget pekade mot att det resultat hon tagit fram var känsligt. Det borttagna papperet under Naser kropp kunde vara den rapport hon redovisat, men det hade man ingen aning om. Att det stod något känslig på det dokumentet var uppenbart. Varför skulle någon annars ta bort det från under kroppen av en död man. Larisas rädsla och omständliga säkerhetsrutiner kring sitt arbete antydde också att det var känsligt. Å andra sidan verkade hon mer eller mindre nojig relaterat till datasäkerhet. Det verkade gälla allt hon gjorde.

Sedan fanns alltid möjligheten att de två trådarna hängde ihop, men hur?

"Bror berättade om en sak i förbifarten i söndags kväll. Han träffade den här ekonomitjejen, Emilia Chang, på stan och hon nämnde att Naser och Frida arbetat ihop innan TaxOpt. Ska vi undersöka det?" undrade Eva.

"Känns inte viktigt men varför inte, jag tittar på det. Bättre än att bara sitta och vänta, även om det inte ger något."

De skildes åt, Eva skulle städa undan lite administrativa uppgifter och Jörgen skulle se om han hittade något kring Naser och Frida. Vid tolv skulle de träffas för en gemensam lunch och stämma av.

Jörgen ringde strax före lunch och berättade att han hade ganska mycket att berätta. Så de beslöt sig för att gå ner till ett Café och köpa med sig var sin sallad.

Utanför kaféet fanns en ny löpsedel om TaxOpt på plats.

ÄR DETTA SPIKEN I KISTAN FÖR TAXOPT?

Är det här slutet för TaxOpt? Vi har via säkra källor fått reda på att en av företagets medarbetare påträffats död på sitt kontor, allt pekar på att han bragts om livet.

Som vi tidigare berättat utreds en av bolagets huvudägare BertInvest av EBM (ekobrottsmyndigheten) samt att Henrik Eng nu utreds för mutbrott tillsammans med ett antal medarbetare på finansdepartementet i samma ärende.

I vår tidigare artikel frågade vi oss om korthuset håller på att rämna? Vi kan nu våga oss säga att så är fallet, korthuset rämnar!

Vi fortsätter vår detaljerade granskning.

Christer Hempe – Kvällspressen

"Intressant läsning, eller hur" konstaterade Eva med Jörgen hängande över axeln.

"Ja fast jag blir alltid skeptisk när kvällspressen brer på. Med åren har jag blivit allt mer tveksam till deras form av journalistik där allt går ut på att sätta dit företag och människor. Vad har hänt med den där äldre journalistiken där reportern redovisade bägge sidor i ett ämne?"

"Jag håller med, trovärdigheten i pressen blir allt sämre. Nu måste du berätta vad du kommit fram till innan Lennart kommer" sa Eva och gick med raska steg tillbaka mot polishuset.

Jörgen berättade att Naser och Frida mycket riktigt bägge hade arbetat på ett företag, han som vd och hon som marknadsförare, som skulle utveckla en webapplikation för verksamhetsplanering. Efter några år hade Naser blivit misstänkt för någon form av oegentligheter. Ungefär samtidigt hade både Frida och Naser lämnat företaget. Utredningen lades ner då åklagaren inte kunnat styrka något brott. Jörgen hade varit nere och pratat med kollegorna som utredde ekonomisk brottslighet och de hade varit väldigt besvikna över att utredningen lades ner då de tyckte de haft bra med bevis. Ett intressant faktum var att Frida och Naser bägge varit delägare i ett företag vid namn ReomiCord som hade varit en del av utredningen. Men som sagt inget hade kunnat bevisas.

"Vad hände med bolaget?" undrade Eva.

"Bolaget finns kvar, varken Frida eller Naser står kvar som ägare. En Agneta Ludvigsson står som ägare nu. Har haft en mycket liten verksamhet de senaste åren när man studerar boksluten."

"Undrar om det här bolaget har varit inblandat i TaxOpt. Osannolikt, men vem vet. Jag ska kolla med Bror när vi träffas ikväll. Spännande egentligen, Bror har alltid tyckt att Frida varit den pålitliga och att Petter varit mer eller mindre skum. Det verkar som om alla i det här bolaget har någon form av skelett i garderoben. Fast det där med ReomiCord var ju många år sedan. Men nu måste vi möta upp Lennart i receptionen."

Det var uppenbart att Lennart hört vad som hänt hans kollega. Han var nästan vit i ansiktet och andades ryckigt. Han tog tacksamt emot ett vattenglas och satte sig ner vid bordet.

"Är det verkligen sant? Är Martin död, har han blivit mördad?"

"Ja det stämmer, han påträffades död på kontoret igår."

"Vad har hänt?"

"Vi kommer till det men först några frågor. Var du inne på TaxOpt-kontoret igår?"

"Ja, jag var inne som hastigast i går morse. Skulle haft ett möte med Martin men jag blev tvungen att åka akut ner till en annan kund i Helsingborg. Jag åkte direkt och sov över på Skandic. Åkte tillbaka när ni ringde och bokade in mig."

"Finns det någon som kan intyga det du berättat?"

"Ja en konsultkollega var med mig nere till Helsingborg. Varför frågar ni, ni kan väl inte misstänkta mig?"

"Du får gärna ge oss kollegans kontaktuppgifter så vi kan kontrollera det du berättat".

"Javisst" sa han öppnade sin telefon och lämnade över namn och telefonnummer.

"En annan fråga. Vi har förstått att du är diabetiker, stämmer det?"

"Ja, hur så?"

"Kan det här vara din spruta?" frågade Jörgen och lämnade fram insulinpennan de hittat på kontoret i en bevispåse.

"Det är samma typ av insulinpenna som jag har. De är av engångstyp så man slänger dem när den är tom. Alla diabetiker, eller i alla fall de flesta, har den här modellen."

"Har du tappat bort någon nyligen?"

"Ja, faktiskt, jag förlorade en när jag var på kontoret i förra veckan. Trodde jag tappat den, men jag hade en till med mig så det var inget problem. Varför frågar ni det?"

"Det verkar som om Martin fick en överdos av insulin, troligen med denna spruta. Hur många doser fanns kvar i sprutan du tappade?"

"Den var nästan helt ny, så den var full. Tömmer man den i en person, vare sig de har diabetes eller inte, så är den dosen direkt dödlig. Var det så han dödades?"

"Allt tyder på det."

"Fruktansvärt, men det var inte jag. Det måste vara någon annan som kommit över min insulinpenna. Jag var ju i Helsingborg"

Jörgen bad honom vänta kvar i rummet och ringde upp kollegan och stämde av det Lennart berättat om. Men det gav honom inget alibi. Han kan mycket väl ha dödat Martin innan han åkte ner till Helsingborg. Att torka bort fingeravtrycken från insulinpennan kan ha varit ett smart drag för att lyfta bort misstankarna från sig själv.

"Din kollega bekräftar att ni träffades nere till Helsingborg men tidsmässigt så kan du ha mördat honom innan du åkte. Vi bryter för idag. Du bör inte lämna Göteborg, vi återkommer med fler frågor?"

Lennart bara skakade på huvudet när han insåg den besvärliga situation han hamnat i.

42

Fredbergsgatan
Tisdag kväll

Bror hade varit rejält chockad efter att han funnit Martin död. Han hade tagit resten av dagen ledigt och vandrat runt för att både lugna ner sig och rensa huvudet från alla intryck. Martin liggande på golvet, röran på skrivbordet, spyan intill hans huvud. Allt upprepades om och om som ett bildspel i hans huvud. Allt som hänt, Naser, Larisa, överfallet i Riga och nu detta var bara för mycket. Kunde han känna sig säker på TaxOpt? Var det farligt att arbeta kvar? Vid sextiden hade han kommit hem, mör i benen, men fortfarande med bilderna på Martin roterande i huvudet. Han hade tagit en öl och satt sig ner i vardagsrummet. Efter en halvtimme kom Eva hem med en tjock bunt med papper i näven.

"Hur mår du?" frågade hon och kom fram och gav honom en puss på hjässan.

"Inte så bra faktiskt, det var väldigt otrevligt. Synen som jag möttes av har spelats upp om och om igen i mitt huvud hela dagen. Jag tog faktiskt ledigt och har varit ute på promenad sedan vi skildes åt på kontoret."

"Har du fått något att äta?"

"Nej, jag köpte en korv men kunde inte få ner den."

"Jag fixar till lite middag, du kan väl göra mig sällskap i köket."

Eva fixade till en pasta med pesto. En av vardagsfavoriterna i deras mathållning. Bror kände att pulsen gick ner när han fick sitta i lugn och ro och äta. Lite mat i magen gjorde också gott. "Har du hört något nytt från budgivningen?" frågade Bror.

"Mamma och pappa är de enda som lagt ett bud än så länge. De la ett bud hundratusen under utgångsbudet. Men det kommer nog inte att räcka. Jag har mejlat dig en länk så att du kan följa budgivningen."

"Men de är fortsatt inställda på att köpa en lägenhet och flytta. De har inte ångrat sig?"

"Nej jag pratade med mamma i förmiddags och jag tror de har bestämt sig. Lite nervösa är de allt, men jag tror de mentalt har bestämt sig och vill flytta. Vill du att de ska låta bli?"

"Absolut inte, det skulle vara hur roligt som helst."

"Ser du dokumenthögen där. Det är alla Larisas dokument med något av sökorden vi skickade upp. Vi skulle behöva gå igenom dokumenten för att se om vi hittar något som skulle kunna vara vårt bortplockade dokument, eller något annat som kan hjälpa oss vidare med mysteriet på TaxOpt. Orkar du med det?"

"Javisst, då kanske jag kan sluta se Martin framför mig hela tiden."

"Förresten en annan fråga först. Säger dig företaget ReomiCord något?".

"Javisst, det är en av leverantörerna i min utredning. Dock fick jag aldrig presentera vad jag kommit fram till då Frida avbröt min presentation precis innan jag skulle berätta om ReomiCord och BertInvest. Varför frågar du?"

Eva berättade om undersökningen som Jörgen gjort där han hittat Naser och Fridas bolag i samband med en förundersökning ett antal år bakåt i tiden.

"Jag trodde hon avbrutit mig för att hon ändrat sig om BertInvest, men det kanske var ReomiCord som hon inte ville skulle bli belyst. Jag tog upp BertInvest på nytt igår och då ville hon att vi skulle ta upp det igen om några dagar."

"Tror du det finns någon på det där bolaget som inte har ett eller flera skelett i garderoben?" frågade Eva och Bror nickade närmast uppgivet.

De värmde var sin kopp te och satte sig sedan ner framför dokumenthögen. Bror förstod inte hur hon kunnat producera så många dokument som hade med några av sökorden relaterade till TaxOpt men insåg snart att många av dokumenten var arbetsutkast som sedan förkastats, mycket av informationen kom igen i andra dokument. Det verkade inte som om hon redigerade det dokument hon påbörjat utan när hon var missnöjd skapade hon ett nytt och började på ny kula. Inte nödvändigtvis ett effektivt sätt att arbeta men han kände igen sig själv en aning. Han producerade massor av presentationer och dokument under varje sejour hos olika uppdragsgivare och endast ett fåtal av dessa blev presenterade för andra.

"Herregud vad många dokument hon skrivit. Var inte uppdraget på TaxOpt ett litet uppdrag?" undrade Eva och lade ifrån sig pappersbunten för att ta igen sig en stund och vila ögonen.

"Det vet vi faktiskt inte. Vi har fått berättat av andra att hon bara synts till då och då på kontoret men hon kan ha arbetat och undersökt olika saker under en längre tid utan att visa sig. Det skulle egentligen varit intressant att få se när de olika dokumenten skapats för att bilda oss en uppfattning om hur längre hon arbetat med företaget."

"Håller med, hittar vi inget här så ska jag be om den informationen också. De här ekonomiska redovisningarna lämnar jag till dig, de kan jag inte sätta mig in i. Jag lägger de i en egen hög här."

Efter ytterligare flera timmar hade de hittat ett antal utredningar som bekräftade det som de länge misstänkt.

Några av utredningarna var kring företag med anknytning till BertInvest där Larisa misstänkte saltade fakturor. Fakturabelopp som var orimligt höga för de tjänster och produkter som företagen levererat. Men var det brottsligt, troligen inte. Men en företagsledning borde ha agerat när det kom fram. Samtidigt så var BertInvest en av de större investerarna så man ville inte stöta sig med företaget. Knepigt med en sådan relation.

227

Ytterligare en liten bunt avsåg Martin och Lennarts bolag MLRP. Även där var fakturorna och tjänster levererade nästan oförklarliga. Summorna var inte så höga, å andra sidan hade i alla fall Lennart någon form av affär med BertInvest så kanske gick vissa summor via BertInvest vidare till MLRP. Men det fick EKO-brott utreda vidare.

De värmde en sista kopp te innan de attackerade de resterande dokumenten.

"Det här måste vara vårt saknade dokument. Titta ska du få se" sa Bror och lämnade över en ensidig summering till Eva.

"Jag håller med, nu kan vi nog få ett avslut på det här under morgondagen."

43

Polishuset
Onsdag

Så fort Eva kom till kontoret hade hon briefat Jörgen om de fynd som hon och Bror gjort kring Larisas dokument. Jörgen skulle ta med dessa och ta en diskussion med utredaren på EKO-brott och Eva hade kallat in alla inblandade till ett gemensamt samtal på eftermiddagen, i TaxOpts lokaler. Det skulle bli en sådan där Poirot-liknande diskussion där alla misstänkta var med och man gjorde en gemensam summering. Förhoppningsvis skulle den ta fram ett erkännande, för som det var just nu hade de bara goda idéer om vad som hänt, men inga avgörande bevis. De hade fortfarande en viss förhoppning om att kunna analysera det delvisa fingeravtrycket på insulinpennan. Eva hoppades få ett besked innan lunch. Men återigen, om det gav ett resultat skulle det inte vara tillräckligt för en fällande dom hade teknikerna sagt.

Jörgen kom tillbaka strax före lunch och redovisade resultatet från diskussionen med EKO-brott. De hade varit mycket tacksamma för de ytterligare uppgifter som fanns i rapporterna och hade kunnat hjälpa Eva och Jörgen vidare med information från deras undersökning av BertInvest.

"Nu känner jag mig väl förberedd inför eftermiddagens möte. Hade bara hoppats att få ett besked från fingeravtrycksanalysen också. Jag föreslår att vi går och äter, så tittar vi förbi teknikerna på vägen tillbaka" sa Eva och reste sig upp för att gå.

Även om dagen inte var slut kände både Eva och Jörgen för att slå på stort. De gick ner till Hotell Eggers, intill centralstationen, för att beställa dagens lunch. Lite trevligare miljö än de vanliga lunchhaken, bra sallad och bra mat enligt ryktet. De beställde bägge in deras vegetariska lunch bestående av Gnocchi med valnötter.

"Är det inte att utmana ödet, att fira innan vi har gått i mål?" undrade Jörgen lite försiktigt.

"Kanske men jag känner mig så nöjd med allt vi fått fram så jag tycker vi ska vara nöjda med det. Jag är säker på att vi går i mål i eftermiddag, är inte du?"

"Hoppas det" sa Jörgen och skålade försiktigt med lättölen som de tagit in till lunchen.

De gick i sakta mak tillbaka mot polishuset och följde Fattighusån ner till Skånegatan där de vek av mot Ernst Fontells plats och polishuset.

När de kom fram till teknikerna möttes de av en besvikelse. Det partiella fingeravtryck man hittat kunde faktiskt tillhöra vem som helst av de misstänkta. Avtrycket var så begränsat så det hade varit omöjligt att identifiera någon av dem.

"Men de vet inte det, vi kanske kan bluffa en aning. Vi kan säga att vi säkrat ett fingeravtryck. Det är sant. Att det sedan inte kan peka ut någon med exakthet behöver vi inte nämna. Det faktum att vi har ett fingeravtryck kan locka fram en bekännelse, vem vet" sa Eva och tog emot resultatet från rapporten.

Både teknikern och Jörgen skakade på huvudet. Det var en riskabel väg att gå men det fick Eva ta beslut om.

44

TaxOpt
Onsdag

Vid klockan två hade alla inkallade samlats i ett av TaxOpts större sammanträdesrum. På plats fanns Petter, Frida, Lennart, Bror samt Eva och Jörgen. "Jag förstår inte vad vi har här att göra, det här är inte okej" sa Frida så fort som de satt sig ner. "Jag ska förklara. Ni är inte misstänkta för något utan vi vill bara prata med er för att klarlägga en del detaljer. Vi har gjort bedömningen att om ni alla är med så kan vi snabbare och på ett enklare sätt få klart för oss de uppgifter vi saknar. Mitt namn är Eva Lind och jag är kriminalkommissarie, och min kollega Jörgen är kriminalassistent. Vi utreder mordet på Martin Petersson som hittades död på TaxOpts kontor i måndags. Som ni vet pågår ytterligare en utredning om en av era investerare BertInvest på EKO-brott och vi tror att en del uppgifter som framkommit där kan ha med mordet på Martin att göra. Jag har tänkt berätta en kedja av händelser som vi är ganska säkra på leder fram till mordet av Martin. Jag hoppas ni kan hjälpa mig rätta till eventuella felaktigheter och komplettera med information som vi missat. Vi tror att genom att ta detta tillsammans så spar vi er dyrbara tid. Är det ok?"

Alla nickade accepterande, men framförallt Frida visade ett missnöje med situationen. Till viss del var även Petter inte helt nöjd kunde de utläsa av kroppsspråket. Lennart verkade däremot väldigt lugn och sansad.

"Vi tror det här börjar med en utredning om underleverantörer som utfördes av Larisa Solenkov på uppdrag av Naser Hamid. Vi vet att Larisa arbetade med Naser. Det har vi fått berättat både av, Kinora som städar hos er och Emilia Chang som tidigare var anställd hos er. Känner någon av er till den utredningen?"

"Jag vet att Naser hade anlitat en extern konsult, men jag tog aldrig del av några resultat från den utredningen" sa Petter och Frida nickade instämmande. Lennart skakade på huvudet och visade tydligt att han inte visste något alls om detta.

"När vi hittade Naser skjuten på sitt kontor så fanns det en märklig detalj som vi inte berättat om. Någon hade tagit bort ett dokument under hans kropp. Ett hörn av dokumentet blev kvar under hans armbåge. Vi tror att det kan ha varit Larisas rapport och att den var anledningen till att Naser tog sitt eget liv. Att det var ett självmord vet vi idag. Vi tror att dokumentet innehöll uppgifter som var besvärande både för Naser och för någon annan, därför togs dokumentet bort. Känner någon av er till det?"

Alla tre skakade på huvudet.

"Jag är övertygad om att någon eller några av er inte är helt ärliga just nu, vi återkommer till det."

"Ni kan inte bara sitta här och anklaga oss så där, har ni några bevis för det ni säger" sa Frida med en aggressiv ton och lutande sig fram över bordet mot Eva och Jörgen.

"Låt oss fortsätta. Larisa försvann från TaxOpt direkt efter att Naser påträffats död. Vem av er avslutade hennes uppdrag?"

"Det gjorde jag, jag visste inte vilket uppdrag hon hade specifikt och när hon vägrade berätta så avslutade jag det efter att ha stämt av med Petter" sa Frida och Petter nickade samstämmigt.

Så låt oss lämna Naser och Larisa för ögonblicket. Jag lämnar över till Jörgen som ska redovisa vad som framkommit i EKO-brottsutredning kring BertInvest.

Jörgen berättade att de konstaterat att BertInvest haft en

genomgående strategi att investera i startupföretag men samtidigt också se till att BertInvest-gruppen blev anlitad som underleverantör i stor omfattning. I vissa fall var utgifterna betydligt större än investeringarna.

"Men det är väl ändå inte olagligt?" undrade Petter.

"Kanske inte, det är precis som jag trott. BertInvest kör upp oss och du håller företaget om ryggen, det har du alltid gjort" nästan skrek Frida med ett hätskt utfall mot Petter.

"Lugna ner dig, utan deras investeringar hade vi aldrig kommit igång, det vet du."

"Vad jag förstår har Bror Stenson gjort en större utredning om underleverantörer. Han har gjort samma slutsats som EKO-brott samt hittat ytterligare märkliga underleverantörer, kan du berätta" sa Eva och vände sig till Bror.

"Du ska bort från det här bolaget. Du har ingen rätt att läcka information till polisen" fräste Frida mot Bror.

"Jag håller med, men låt oss höra vad som kommit fram" sa Petter och lämnade över ordet till Bror med en ilsken blick.

Bror berättade om MPLR-bolaget och de såg hur Lennart säckade ihop. Han insåg att det inte längre fanns någon möjlighet att förneka sin inblandning.

"Först var det BertInvest, nu visar det sig att de här programmerarna också lurar oss. Jag har velat slänga ut bägge två en längre tid men även här har du hindrat mig" skrek Frida,

"Vad jag förstår har MLRP även haft affärer ihop med BertInvest. Är det något du vill berätta om?"

"Okej så här är det. Både jag och Martin hade lite spelproblem och kom på hur vi kunde skaffa oss lite extra pengar från TaxOpt genom underleverantörer som överfakturerade, och där viss del av pengarna gick tillbaka till oss. BertInvest såg vad vi gjorde och erbjöd oss att låta det gå via deras företag istället, de kunde dölja transaktionerna ännu bättre Vi löste våra spelskulder men fortsatte ändå, framförallt Martin blev allt mer girig. Jag ville att vi skulle sluta men Martin ville inte överge sin guldkalv som han uttryckte sig" berättade Lennart.

"Vad jag förstår så var både du Martin och Petter ofta på

233

casinot. Var Petter också med i den här bluffen?"

"Nej han var inte med alls. Han var vad Martin kallade vår nyttiga idiot. Hans okritiska förhållande både till BertInvest, Martin och mig gjorde att vi kunde fortsätta vår bluff. Det är inte olagligt att faktura mycket, eller hur?" sa Lennart och Petter begravde sitt ansikte i händerna när han insåg hur han blivit lurad.

"Vad är det jag alltid sagt om de där" muttrade Frida.

"Som ni vet åkte jag till Riga och besökte vår leverantör där. Jag fick intrycket av att det var mer eller mindre en kuliss. Vad ni kanske inte vet var att jag blev misshandlad och varnad i slutet av min vistelse där. Hade ni med det att göra?"

"Ja, det var Martins idé. Ingen bra idé, förmodligen så blev ni väl bara ännu mer intresserade av att utreda vidare" sa Lennart och både Eva och Bror nickade.

"Men jag hittade ytterligare ett bolag som verkade skicka bluffakturor eller saltade fakturor för sina tjänster, ReomiCord, känner någon till det?" sa Bror och möttes av idel huvudskakningar.

"Återigen är ni inte helt ärliga med oss. Vi har undersökt ReomiCord och hittade en utredning på Eko-brott där Naser var misstänkt för oegentligheter. Han var då delägare i ReomiCord tillsammans med dig Frida. Så visst måste du känna till företagsnamnet. Polisutredningen lades ner och Naser lämnade företaget, vilket också du gjorde i samma veva. Därefter sålde ni företaget.

"Det där är ju flera år sedan, vad har det med TaxOpt att göra?" Sa Frida och visade tydligt att hon tyckte att de var ute på tunn is.

"Jo det har det. Idag står en Agneta Ludvigsson som ägare. Vi ringde upp Agneta och det visade sig att hon är din halvsyster, Frida. Hon bedyrade att hon inte har något med bolaget att göra utan står som ägare för att du inte skulle synas officiellt tillsammans med bolaget. Stämmer inte det?"

Luften gick ur Frida som sjönk ihop vid bordet.

"Men vad är det här, har du också lurat TaxOpt?" sa Petter

och skakade sitt huvud.

"Varför inte. Jag såg hur BertInvest och du, Martin och Lennart höll på. Så varför skulle inte jag också få en del av kakan."

"Men jag har aldrig lurat TaxOpt. Däremot har jag varit blåögd och litat på mina gamla kompisar, och på dig. Det är allt" sa Petter följt av en djup suck.

"Om du varit med i bluffen kring BertInvest och MPLR får vi nog reda på när EKO-brott gjort klart sin utredning. Om det nu går att bevisa någon form av brott" sa Eva.

"Så ska vi sammanfatta läget. Det verkar som om både BertInvest, MPLR och ReomiCord är bolag som fakturerat för tjänster som de inte levererat eller som inte står i proportion till utfört arbete. Om det är brottsligt eller inte kan inte jag avgöra, men med de fakta på bordet vill jag närma mig mordet på Martin, vilket jag vill få klarhet i. Men kanske en kaffepaus, eller vad tror ni?" sa Eva och reste sig upp.

När man var tillbaka så berättade Eva att Bror planerat en träff med Larisa och hur hon omkommit i tunnelbanan på väg upp till mötet med honom. De visste att hon hamnat i ett bråk med en man som sedan tagit hennes dator och knuffat ner henne på spåret. Avsiktligt eller oavsiktligt vet vi inte.

"Vi har via diverse kameror lyckats få förövaren på bild och vi tror att det är kan vara Martin. Bilderna är inte tillräckligt bra för att identifiera honom. Helt säkra kanske vi blir när vi går igenom hans lägenhet. Vi tror att Martin hittade Larisas rapport för TaxOpt på datorn och sedan använde den för att pressa någon av er på pengar. Men vi är inte klara med den undersökningen."

"Men hur kunde Martin veta att Bror skulle träffa Larisa?" frågade Frida.

"Det vet vi inte och lär troligen aldrig få reda på heller. Det skulle kunna vara en slump, olycklig sådan för Larisa" sa Jörgen.

"Jag hade bett Martin avsluta sin semester och följa med Bror till Riga. Han kom till Stockholm, det fick jag ett meddelande om. Men han följde sedan inte med Bror på besöket." förklarade Petter.

"Har ni hittat den där påstådda rapporten, eller är den bara ett fantasifoster?" frågade Frida lite spetsigt.

"Ja vi har till slut hittat den, tror vi" sa Eva och lämnade över en utskrift till alla i rummet. Tystnaden blev påtaglig när alla ögnade igenom dokumentet.

"Den här pekar inte ut någon av oss, eller hur?" sa Lennart.

"Nej den redovisar bara vad vi redan har pratat om idag. Den visar på fifflet från BertInvest, MPLR och ReomiCord. Vi misstänker att det dock var tillräckligt för att Naser skulle ta sitt eget liv. Hans karriär hade nästan fått ett abrupt slut vid den förra utredningen och jag tror att det här blev för mycket för honom. Jag misstänker även att sveket från Bertinvest, Frida och som det såg ut även Petter blev för mycket för honom. Men det är bara spekulationer."

"Men tillbaka till mordet på Martin. Vi tror att Martin hade hittat dokumentet på Larisas dator. Att dokumenten var krypterade var nog ingen större utmaning för honom. Sedan använde han det för utpressning av någon, någon av er kanske. I måndags bokade den utpressade ett möte med Martin inne på kontoret och mördade honom med en överdos av insulin. Vi har fått bekräftat att insulinpennan vi hittade är mordvapnet."

"Jaha, och nu då?" sa Petter med en förundrad min.

"Som tur var har vi säkrat ett fingeravtryck från pennan" sa Eva.

"Omöjligt jag torkade ju…" sa Frida och avbröt sig när hon insåg vad hon börjat säga.

Det uppstod en tystnad där alla blickar riktades mot Frida. Efter en lång tystnad så tog så Frida till orda.

"Ja det var jag som gjorde det. Han hotade att förstöra hela min karriär och jag förstod att skulle jag ge honom pengar så skulle det bara vara en av många betalningar. Han hade gett mig sitt ultimatum vid mötet på fredag morgon. Ni kommer ju ihåg att jag avbröt Brors fortsatta redovisning av BertInvest och ReomiCord efter det mötet. Ett av villkoren från Martin hade varit att inte rota vidare i MPLR och BertInvests affärer. För egen del var jag inte intresserad av att ni fortsatte undersöka

ReomiCord. Men jag tänkte igenom det hela över helgen och ville ta en ny diskussion med Martin. Jag bokade träff med honom på hans lilla krypin på måndag morgon. Insulinpennan hade jag hittat i förra veckan och anledningen att jag hade den med mig var väl att jag insåg hur mötet med Martin skulle gå. När jag kom till honom i måndags så ignorerade han mig och satte sig tyst ner vid sitt skrivbord och vände ryggen till mig. Han vände ryggen till i ett uttryck av förakt. Jag blev så förbannad så jag gick fram och tryckte i hela sprutan i nacken på honom. Han var ett kräk men han förtjänade inte att dö" sa Frida och böjde sig fram och begravde ansiktet i händerna.

"Bara ytterligare en fråga. Var det du som tog bort dokumentet från Nasers skrivbord också?" frågade Eva.

"Ja, hade dokumentet blivit känt, hade jag inte fått vara kvar på företaget och tillsammans med den förra utredningen så skulle min karriär varit över" sa Frida och sjönk resignerat ihop.

45

Fredbergsgatan
Fredag kväll

Det hade varit en händelserik torsdag och fredag. Efter avslöjandet och erkännandet av Frida hade Petter tagit tag i TaxOpt och tagit fram en plan för att återhämta bolaget. Nästan hela hans värld hade skakats om. Hans nära lierade BertInvest, Martin och Lennart hade visat sig vara mer eller mindre skurkaktiga. Han hade erkänt för Bror att han inte varit helt ovetande om deras fulspel men han hade inte förstått i vilken omfattning de skinnat bolaget. Att BertInvest ställde krav på att man anlitande gruppen som underleverantörer visste han om men att BertInvest i princip skickade luftfakturor för tjänster som aldrig utförts hade han inte haft en aning om. På samma sätt var han inte förvånad över att Martin och Lennart saltat några fakturor men omfattningen som kom fram hade gjort honom bestört. Han insåg att han varit närmast brottsligt godtrogen. Men sveket från Frida tog honom hårdast. Det hade han aldrig kunnat tro.

Han hade dock agerat kraftfullt. Efter några möten med övriga finansiärer så hade de beslutat sig för att göra en omstart av bolaget. BertInvest var utlösta och tillsammans med övriga investerare hade man beslutat att starta om i en ny tappning. Fokus på kraftig tillväxt var nedtonat. Nu skulle företaget fokusera på att bygga upp verksamheten baserat på både tillväxt under lönsamhet. Han hade erbjudit Bror att börja arbeta på företaget men Bror hade vänligt men bestämt avböjt. Nu ville han gå vidare till ett annat uppdrag där han inte hela tiden skulle påminnas om de våldsdåd som kantat TaxOpt.

Kvällspressen hade givetvis frossat i händelserna, men de var mer fokuserade på *den kvinnliga kallblodiga mörderskan* som de skrivit i en rubrik och inte alls någon fokus på TaxOpt. Utredningen på EKO-brott nämndes inte alls.

Bror hade som en sista insats hjälpt Petter få in en artikel i Business Inside som han varit mycket nöjd med. Här lyftes en nystart fram från ett företag som misshandlats av interna bedragare och oseriösa investerare. Nu skulle företaget på allvar hjälpa den vanliga medborgaren att helt lagligt kunna minimera sitt skattetryck. Bror önskade Petter lycka till. Han var tvungen att erkänna att han missbedömt honom. Han hade upplevt honom som arrogant, bufflig och allmänt otrevligt. Nu insåg han att hans attityd förmodligen baserades på en osäkerhet, en osäkerhet som också låg till grund för den godtrogenhet som hans omgivning kunnat utnyttja. Men innerst inne var Bror inte helt övertygad om att inte Petter varit med i bluffen till viss del tillsammans med Martin och BertInvest.

Frida satt i häktet i väntan på rättegång. Eva hade erkänt för honom att utan hennes erkännande hade de aldrig lyckats få henne fälld. Det partiella fingeravtrycket hade lika gärna kunnat komma från Petter eller Lennart. Så hon hade kört en bluff som gått hem. Samtidigt så trodde hon att Frida till slut skulle erkänt i alla fall. Hon var säker på att hon inte kunnat leva vidare som mörderska i det långa loppet.

Han hade haft en avslutslunch tillsammans med Petter nu på fredagen. De hade tagit en längre promenad upp till Avenyn och Joe Farellis där Petter bjöd på trevlig måltid.

"Så synd att du inte ville acceptera mitt erbjudande om att börja arbeta med oss. Jag vet att jag varit lite avig och tvär men du har gjort ett bra jobb och utan ditt rotande hade bolaget körts i botten av Martin, Lennart, Frida och mina före detta kompis Folke Bertils."

"Tusen tack för erbjudandet men jag tror det blir bäst för dig också att bygga upp ett nytt gäng utan en massa gammal historia som stör. Jag har faktiskt en liten fundering som du gärna får svara på. För några dagar sedan hörde jag Lennart anklaga Martin för att förstöra allt vid ett fik utanför Brunnsparken. Du var med, vad var det för något?"

"Ja jag kommer ihåg det, jag hade precis kommit tillbaka från toaletten när Lennart närmast vrålade åt Martin. Jag vet inte vad det var, de tystnade så fort som jag kom fram."

"Okej, då förstår jag, jag fick intrycket av du också var med i diskussionen, men då måste jag ha missförstått" sa Bror samtidigt som han ändå funderade på om inte Petter varit delaktig i bluffupplägget tillsammans med Martin och Lennart till viss del. Men det skulle han aldrig få reda på, Lennart hade varit övertydlig om att Petter inte varit med utan bara som han sa varit en nyttig idiot."

"Bara en fråga till. Jag upplevde det lite märkligt att Christer på kvällspressen skonade TaxOpt i sina senaste artiklar och helt ut fokuserade på Frida. Hur kommer det sig tror du?"

"Det har nog jag ha bidragit till. Jag och Christer hade en konflikt får några år sedan som till viss del legat bakom hans hetsjakt mot TaxOpt. Jag har slutit fred med Christer och vi har lämnat den historien bakom oss. Hade jag inte gjort det hade nog hans vendetta mot TaxOpt fortsatt."

"Vad var det för konflikt?"

"Det berättar jag inte, det är avslutat och begravt."

Ikväll skulle gänget samlas hemma hos Bror och Eva. Han hade bjudit med Erik också utan att prata med Myran först. Han hoppades att Erik pratat med henne som han lovat, hade han inte gjort det kunde det bli ansträngt. Nu kunde han inte ändra sig, nu var det bara att hantera situationen.

Till middag skulle det bli Quesadillas till förrätt och Teriyakymarinerad laxfilé i ugn som varmrätt. Bror hade varit förbi saluhallen och shoppat i god tid innan de andra skulle komma. Eva var tvungen arbeta full dag så det fick bli upp till honom att förbereda middagen.

240

Eva kom hem en halvtimme innan de övriga gästerna och hjälpte till med dukning och att få till det där lite extra mysiga som hon var så bra på. Vid sju dök så alla upp, dock dröjde Erik. Bror var lite orolig för att han skulle banga ur och inte våga komma. I så fall fick de hitta ett senare tillfälle. De satte sig alla ner till förrätten. "Idag har vi två saker att fira. För det första har jag och Bror löst de mysterier som funnits kring TaxOpt och för det andra så har mina föräldrar vunnit budgivningen på en lägenhet i Partille. Så om några månader så finns hela min familj här i Göteborg. Skål" sa Eva och höjde sitt glas. "Hur är det med din pappa nu?" undrade Jovana. "Han är mycket bättre. Han kan gå kortare sträckor nu utan krycka och motoriken i vänsterarmen är nästan helt återställd. Bara det faktum att de är på väg att flytta tyder ju på att han mår mycket bättre, eller hur?" "Jag vill också passa på att skåla. Katrin är tillbaka från sitt uppdrag nere i Skåne och har bestämt sig för att bli kvar här i Göteborg. Jag måste erkänna att jag var lite orolig för att hon skulle bli kvar i Malmö ett tag. Skål" sa Malin och tittade ömt mot sin Katrin.

Diskussionen fortsatte kring Brors uppdrag och alla förvånades över hur girighet kunde få så stora proportioner. Initialt hade ju Martin och Lennarts bedrägeri varit kopplat till en spelskuld men de hade fortsatt även efter att den var reglerad. När man väl kommit igång och upptäckte att det gick bra så kunde man inte sluta. Men det såg man ju ofta i tidningarna, fondbolag som lurade sparare på pengar. Rika företagare och författare som myglande undan pengar från beskattning. Listan var lång, det fanns hur många exempel som helst. BertInvest verkade vara ett bolag som i princip skapat en affärsidé kring att lura eller utnyttja företag som behövde investeringspengar. Som alltid i den typ av bedrägerier så var det nästan omöjligt att bevisa brott, men även om det inte var kriminellt så var det fel, det var alla överens om. Frida som hade ett välbetalt arbete hade också styrts av girighet och lurat sitt eget företag på pengar trots att hon kvitterade ut en hög lön från företaget. Så TaxOpts devis om att hjälpa den vanlige medborgaren att minska sina skatter trots att man inte kunde betala dyra jurister var kanske inte fel ändå.

"Vad är det som gör att de som redan har mycket alltid ska ha mer?" sa Olle och skakade på huvudet och alla nickade samstämmigt till hans påstående.

"Nu är det dags för varmrätt, kom och ta för er i köket" sa Bror. I samma veva ringde det på dörren och in kommer Erik med en falska rödvin som present och ett glatt leende.

"Hej, gud vad jag har saknat er alla" sa han med ett extra varmt ögonkast på Myran. Uppenbart hade de inte hunnit pratas vid, men Bror såg att syrran blev glad av att se honom.

"Du har en del att förklara, både för mig och alla andra, eller hur?" sa Myran och gick fram och gav honom en lätt puss på kinden.

"Vi kan väl äta först, så lovar jag att berätta allt."